동시의 **길**을 묻다

어른을 위한 어린이책이야기 13

동시의 길을 묻다

2014년 12월 25일 1판 1쇄 인쇄 / 2014년 12월 31일 1판 1쇄 발행

지은이 박영기 / 펴낸이 임은주
펴낸곳 도서출판 청동거울 / 출판등록 1998년 5월 14일 제406-2011-000051호
주소 (413-120) 경기도 파주시 회동길77-4 (문발동 파주출판도시) 301호
전화 031) 955-1816(관리부) 031) 955-1817(편집부) / 팩스 031) 955-1819
전자우편 cheong1998@hanmail.net / 네이버블로그 청동거울출판사

ISBN 978-89-5749-166-9   (03800)

이 도서의 국립중앙도서관 출판시도서목록(CIP)은 서지정보유통지원시스템 홈페이지
(http://seoji.nl.go.kr)와 국가자료공동목록시스템(http://www.nl.go.kr/kolisnet)에서
이용하실 수 있습니다. (CIP제어번호: CIP2015001725)

어른을 위한 어린이책이야기 13

동시의 길을 묻다

박영기 평론집

청동거울

올 여름, 늘 함께 하던 차를 두고 걷거나 버스를 탔다. 문을 열고 나가 세상 속을 걷자니 이젠 모든 것이 괜찮을 거라는 안도감이 든다. 다른 사람에겐 일상적인 일이 숙제처럼 어려웠던 건 스스로도 알 수 없는 일 이다. 길 위에 혼자 나설 때면 밀려오는 바람에 온몸이 쏟아질 것 같았 던 시간이 있다. 새롭게, 기쁘게, 온전하게 살고자 했지만 어렵기만 한 것이 내 앞에 주어진 생이다. 나무, 숲, 꽃, 강, 하늘, 구름. 이쁜 것들을 헤아리고, 마음을 다잡을 때 겨울 숲에서 새들이 날아간다.

시인이 되고 싶었지만 늘 여의치 않았다. 시는 필연적으로 시인의 존 재를 표현한다는데, 나의 존재를 드러내는 것이 무엇일까. 부족한 대로 어리석은 대로, 나를 온전히 인정하고 말해 주는 것이 있다. 평론을 쓸 때 느긋한 평안을 느낀다면 바로 그것이 아닐까? 요즘 쓰는 글들은 거 의 동시에 관한 것들이다. 이야기가 들려주는 명쾌함이 좋기도 하지만 동시의 에둘러 말하기가 내겐 적절하고 소중하다. 돌아서, 둘러서, 먼 듯 걸어가다 보면 좋은 날이 있겠지 생각해 본다. 동시가 함께 하는 길 이다. 시인이 걷는 삶의 길을 함께 지나면서, 그가 보는 세상의 모든 것 들을 함께 보자니, 바쁘기도 하고 느낄 것도 많다.

지금까지 세 권의 책을 내고, 이제 네 번째 출판을 앞두고 있다. 그렇 지만 늘 처음의 그 마음이고 싶다. 책은 모두 3부로 구성되어 있다. 지난 삼 년 간 쓴 평론과 논문들이다. 1부는 동시 평론을 중심으로 엮었다. 『시와사람』, 『열린아동문학』, 『어린이와문학』, 『창비어린이』, 『오늘의동시문학』에 실린 동시평이다. 2부는 시와 노래를 테마로 한 연구 논문들이고, 3부는 아동문학과 교육에 관한 논문들이다. 아마도 나를 드러내는 언어들로 꽉 차 있을 글들이다. 그렇지만 언젠가는 시와 시인들, 앞서간 연구자들의 흔적을 비추어 보여주는 그런 글을 쓰고 싶다.

오래 더 시간을 함께 하고픈 부모님과 가족들, 미안함과 고마움을 전한다. 지도 교수님, 학문의 스승님들께 감사를 드리고 싶다. 앞서 걷고, 오래 기다려주는 어진 벗에게 두 손 가득 따뜻함을 전하고 싶다. 매번 좋은 그림 그려주신 선생님의 건강과 평강을 빌어 본다.

2014년 12월. 수유리에서
박영기

제1부 동시의 길을 묻다

시와 동시의 자리매김을 위하여

일반시와 동시의 경계 허물기

1. 일반시인을 위한 변명

2011년 여름, 동시 전문지 『동시마중』에는 고형렬, 송경동, 맹문재, 김명수, 김근, 이안 등 일반 시인들의 동시가 수록되었다. 이미 시단에서 이름을 날리고 있는 이들의 동시는 노련하고 거칠 것 없이 세련되어 보였다. 그렇지만 어쩔 수 없는 낯설음과 의혹이 마음속에 일어나는 것은 무엇 때문일까?

새삼스럽게 동시는 누가 쓰는 것일까 자문해 본다. 아침부터 저녁까지 어린이만 생각하고 동시에 모든 것을 걸었다고 자부하는 사람만이 동시를 쓰는 것은 아닐 것이다. 동시는 누구나의 것이다. 동심을 소중하게 여기고 어린이를 위한 시를 쓰고 싶을 때 혹은 자신의 내면에 꼭꼭 숨겨진 동심을 발견했을 때 누구나 쓸 수 있는 것이 동시이다.

그러나 히로시마 원폭의 희생자를 다룬 『리틀보이』의 고형렬[1]이나 혹은 2009년 용산참사를 다룬 「이 냉동고를 열어라」의 송경동 시인이 짐

---

1 2001년 창비에서 동시집을 출간한 바 있으나 그간 아동문예지에서 그의 동시를 자주 만나 보기는 힘들었다.

짓 예쁘고 귀여운 동시를 발표했을 때 당황하지 않을 수 없었다. 이들은 시 한 편으로 우리 사회의 현실과 정치적 상황을 고스란히 보여주었고 시가 여러 사람의 몸과 미음을 움직일 수 있다는 것을 증명해 내었다. 시적 성취가 거대했던 만큼 이들이 쓴 동시에 많은 이들이 어색함을 느끼는 것은 당연한 일이다. 동시 분야에서도 고형렬, 송경동의 시처럼 어린이들의 현실이나 정서적 상황을 대변할 수 있는 수작들이 나올 수 있기를 기원했던 만큼 이 어색함은 오히려 자연스럽다.

현재 동시단은 어린이들이 처한 환경과 서정을 동시 속에 잡아내고자 하는 자성의 목소리로 떠들썩하다. 그러나 이러한 시적 성취가 기존 동시인들의 분발 속에서 오는 것으로 알았지, 신형 무기로 무장한 특수 전사들이 동시단에 투입되어서 해결될 것으로 생각하지 못했다. 고형렬에 열광하고 송경동에 눈물 흘렸던 필자조차 새삼스럽게 그들이 왜 동시를 쓸까 생각해 보게 된다. 이러한 시선이 일반시인들의 입장에서 보면 실로 어처구니없이 무례하게 여겨질 테지만, 오늘 이들의 동시가 검증 아닌 검증의 상황에 마주하고 있는 것은 사실이다.

2. 한국 동시는 진화중

2000년 이후 한국 동시 분야는 다양한 스펙트럼으로 어린이의 내면과 주위 환경을 살피고 있다. 소재의 확대를 통해 동시의 내적 공간을 확대하였으며, 새로운 기법의 모색으로 어린 독자와의 거리를 좁혀가고 있다. 현재 동시단에는 1960년대에 등단한 원로시인과 1970년~1980년대 이후 등단한 중견 시인들, 그리고 1990년~2000대에 등단한 신인들이 한데 어우러져 있다. 오랜 연륜이 주는 중견 시인의 탄탄한 문장력과 톡톡 튀는 신인들의 재기발랄한 감각적 인상들이 2010년대를 맞이하고 있는 오늘의 시점에서 조화롭게 공존하고 있다.

가장 큰 성과는 동시를 통해 어떤 형태로든 시대적 문제에 동참하고자 하는 동시인들의 자의식이 두드러지게 포착된다는 것이며, 어린이들과 함께 소통하고자 하는 의지가 엿보인다는 점이다. 가족해체와 빈곤의 문제, 전지구적 환경오염에 반대하는 생태주의(ecology)적 시선, 돈을 숭배하는 어른들의 욕망, 어린이의 성(性)과 자아정체성, 디지털 문명 비판, 어린이의 질병 등의 첨예한 문제들이 동시 속에 담겨 있었다. 예전처럼 동화 속 세상에 어린이를 가두려 하지 않으며 미성숙한 어른의 자기 위안이 드러나는 시를 쓰지 않는다.

2010년 이후에 출간된 동시집과 아동 문예지에 수록된 동시들을 살펴보아도 양적인 풍성함과 질적인 비약에 놀랄 정도이다. 평론가들이 동시의 위기를 이야기할 때에도, 어린이들이 시를 읽지 않는다고 우려의 목소리가 높아져 갈 때에도, 동시인들은 어디에선가 열심히 시를 쓰고 아동 문예지들은 동시의 지면을 넓혀갔다. 시인들의 자의식이 모든 의심과 진단과 평가를 뛰어넘었다고 여겨진다. 이제 한국의 동시 분야는 대략적인 일별로는 그 경향을 가늠하기에 결코 녹록치 않을 만큼 다양한 스펙트럼을 갖게 되었다.

지금 동시 분야는 어느 때보다도 활발하고 역동적이다. 다양한 모임을 통해 정체성을 확인하고 좋은 동시 쓰기와 보급을 위한 모색이 구체적이다. 지하철 스크린 도어에 동시를 새기고, 동시 콘서트를 개최하면서 아이들과 혹은 평범한 사람들과 소통하고자 한다. 동시집이 얼마나 잘 팔리냐 안 팔리냐 하는 우려에 앞서 이러한 움직임에 주목해야 한다. 자신이 속한 단체나 관심 있는 분야의 동시만 볼 것이 아니라, 한국의 동시문학이라는 큰 호흡 속에서 작품성과 진정성을 갖춘 동시를 쓰고자 부단히 노력하는 동시인들의 모습을 제대로 보아야 할 때이다.

3. 일반시인의 동시 쓰기: 동시집을 중심으로

현재 동시 분야는 오랫동안 동시 쓰기만을 업으로 삼아온 전업 동시인과 현직 교사들, 일반시를 쓰다가 동시에 손을 댄 일반시인들 이렇게 대략 세 부류로 구성되어 있다. 이들은 어떠한 방식으로든 예컨대, 오랜 동시 창작 경험이나 혹은 교사로서의 체험, 시로서 동시에 접근하기 등으로 동시를 쓸 자질과 역량을 갖춘 이들이다.

이 중에서 일반시인으로 동시를 창작하는 부류는 갑자기 형성된 것은 아니다. 예전부터 김용택, 도종환, 안도현 시인 등이 시와 동시 창작을 병행해 왔고, 2000년대 후반 이후 〈문학동네〉와 〈비룡소〉를 중심으로 일반시인들의 동시집이 출간되면서 일단의 무리를 구성하게 되었다. 〈문학동네〉의 동시집은 하드커버에 화려한 일러스트레이션으로 무장하여 독자의 시선을 사로잡는 데 성공하였고, 장옥관, 박방희, 안학수, 문인수, 유희윤 등 탄탄한 기본기를 갖춘 기성 시인들의 동시들로 독자에게 긍정적인 평가를 받았다.

이들의 동시는 시적 표현이 안정적이고 개성적이어서 기존의 동시에 싫증을 내던 독자들에게 새로운 감수성을 안겨주었다. 문인수처럼 유니크한 시도를 한 경우에는 신선한 충격을 주기도 하였다. 그러나 이 시리즈에는 기존 동시인들의 참여가 배제되어 있어서, 짧게는 5년 이상 수십 년 동안 동시만을 써 온 기존 동시인들이 이 시리즈물에 대해 거리감을 느끼고 있는 것이 현실이다.

〈비룡소〉의 경우에도 일반시인들에게 어떤 주제를 주고 청탁하는 방식으로 동시집을 출간하였는데, 최승호의 『말놀이 동시집』, 안도현 시인의 『냠냠』, 함민복 시인의 『바닷물 에고, 짜다』 등이 좋은 성과를 낸바 있다. 이러한 동시집 출판 배경에는 흥행이 보증되는 유명 시인들의 인기에 편승하여 판매부수를 올리려는 출판사의 의도가 숨겨져 있다고 볼 수 있다. 이때 대다수의 독자들이 거부감 없이 이들의 동시집을 구입하면서 이러한 방식의 출판이 한동안 붐을 이루기도 하였으며, 여러가지 문제에도 불구하고 안도현, 정호승, 김용택, 함민복 시인이 거둔 성과는 동시 분야에서 일반시인의 지위가 어느 정도 확보되고, 일정한 열할 또한 부여 받은 것으로 평가할 수 있다.

그렇다면 일반시인들은 어떤 동시를 쓸까? 수많은 독자를 확보하고 있는 정호승과 안도현의 동시집을 비교해 보면 일반시인들이 가진 동시관이 어렴풋이 드러난다. 안도현의 『냠냠』은 먹을거리를 가지고 재미와 흥미 위주로 쓴 동시라는 점이 확연히 느껴진다. 유쾌하고 발랄한 동심의 상상력을 획득하고 있으며 아이들 몸속에서 울려나오는 자연스런 리듬감이 수반되어 있다. 그러나 여운이나 울림을 주는 동시집은 아니라는 생각이 든다.

프라이팬은 뜨거워!
고추장은 매워!
팔짝팔짝 뛰던 멸치들
얌전해졌네
냠냠

—안도현, 「멸치볶음」 전문

반면 정호승의 『참새』(처음주니어)를 읽다 보면 인위적으로 재미있는 말을 선택하거나 혹은 재치있게 멋을 부린 흔적이 없지만, 시인의 내면에서 우러나오는 자연스런 동심의 발로에서 나온 시편들이라고 느껴진다. 윤동주 시인의 동시를 연상시키는 작품도 있고 대부분 동시로서의 일정한 품격을 유지하고 있다. 결국 두 시집만을 놓고 보면 동시를 쓸 때 시인들이 가질 수 있는 두 자세를 대비적으로 보여주고 있는데, 안도현의 경우에 유아들과 저학년 위주의 동시만을 고집하거나 지나치게 재미있는 동시 위주로만 쓴다면 '시인은 동시가 재미와 유쾌함을 추구하거나 기법면에서 지나치게 감각적이어야 한다고 생각하는 것은 아닐까?' 하는 비판을 받게 될 지도 모른다. 반면 정호승 동시의 자연스러움은 기존의 동시인들에게도 시사하는 바가 크다고 볼 수 있다.

> 사람의 뒷모습 중에서
> 가장 아름다운 모습은
> 저녁놀이 온 마을을 물들일 때
> 아궁이 앞에 쭈그리고 앉아
> 마른 솔가지를 꺾어 넣거나
> 가끔 솔방울을 던져 넣으며
> 군불을 때는
> 엄마의 뒷모습이다.
>
> —정호승, 「뒷모습」 전문

다음으로 〈문학동네〉에서 나온 안학수의 『부슬비 내리던 장날』, 문인수의 『염소똥은 똥그랗다』와 〈창비〉에서 나온 김환영의 『깜장꽃』을 살펴보자.

안학수의 『부슬비 내리던 장날』은 바닷가에서 평생을 산 사람들의 이야기를 엮은 연작 서사시처럼 보인다. 바닷가 생물들 하나하나를 소중한 시로 살려내고 있어서 숙연함마저 느껴진다. 무엇보다 '서해안 기름 유출사건'을 「삼베리본」, 「떡 캐는 갯벌」, 「장갑과 호미」에서 잘 형상화해 내었다. 「빈집」, 「숯돌」에는 인생의 깊은 상처와 심연을 무겁게 노출시키고 있으며 가끔 날이 선 언어들로 섬뜩한 느낌을 준다. 이 시집에는 동시로 표현할 수 있는 인생고의 수위를 넘어선 작품들이 몇몇 보이기도 한다.

어버이를 잃은 사람이
가슴이 단다는 삼베 리본
섬자락 모래펄에 달렸습니다.

검은 기름 파도가
갯바위 벼랑까지 덮친 날

뻘게 낙지 조개 고둥 개불 쏙 ……
갯벌 가족을 한꺼번에 잃고
울부짖다 넋잃은 바지락 조가비

가슴 열고 리본 되었습니다.

—안학수, 「삼베리본」 전문

　김환영의 경우 『깜장꽃』 가운데 용산참사 현장에서 '벽시'로 쓴 「달팽
이집」이 두드러져 보인다. '달팽이는 날 때부터 집 한 채씩 지고 와서
월세 살 일 없겠다.'는 표현이 재미있기도 하고 슬프기도 하고 선언문처
럼 느껴지기도 한다. 다양한 감정이 섞여 있지만 어린이들이 충분히 공
감할 수 있도록 형상화해 내었다. 그러나 시집 전체적으로 볼 때는 시인
의 자의식이 어린 독자의 시선을 넘어서는 지점에서 어렵게 분출되거
나, 지나치게 부풀려져 버렸다. 결국 행마다 힘겹게 읽어내야만 하는 어
려운 시집이 되어 버렸다.

달팽이는 날 때부터

집 한 채씩 지고 왔으니,

월세 살 일 없어 좋겠습니다!
전세 살 일 없어 좋겠습니다!
몸집이 커지면
집 평수도 절로 커지니,

이사 갈 일 없어 좋겠습니다!
사고팔 일 없어 좋겠습니다!

뼛속까지 얼어드는
엄동설한에,

쫓겨날 일 없어 좋겠습니다!
불지를 놈 없어 좋겠습니다!

—김환영, 「달팽이집」 전문

문인수의 『염소똥은 똥그랗다』에 수록된 동시들은 제목이 독특하다. 기존의 동시들과 다르게 제목이 하나의 문장으로 이루어져 있다. 「덩쿨장미가 궁금하다」, 「빗방울들은 명랑하다」, 「나무는 봄에 따끔따끔 하겠다」 등 재치있는 제목을 달아서 호기심을 유발하였다. 순수한 아이들의 맘을 잘 읽어낸 시들이 눈에 띄고 나와 가족, 자연을 소재로 한 경우가 많았다. 자연을 묘사한 시들은 빼어난 아름다움을 보여 준다. 사랑과 감사, 따뜻함, 숭고라는 시인의 내면세계가 원시림, 고양이, 장미, 비, 섬, 소, 빗방울, 나무와 교감하면서 이루어 낸 독특한 서정을 보여주고 있다.

나무는 봄이 오면 침 맞는다

뽀족뽀족한 금빛 햇살로 침 맞는다

언 가지 뼈마디마다 침 맞는다

꽃샘바람에도 오싹오싹 움트는 새싹들,

나무는 봄에 따끔따끔하겠다

—문인수, 「나무는 봄에 따끔따끔하겠다」 전문

이상의 동시집들은 하나의 범주로 묶어낼 수 없을 정도로 개성적이며 다양한 품을 보이고 있다. 어린이들이 읽기에 지나치게 어둡거나 어려운 시들도 있었지만, 현실의 어린이들을 진실되게 그려내고, 신선하고 감각적인 언어들로 정체된 동시 분야에 새로운 가능성을 보여주었다. 또, 쇄를 거듭해 출간되어 많은 독자를 확보해 가고 있으니 무척 반가운 일이다. 문예지를 통해 동시를 찾아 읽지 못하는 어린이들에게 독자적으로 다가갈 수 있다는 점에서도 긍정적이다. 다만 기획 동시집의 차원에서 상품처럼 기획되고 시인의 명성으로 읽혀지는 유행 동시집이 아니라 어린 독자들의 마음속에 그림처럼 남겨지는 동시집으로 자리잡아야 한다는 과제가 남는다.

4. 일반시인의 동시 쓰기: 문예지 수록 작품을 중심으로

김상욱은 평론 「사랑스럽고 듬직한 우리 동시」(『동시마중』, 2011. 9/10)를 통해 '동시 부흥의 성취는 아직 모색에 그칠 뿐, 동시란 무엇인가라는 장르적 본질에 대한 질문과 한동안 더 씨름해야 할 것으로 보인다'고 말했다. 그리고는 '동시마중 최근호에 실린 고형렬, 김명수, 맹문재, 송경동, 이안, 차주일 등 발군의 시인들이 쓴 동시에 공통적으로 내비치는 혼돈 혹은 동요가 그 단적인 예증'이라고 덧붙였다. 결론은 동시의 활력은 밖이 아닌 안에서 찾아야 하며 동시단 내부에서 분출되어 나오는 시적 성취에서 찾아야 할 것으로 모아졌다. 김상욱의 입장은 기존 동시인의 동시 따로, 일반 시인의 동시 따로 혹은 한쪽 편의 절대적인 우위 혹은 압도 속에서 이루어지는 일방적인 힘겨루기가 아니라 무엇보다 '동시의 중심에 진입해 가는' 데 관심을 모으는 것이 중요하다는 것으로 해석된다.

그렇지만 일반시인들의 동시가 내비치는 혼돈과 동요란 무엇을 말하는지 분명하지 않다. 이제 막 문예지를 통해 동시를 발표하기 시작한 이들의 동시를 한마디로 평가하거나 섣부른 전망을 내 놓는 것은 경솔한 태도일 수 있으므로 표현을 아끼는 것인지도 모르겠다.

필자의 경우에는 이들의 면면을 살펴보았을 때 평소 우리 사회가 처한 현실의 문제에 발언을 아끼지 않았던 분들이므로 동시 또한 그러하리라고 생각을 가지고 있었는데 기대했던 바대로 현실의 문제에 천착한 동시들이 다수였다.

송경동은 「수족관 앞에서」, 「우리 아빠는 용접공」, 「촛불 집회」에서 시인의 시적 경향을 고스란히 내보여 주었다. 어린이들 또한 어른들이 겪는 삶의 질곡을 고스란히 함께 짊어지고 사는 존재인 만큼, 그의 동시는 오늘을 사는 어린이의 현실을 잘 비추어 주었고 어른을 바라보는 어린이의 시선을 자연스럽게 포착해 내었다.

> 친구들과 술 먹으면서는
> 늘 이놈의 '노가다 인생'이라고 하더니
>
> 엄마도 아빠도

자꾸 아빠 직업란에
'엔지니어'라고만 써라 한다

그게 싫으면
'건축업 종사'란다

자꾸 그러니
나도 살짝 아빠가 부끄러워진다

—송경동, 「우리 아빠는 용접공」 전문

　고형렬은 「잔디」, 「은빛 울음소리」에서 잔디의 빛깔과 풀벌레의 울음을 통해 자연과 교감하는 동심을 형상화 해내었다. 아직은 두 작품 속에서 공통적으로 내비치는 시인만의 개성을 발견해 내지 못한 채 다음 편을 기대하는 느낌 정도만 가질 수 있었다. 이러한 점은 김명수의 「고래 젖 새우젓」, 「내이름은 박태기야」, 「안녕 개나리」, 「향기 복사기」 등에서도 비슷하게 느낀 점이다. 그러나 「그럴지도 몰라」에서 동심의 순간을 포착하는 시인의 눈매와 가능성을 잠시 엿볼 수 있었다.

세상에서 제일 곱고 아름다운 색깔 하나
보여드릴게요. 잔디 집에 와 보세요
우리집 마당에 잔디 단풍 들때
가을이 가는 뒷모습을 보여 드릴게요.
아마 가고 싶지 않으실 거에요
진짜 보라색 잔디가 되고 싶은 거에요

—고형렬, 「잔디」 전문

까치가 까마귀에게 물었습니다.
네 이름이 뭐니?
향기야, 향기
별명은 흑장미

까마귀가 까치에게 물었습니다.
네 이름이 뭐니?
내 이름은 아침이야.
별명은 없어

—김명수, 「그럴지도 몰라」 부분

　　이상의 시인들에 비하면 맹문재의 동시들은 한결 동시답다고 여겨졌
다. 「1주기」, 「헌 의자」, 「나무는 웃네」 모두 동시로서 안정적이며 편안
하다고 느껴졌다. 「1주기」에서는 세월이 흐르면서 변해만 가는 모든 것
을 잘 포착해 내어 인생에 대한 작은 성찰을 들려준다. 기억에서 멀어지
는 할머니, 커가는 어린 화자, 그리고 나이 들어가는 아빠의 모습은 삶
의 진정성으로 한껏 진입해 가는 동시의 내면세계를 보여준다. 그러나
맹문재의 동시가 진정 동시답다고 여겨지는 것이 기존의 동시와 비슷해
지는 것이어서는 안 된다고 생각한다. 동시인들이 쓴 동시를 뛰어넘는
반전이나 새로움이 없다면 일반시인의 동시 쓰기가 자기 위안 말고 또
무슨 의미를 가질 수 있을까 생각해 본다.

돌아가신 할머니 생각이
많이 줄었어요

내 신발이 대신 커졌어요

바지가 길어졌어요

책가방이 무거워졌어요

아빠의 흰머리가 늘었어요

―맹문재, 「1주기」 전문

5. 경계를 허물고 비상하는 동시를 위하여

일반시인들의 동시를 살펴보면 어린이가 처한 현실에 착안하거나 동
심의 서정과 유쾌한 내면 세계를 포착해 내는 등 다양한 모색이 이루어
지고 있음을 알 수 있었다. 그러나 무엇보다 중요한 것은 이들의 동시가
어린이들과 교감하면서 동시단에 단단하게 뿌리내릴 수 있어야 한다는
점이다. 이럴 때 통합 장르로서의 동시 쓰기와 그 모색도 가능하다.

필자는 다소 유치하지만 몇 가지 정도의 기준을 만들고 일반시인들의
동시를 이에 비추어 보았다. 일반시인은 ①동시에 대한 본질적 고민을
충분히 하고 있는가? ②지나치게 유치하거나 재미만을 추구하고 있는
것은 아닌가? ③일반시와 다름없는 시적 완성도를 보이는가? ④어린
이들과 교감할 수 있는가? ⑤동시 문학사에서 어떤 지위를 차지할 수
있을까? 하는 것이다.

이중에서 우선으로 어린이들과 교감할 수 있고 누구나 즐겨 읽을 수
있는 동시를 써 낸다면 이들의 동시는 어린이들의 내면에 파고들어가
자연스럽게 뿌리 내리고 어린이들과 어울려 잘 지낼 수 있게 될 것이다.

동시와 시의 경계란 실상 무를 자르듯 잘라낼 수 없는 것이다. 동심을
가진 어른들이 어린이를 생각하며 쓰든, 동심의 발로에서 스스로를 위
무하여 쓰든, 어린 시절의 동심을 추억하며 쓰든, 모두가 시이며 또 동

시이기도 한 것이다. 일반시와 동시의 경계가 없는 서구적 전통에서 보면 일반시이냐 동시이냐 하는 논쟁조차 의미 없는 울림일 뿐이다.

다만 일반시단과 동시단이 확연하게 나뉘어져 있는 한국 문단의 전통과 맥락에서 보면 오랜 시간 동안 어려운 살림살이를 맡아온 동시단의 원로 동시인들의 노고를 바르게 평가하고 이들의 문학사적 역할을 인정해 주면서 서로에게 자연스럽게 스며들 수 있어야 한다. 일반 시인들은 동시인들과 서로 소통하고 상생하는 바람직한 모습을 보여주어야 하며 동시인들은 이들의 역량을 인정하고 자리 한 켠을 거침없이 내어주어야 한다.

이제 동시의 경계가 허물어지고 외연은 넓어지고 있다. 먼 훗날 동시 문학사에 일반시인들의 활약상이 한 때의 유행으로 한 줄 남겨지지 않으려면 동시든 시든 사람끼리의 부딪힘과 나눔이 절실히 필요하다. 이러한 가운데에서 주제의식, 창작 기법 등이 다원화되고 다양한 모색들이 여기저기서 터져 나오며 공존의 화음을 낼 때, 기성 시인들의 동시 쓰기는 진정성을 획득할 것이라고 생각된다.

일반시에서 획득한 높은 시적 완성도와 스케일 넓은 풍모들은 동시 분야에 무엇보다 절실한 덕목이다. 우리를 놀라게 할 만한 동시의 대작들이 출연하기를 기대하며 역량 있는 일반시인들이 동시 분야에 새로운 바람을 몰고 오기를 염원한다. 이들이 어느 날 자족과 관성을 넘어서 견고하게 시적성취를 이루어가는 기존 동시인들과 바람처럼 마주쳤을 때 화산이 끓어오르듯 한국 동시는 비상할 것으로 믿는다.

(『시와 사람』 66호, 2012. 가을호)

2010년에 출간된 동시집을 읽다

　2011년 벽두부터, 2010년에 발간된 동시집을 모두 읽었다. 『어린이와 문학』의 대담에 참여하기 위해서였다. 사회자 김바다 시인의 말대로 이미 읽었던 동시집은 다시 한 번 읽을 수 있었고, 못 읽었던 동시집은 늦게나마 읽을 수 있는 기회였다. 꽤 많은 분량의 동시집을 읽어야 했기 때문에 한동안 동시집을 안고 살다시피 했다. 동시를 읽는 즐거움과 고통을 한꺼번에 맛본 시간이었다. 동시를 읽을 때는 좋았지만, 막상 대담을 준비하려고 이것 저것 살펴보자니 늘 그랬듯이 내가 과연 동시 비평을 할 자격이 있을까 하는 근원적 물음에 이르게 된다. 그러나 이러한 두려움은 동시에 대한 무한한 애정이나 지금까지 달려온 학문의 과정이 그 대답을 줄 것으로 생각한다. 시간 속으로 넘겨야 할 것은 넘겨 버리고 2010년 출간된 동시집과 동시인들, 평론가, 기타 동시 주변의 모든 것에 대해 이야기해 보려고 한다.

1. 동시 평론을 쓰는 것

요즈음 동시 평론을 쓰는 층이 다양해졌다. 동시 전문 평론가는 물론 전업 동시인과 현직 교사, 학부모, 학생 등 동시에 관심을 갖는 사람들 누구나 기꺼이 평론 작업에 동참하고 있다. 이들은 어떠한 방식으로든, 예컨대 전문적인 지식이나 오랜 시작 경험, 혹은 교사로서의 체험, 독자로서 동시에 접근하는 방식 등으로 동시에 대해 어떤 의견을 낼 수 있는 역량을 가졌다. 그러나 필자의 경우 개인적으로 동시를 좋아할 뿐이며, 이러한 관심에 기대어 무모하게 동시평을 쓰고 있는 것이 사실이다. 따라서 할 수 있는 최선은 가능한 한 모든 동시들을 무조건 다 읽어 보는 것이다. 아동문학 단체나 출판사, 출신, 성향에 관계없이 다 보려고 한다. 그러다 보니 결국 어정쩡한 위치에 선 아웃사이더 같다는 느낌을 갖곤 하였는데, 지난 2010년 11월 『어린이와 문학』의 한 평론에서 이재복 선생님이 "쟁점 토론의 글을 써 내기 위해서는 학연이나 연줄에 얽매이지 않는 '고아정신'이 필요하다"고 말씀하신 것을 읽고, 공감하며 다소 위안을 받게 되었다.

어쨌든 시를 읽는 일이 내게 주어진 일이라고 생각하고 열심히 읽으려고 했다. 왠지 겨울마다 동시를 읽어야 할 운명인 것 같은데, 작년 1월에는 『오늘의 동시문학』에 「'좋은 동시집'에서 읽은 2000년대의 동시 경향」을 발표하기 위해 동시집을 약 50권을 읽었고, 올해 겨울엔 약 40권의 동시집을 또 읽게 되었다.

2. 2010년 발간된 동시집의 경향

2010년에 출간된 동시집뿐만 아니라 여러 아동잡지들을 살펴보면 그

안에 실린 동시들의 풍성함과 수준에 놀라게 된다. 차곡차곡 쌓여 있는 시집들을 하나하나 읽어보면서 우리 동시 분야가 이제는 다양한 경향을 가지면서, 폭넓은 외연을 갖게 되었다고 느꼈다.

동시인들이 시집이 얼마나 잘 팔리냐 안 팔리냐 하는 문제에 흔들릴 필요는 없다고 생각한다. 필자가 『오늘의 동시문학』 2010년 겨울호에 쓴 「2010 동시의 흐름―'2010 좋은 동시 15편' 경향」의 서두에서 "평론가들이 동시의 위기를 이야기하면서 어린이들이 시를 읽지 않는다고 우려의 목소리를 높여갈 때에도, 동시인들은 어디에선가 열심히 동시를 쓰고 잡지사들은 이에 부응하여 동시의 지면을 넓혀갔다"고 말한 적이 있다. 결국 시인들의 자의식이 동시에 대한 모든 우려와 의심, 진단과 평가를 뛰어넘었다고 말할 수 있다.

지금 모든 인문학이 위기의 상황에 직면해 있다고들 말하는데, 이러한 때에 아동문학만큼 수많은 문인들이 열정을 쏟고 있는 분야도 흔치 않을 거라 생각한다. '동시의 위기'라는 말이 왠지 듣기 거북하다. 특히 동시가 살아남을 길을 찾아야 한다는 식으로 위기의식을 강조하는 것은 좋은 이야기 방식이 아니라고 생각한다. 어느 때인들 위기가 아니었을까? 한국의 아동문학에 있어 동시가 갖고 있는 위상은 다른 어떤 나라에 비해서 크다. 다만 자신이 속한 단체나 관심 있는 분야의 동시만 볼 것이 아니라, 전체적인 흐름 속에서 수많은 동시인들이 작품성과 진정성을 갖는 동시를 쓰고자 부단히 노력하는 모습을 제대로 보아야 한다. 지금 동시 분야는 어느 때보다 활발히 움직이고 있다.

무엇보다 동시집 출간이 2010년에는 활발했다. 출판사마다 불황을 이야기해도, 동시집은 여러 편 출간되었다. 이처럼 다양한 출판사에서 동시집 출간을 늘리고 있는 현상은 굉장히 긍정적이다. 수많은 동시인들의 관심과 노력, 또 동시를 아끼는 수많은 어린 독자들의 부응이 이런 일을 가능케 하고 있다고 생각하며, 모두에게 박수를 드리고 싶다. 특별히 이상교 시인이 회장인 '한국동시문학회'에서 〈한국 메트로와 함께하는 동시 콘서트〉를 개최하고 '지하철 스크린 도어'에 동시를 새기는 등 활발히 움직이고 있는 것으로 알고 있는데, 이러한 분위기라면 앞으로 더 다양하고 수준 높은 동시들이 나올 것이고 그만큼 독자들도 동시를 많이 읽게 될 것이라고 본다. 또, 『어린이와 문학』 대담회의 사회자 김바다 선생님의 의견대로 2010년 5월에 『동시마중』이 창간되어 동시단에 많은 힘을 실어주고 있다.

① 푸른책들

〈푸른책들〉은 개인 동시집 11권으로 동시 출판에 단연 앞서고 있다. 〈푸른책들〉의 동시집을 보면 상당히 놀라게 되는데, 〈푸른책들〉이 동시집 출판을 활성화시키고자 하는 의도를 가지고, 적극적으로 시리즈를 내고 있다고 보여진다. 동시집에 대한 아낌없는 투자와 격려 때문일까? 이 시집들 중에서 아마도 〈국어교과서〉에 많은 작품이 실린 모양이다. 신형건, 이준관, 손동연 시인 등의 동시 작품이 수록되었는데 읽어본 바로도 수작들이다. 다만 올해 나온 동시집 중에 몇 권은 개성이 돋보이기보다는 주제나 시적 표현에서 약간 비슷하게 겹쳐지는 시집들이 보였고, 주로 아이들의 사소한 일상, 작은 감정들에 천착한 경우로, 깊은 감동을 주지 못하는 작품들도 있었다. 많은 동시집을 출간하면서 질적으로 고른 시집을 내기가 쉽지는 않겠지만, 동심원 시리즈가 더욱 빛나기 위해서는 엄격한 작품 선별이 필요할 것이다.

② 문학동네

〈문학동네〉의 시집들은 하드커버에, 고급스런 색감으로 인쇄되어 있어서 일단 보기에 좋았다. 우연인지 아닌지, 주로 일반시를 쓰다가 동시 쪽으로 영역을 확대한 시인의 시집이 많았다. 박방희, 안학수, 문인수,

유희윤 등의 시인들이다. 일반 시를 쓰면서 기본기를 탄탄하게 다진 분들이어서 그런지 시적 표현이 안정적으로 보였고, 문인수의 경우처럼 독특한 시도를 한 분도 있었다. 그러나 오랜 동시 경력을 가진 동시인들의 참여가 미미하다는 느낌이 드는데, 어떤 의도인지는 알 수 없지만 짧게는 5년 이상 수십 년 동안 동시만을 써 온 기존 동시인들의 입장에서는 〈문학동네〉의 동시집 시리즈에 대해 거리감을 가질 것이다. 물론 이런 현상도 동시집 출간의 다양한 시도 중 하나라고 볼 수도 있을 것이다.

③ 〈섬아이〉, 〈청개구리〉, 〈창비〉, 〈비룡소〉

〈섬아이〉는 몇 년 전 새롭게 출범한 출판사인데 동시집를 먼저 내기 시작했다. 조두현, 신현배, 윤이현, 김소운, 김애란 시인 등이 올해 시집을 내었고, 김구연 시인의 기존 작품을 추려 동시선집을 출간했다. 알찬 동시집들이 속속 나오고 있어서 동시집 출판 부문에서 앞으로 기대가 되는 출판사이다. 〈청개구리〉에서도 올해 김자연, 정진숙, 강지인 시인의 동시집을 출간하였는데 '시 읽는 어린이'라는 시리즈를 내고 있으므로 더욱 좋은 성과가 있을 것으로 기대한다. 〈창비〉와 〈비룡소〉는 어느 정도의 자본력을 가진 출판사로서, 동시에 대해 더 많은 의지를 표명할 필요가 있다고 생각한다.

김바다 선생님의 의견대로 〈창비〉와 〈비룡소〉의 경우는 너무 좋은 작품을 선별해 내느라 출간을 뜸하게 하는 건 아닐까 하는 물음을 가지게 되고, 비룡소는 자기만의 색깔로, 기존의 일반 시인에게 주제를 정해서 청탁하고 출판하는 듯 보인다. 안도현 시인의 『냠냠』과 나무에 관한 동시집, 바다를 주제로 함민복 시인의 『바닷물 에고, 짜다』가 있다.

④ 〈문학과 문화〉, 〈아평〉

익숙하지 않은 출판사도 눈에 띈다. 저자나 출판사가 동시집을 보내

주어서 읽게 되는 경우가 있는데, 이런 경우 가급적이면 출판사의 지명도에 좌우되지 않고 편견 없이 읽으려고 노력하고 있다. 〈만인사〉, 〈아동문학세상〉, 〈아이들판〉, 〈일일사〉, 〈아동문예〉, 〈문학과 문화〉, 〈아평〉에서도 동시집이 나오고 있다. 〈아동문예〉는 오랜 역사를 가지고 동시집을 낸 출판사로, 최근엔 약간 뜸한 감이 있고, 〈문학과 문화〉에서는 박두순, 배정순, 조영수의 동시집, 미래동시모임 동시집을 출간하였고, 〈아평〉에서는 지금까지 약 세 권 정도의 동시집을 출간했다. 동시집 출간으로 경제적 이윤이 남지 않는 상황에서 작은 출판사에서 좋은 동시집을 지속적으로 내는 일이 무척 힘들 것이라고 생각이 든다. 어려움 속에서도 동시집 출판을 위해 노력하는 이들이 있어서 우리 동시의 미래가 있는 것이라고 위안을 삼아 본다.

3. 괜찮다고 생각했던 동시집

괜찮다고 생각했던 동시집을 고르는 것은 참 어려운 일이다. 객관적인 평자가 되기를 원하지만 독서행위란 결국 독자의 경험으로 텍스트를 재해석하는 것일테니까. 작가의 경험에 자신의 경험이 어떤 형태로든 맞부딪혀서 뭔가 감동을 받거나 느끼게 되는 것이므로 개인적 취향을 무시할 수는 없을 것 같다. 개인적으로 괜찮다고 여긴 시집들보다, 뭔가 동시집으로서 의미가 있고 부분적이라도 언급할 필요가 있다고 생각되는 시집들을 들면, 신현배의『산을 잡아 오너라』, 조두현의『달콤한 내 꿀단지』, 박방희의『머릿속에 사는 생쥐』, 안학수의『부슬비 내리던 장날』, 김환영의『깜장꽃』, 문인수의『염소똥은 똥그랗다』, 이준관의『쑥쑥』, 정호승『참새』를 꼽고 싶다.

① 신현배의 『산을 잡아 오너라』, 박방희의 『머릿속에 사는 생쥐』

신현배 시인은 주목되는 동시인이며, 필자가 이미 『어린이책이야기』, 『오늘의 동시문학』에서 언급한 적이 있다. 신현배 시인은 시적 연상이 뛰어난 시인인데, 논리적 비약도 결코 어색하게 여겨지지 않는다. 예컨대 '볕살'을 '팔려온 치와와'로 묘사하는 방식으로 전혀 연결될 수 없는 조합으로 시어를 결합해도, 절묘하고 강한 감동을 준다. 산문이 줄 수 없는 시어의 매력을 자유자재로 구사하고 있다. 또한 건강한 주제의식은 시에 대한 본능적 감각과 어우러져 시의 수준을 한층 더 높여 주고 있다. 동시조집 『산을 잡아 오너라』 중 「물오리」는 거대한 현대 문명의 위엄 앞에서도 전혀 거칠 것 없이 '꽥꽥'거리는 안양천 오리들을 그려 냄으로써 힘없는 것들에 대한 한없는 애정과 낙관적 자세를 보여주었다. 「낮잠」에서도 복권 파는 할아버지의 작은 박스가 꿈속에서는 우주선 캡슐이 되어 날아가는 상상을 함으로써 초라한 현실을 이겨낼 수 있는 큰 꿈을 보여주고 있다.

박방희 시인의 시에서는 시적 화자가 자연과 동화되어 있거나 이미 자연이 되어버린 경우가 많다. 동화나 소설로 빗대어 표현하자면, 전지적 작가 시점을 구사하는 것인데, 절대자의 시선을 견지하는 경우가 많다. 이러한 그의 방식은 『머릿속에 사는 생쥐』에도 잘 나타나며, 생로병사와 통과의례, 인간사에 대한 통찰로 이어지고 있다. 「할머니댁 신발」, 「텔레비전」은 어떤 시인보다 노인들의 정서적 환경을 잘 포착해 주고 있는데, 안학수 시인이 『부슬비 내리던 장날』에서 묘사해 낸 할머니, 할아버지와 사뭇 대비를 주고 있다. 안학수 시인은 「빈집」, 「숫돌」 등에서 인생의 깊은 상처, 심연을 무겁게 노출시키고 있는 반면, 박방희 시인은 적당한 무게감으로 절제되어 있으면서도 아이들이 버겁지 않게 공감할 동시들로 노인들의 심리를 잘 표현하고 있다. 활발한 활동으로 여러 아동잡지에 시를 내 놓는 시인인데, 어느 시 하나 격이 떨어진다고 느낀

적이 없으니, 참 대단한 시인이라고 인정하지 않을 수 없다.

② 안학수의 『부슬비 내리던 장날』, 김환영의 『깜장꽃』

안학수 시인의 『부슬비 내리던 장날』은 바다와 그곳에 사는 사람들의 이야기를 담고 있다. 바닷가 생물들을 소중하게 시로 형상화해 내었다. 무엇보다 '서해안 기름 유출사건'을 「삼베리본」, 「떡 캐는 갯벌」, 「장갑과 호미」 등에서 동시로 유연하게 표현했다. 그러나 몇몇 시어들이 돌출되어 부담을 주기도 하였다.

김환영 시인의 『깜장꽃』에서 눈에 띄는 건 용산참사의 '벽시' 「달팽이집」이다. '달팽이는 날 때부터 집 한 채씩 지고 와서 월세 살 일 없겠고, 쫓겨날 일 없어 좋겠다'는 표현이 우리 사회의 현실을 강력하게 풍자한다. 그러나 어린 아이들도 충분히 공감할 수 있다고 여겨진다. 시집 전체적으로 볼 때는 동시인의 자의식이 어린 화자의 시선을 넘어서서 지나치게 부풀려 있거나, 어둡게 느껴진다.

③ 문인수 시인의 『염소똥은 똥그랗다』

문인수 시인의 『염소똥은 똥그랗다』를 재미있게 읽었다. 제목을 짓는 방식이 기존의 동시들과 다르게 하나의 문장으로 이루어진 경우가 많았다. '덩쿨 장미가 궁금하다', '빗방울들은 명랑하다', '나무는 봄에 따끔따끔 하겠다' 등 재치있는 제목을 달아서 호기심을 유발하였다. 아이들의 맘을 잘 읽어낸 시라고 보이는데, 「눈 오는 날의 새떼」에서는 서정적 이미지를 잘 구사하였다. 나와 가족, 자연을 주로 시적 제재로 삼았는데 이들 중에서 자연을 묘사한 시들이 빼어나다고 느껴진다. 원시림, 고양이, 장미, 비, 섬, 소, 빗방울, 나무 등 동시인이 교감한 주변 세계가 사랑과 감사, 따뜻함, 숭고라는 시인의 내면에 잘 어우러져서 독특한 서정을 보여준다.

④ 조두현의 『달콤한 내 꿀단지』, 이준관의 『쑥쑥』

조두현 시인의 『달콤한 내 꿀단지』에서 「그 애」 연작시를 공감하며 읽었다. 주인공으로 전학 온 여자아이가 나오는데, 부쩍 조숙해진 아이들의 서정을 잘 포착하고 있다. 무엇보다 이 시집은 동시조집으로서, 동시조의 딱딱함을 벗어던진 유쾌함이 돋보인다.

이준관 시인의 『쑥쑥』 첫 부분에는 골목 안 풍경과 그 곳에서 벌어지는 아이들의 일상을 담고 있다. 세상에 대해 끝없는 관심과 호기심을 가진 아이들의 심리를 봄 아지랑이처럼 아련하게 잘 표현해 냈다. 어렸을 때에 뛰어 놀았던 골목길의 풍경이 환기되면서 참 따뜻한 느낌을 갖게 한다. 어릴 때, 숙제 하다가 문득 친구들이 골목에서 노는 소리가 들리면 막 뛰어나갔던 기억. 골목길의 풍경이 저절로 그림으로 그려지게 만드는 시이다.

4. 동시조집

2010년 동시집을 읽으면서 제일 먼저 드는 생각은 2010년 한 해는 동시에 대한 관심이 높아진 탓인지, 동시 분야에서 활발하게 작품을 내는 동시인들의 수가 늘었고, 동시집 출판도 붐을 이루었다는 사실이다. 출판 시장도 기존의 동시인 중심으로 움직이다가, 이제 새롭게 동시로 눈을 돌린 일반 시인들에게 자리를 많이 내어주고 있다. 또 교사 출신의 동시인들도 부쩍 활동이 늘어난 것으로 보인다. 여기에 새롭게 동시인을 지망하는 신인들이 얼굴을 내밀고 있어서 올해의 동시집 농사는 2000년대 이래 최고의 수확을 거두었다고 말할 수 있을 것이다.

앞서 출판사별로 약간의 언급을 했지만 여기에 속하지 않은 동시조 창작의 열기를 빼놓을 수 없다. 2010년 통틀어 박경용의 『호호 후후 불

어주면』(아평), 박근칠의 『서로 웃는 닭싸움』(아평), 신현배의 『산을 잡아
오너라』(섬아이), 조두현의 『달콤한 내 꿀단지』(섬아이) 총 네 권의 동시조
집이 나왔다. 대부분의 경우 처음 읽을 때는 전혀 동시조인 줄 눈치채지
못한다. 일반 동시처럼 재미있게 읽다가, 눈여겨보면 시조의 자수율을
엄격하게 지키고 있는 걸 느끼고 좀 놀라게 된다. 그만큼 이 동시조들이
원숙한 형식미를 갖추고 있다는 의미이다. 동시조를 쓰는 시인들의 경
우 오랫동안 수련해 온 분들이 많아서 만만치 않은 실력을 보여주고 있
다. 동시조는 형식에 매이다 보니 재미가 떨어진다고 보는 의견도 있지
만, 〈섬아이〉에서 나온 신현배, 조두현 시인의 동시조집은 처음 보았을
때는 동시조인 줄 모르지만, 읽고 나면 누구나 재미있다는 소감을 말할
것이다.

실제로 아이들은 동시조를 좋아한다. 몇몇 초등학교에는 방과후 과정
에 동시조 창작반이 있고, 이를 반영하듯 동시조에 대한 학위 논문도 많
이 나오고 있는 상황이다. 동시조는 일반 동시보다 시 쓰는 자세에 대한
고민을 더 하게 한다. 시를 함부로 쓰는 게 아니라는 사실을 알게 해준
다. 자수에 맞는 시어를 생각하는 과정에서 시작 활동의 진지함에 빠져
들게 하는 효과가 있다. 과거 일제강점기 말에도 동시조를 써서 민족혼
을 살리자는 운동도 있었고, 유의미한 결과를 얻었다. 현장에서 아이들
에게 동시조를 가르치는 지인의 말을 들어도 그렇고 실제 어린이들이
쓴 동시조를 보면 어른의 시각을 벗어나, 아이들의 톡톡 튀는 시선을 담
고 있다.

5. 정호승, 안도현의 동시집

2010년에는 일반시인으로 이미 최고의 평가를 받고 있는 정호승, 안

도현 시인의 동시집이 출간되어 조용한 반향을 일으켰다. 비교적 판매 부수가 높은 정호승 시인의 『참새』와 안도현 시인의 『냠냠』을 비교하듯 읽었다. 독자를 몰고 다니는 두 시인인데, 안도현의 『냠냠』은 먹을거리를 가지고 재미 위주로 쓴 동시이다. 여운이나 울림이 있는 동시집은 아니었다. 정호승의 『참새』는 재미를 위해 혹은 재치있게 멋부린 흔적이 없고 시인의 내면에서 우러나오는 자연스런 동심을 담고 있다. 품격과 잔잔한 웃음이 배어나오는 빼어난 동시집이다. 단아하면서도, 정감 있는 시편들이 작은 위로를 준다. 두 시집만을 놓고 보면, 동시를 쓸 때 동시인들이 가질 수 있는 두 가지 자세를 대비적으로 보여주고 있다. 앞으로도 안도현 시인이 동시를 쓸 때 유아들, 저학년 위주로 쓰거나 지나치게 재미있는 시 위주로만 쓴다면 그의 동시관을 의심받을 여지가 있다고 생각한다. 반면 정호승 동시의 자연스러움은 기존의 동시인들에게도 배울 점을 준다.

6. 시 그림책

김미혜 시인의 『꽃마중』과 이상교 시인의 『소리가 들리는 동시집』을 관심있게 보았다. 보통 그림책하면 동화를 떠올리게 되는데, 김미혜 시인의 『꽃마중』은 동시에 그림을 극대화한 방식으로, 동시를 쉽게 접할 수 있게 했다. 기획동시집이라는 느낌을 받았지만 시적 완성도가 높아서 어린이들이 한국 토종의 다양한 꽃들에 대해 알게 되고 그 아름다움과 향기를 시적으로 음미할 수 있는 기회가 될 것 같다.

이상교 시인의 『소리가 들리는 동시집』은 의성어와 의태어가 굵은 글씨로 표시되어서 이러한 표현들에 집중할 수 있도록 했다. 의성어 즉, 소리를 표현하는 말은 시에 있어서 리듬을 느끼는 것과 연결되고, 의태어는 이미지를 느끼게 되는 것인데, 이 시집을 읽다보면 각각의 시어들이 주는 감각적 표현과 독특한 느낌에 빠져들 수 있다. 이상교 시인 역시 오랫동안 시적 수련을 해온 시인으로, 이 농시집에서 재미있고 신기한 의성어, 의태어를 총망라하고 있다. 혼자 동시를 읽고 감상하기에 아직 어린 유아들이나 저학년들에게 읽어주고 싶은 동시집이다. 이러한 방식으로 아이들이 시의 리듬과 이미지를 느낄 수 있는 시적 언어들을 접하게 하고, 차츰 동시 전체의 흐름을 호흡할 수 있는 독자로 성장할 수 있지 않을까 생각한다. 다양한 방식으로 동시집의 외연을 넓혀가는 현상을 부정적으로 보지 않는다. 다양성을 즐길 줄 알고 실험해 보는, 그런 방식을 포용할 수 있는 여유로움이 필요하다.

7. 아이들이 좋아하는 동시, 어른이 좋아하는 동시

김바다 선생님은 대담 중에 박혜선 동시인의 『위풍당당 박한별』이 재미있고, 잘 쓴 동시라고 추천했다. 완성도가 높고 울림이 크다는 점을 높이 평가했고, 결핍 가운데 있는 아이의 정서를 끝까지 이끌고 가는 감동적인 시라고 했다. 이밖에 김영 시인의 『떡볶이 미사일』이 재미있는 표현으로 아이들에게 인기가 좋다고 했다.

이러한 시들을 보면, 특별히 어린이들이 좋아하는 시가 따로 있다는 생각이 든다. 물론 어른들이 읽고 아이들에게 강하게 추천하는 시집도 있다. 이런 이유 때문에 어른과 아이로 나누어 동시에 대한 선호도를 나누는 이분법적인 분류 방식이 당연히 회자 된다. 그러나 이러한 방식은 옳지 않을 것 같다. 엄밀히 설문조사를 실시하여 데이터를 내 본 것도 아니고, 어떻게 그런 분류가 가능할까. 또, 독자의 선호에 따라 좋은 동시인지 아닌지가 결정되는 듯한 분위기도 올바른 것은 아니다.

여기서 아이들이 좋아하는 시란 쉬운 시? 재미있는 시? 공감하는 시? 무엇을 의미할까? 이를 실제로 나누기는 쉽지 않다. 다만 필자의 경우 아이들을 만나면 아이들이 좋아할 만한 재미난 동시, 재미있지 않아도 의미 깊은 동시, 문학사적으로 중요한 동시 등을 다양하게 접할 수 있도록 해 줄 것이다. 대부분의 시인들도 어른 독자를 의식하고 쓰는 분들은 거의 없을 것이라고 본다. 또, 아이들만 생각하고 쓴다고, 모두 좋은 동시가 될 수 있는 것은 아니다. 동시인은 태생적으로 시적 감수성과 언어 감각을 어느 정도 타고나야 한다고 생각한다. 훌륭한 동시는 동심만으로 혹은 주제의식의 분출만으로 탄생되는 것 같지는 않다.

이밖에 몇몇 시집처럼 아이들의 경험과 관련된 것만 읽힌다면 문제가 있을 것 같다. 〈푸른책들〉에서 나온 책들이 이러한 점에서 서로 비슷하게 겹치는 부분들도 있어 보인다. 보통 동심을 이야기할 때 기준이 되는 세 가지는 자신의 어린 시절을 회고하는 동심, 아이 마음을 상상해서 쓰는 동심, 마지막으로 어른의 마음속에 있는 동심과 아이 마음의 접점이다. 어느 것을 가지고 어떤 방향으로 쓰든 다 가능하다. 아이를 이해하기 위해 아이와 체험하는 시를 쓰는 것도 괜찮고, 자신의 어린 시절을 상기하면서 시를 쓰는 것도 가능하다. 이는 시 쓰는 사람의 자유이다.

그러나 시인들이 무엇인가를 구체적으로 설명해 주는 시들은 좀 선택하기가 망설여진다. 아이가 읽고 느껴야 되는데 시인이 미리 단정해 주는 시는 안 좋다. 아이가 시를 읽고서 흐뭇함을 느껴야 하는데 시인이 먼저 느낌을 써 놓으면 일단 빼놓게 된다. 필자는 평론가이므로 편견 없이 다양하게 읽으려고 하고 있다. 어느 때는 아이 마음과 같은 시를 보고 감동을 받을 때도 있고, 어린 시절을 느낄 수 있는 시를 읽었을 때 감동받기도 한다. 다양함이 동시의 한 미덕이어서 다행이다.

8. 시인에게 하고 싶은 말

동시 쓰기는 공적인 행위이다. 단순히 자기만족을 위해서 쓰는 것이 아니므로, 동시인은 끊임없이 독자와 평자와 소통하면서 동시적 수련을 해 나가야 하는 운명을 가졌다. 시를 안 쓰고는 못 견디는, 윤동주 시인의 말처럼 '슬픈 천명'을 가진 그런 존재이다.

시인이라는 이름에 자족하기보다는, 도전적으로 자신을 내보이고, 적극적으로 평가받기를 주저하지 말아야 한다. 동시단에서는 시인들끼리 서로의 작품을 평론해 주는 경우가 많은데, 단순히 해설에 머무르고 진정한 비평이 되지 못하는 경우를 보았다. 시인들끼리 서로 위로하듯 좋게 평해주는 것이 도리어 동시단의 내면을 빈약하게 만들 수 있다. 평론가에게 상처받았다는 동시인의 말처럼 평론가를 상처 입히는 말도 없는 듯하다. 아마 어떤 시인에 대한 애정과 관심이 없다면 바쁜 시간을 틈내서, 머리를 싸매고 동시를 들여다보는 일은 하지 않을 것이다.

요즈음 동시 부문의 문학상이 늘어나고 있다. 서덕출 문학상, 푸른 문학상, 윤석중 문학상, 한국아동문학상, 세종아동문학상, 소천아동문학상, 대한민국 문학상 등 동시인에게 수여되는 각종 상들이 많아졌다. 아마 더 많을 것으로 생각되지만, 수상하신 분들 중에서 누군가 자신의 시에 대해 좋지 않은 평을 하면 '내가 무슨 상을 받은 사람인데.'라고 아쉬움을 토로하는 경우가 있다. 한국아동문학사에 길이 남을 대가들도 독자들에게는 예외없이 불평의 대상이 되곤 한다는 점을 상기할 때, 이러한 점은 불필요한 감정일 것이다. 아직은 출발선상에 서 있는 젊은 시인들이 여러 상을 받는다는 것이 오히려 해가 될 수도 있을 것 같다.

머리가 하얗게 세고도, 젊은 시인과 같이 생생한 언어를 구사하는 원로 동시인들을 생각해 본다. 참 존경스럽다. 늘 '새로움'을 추구해야 하는 동시인의 기본자세를 잊지 않고 계셔서인지, 그분들의 동시에선 빛이 난다. 새로움을 추구하는 자세와 정체되지 않는 자기 수련, 이 두 가지가 무엇보다 동시인들에게 필요한 덕목이 아닐까. 현재 우리 어린이들이 처한 환경이 날로 안 좋아지고 있다. 범죄에 노출되는 경우가 많고, 경제적 어려움이나 정서적으로 좋지 않은 상황에 놓인 어린이들도 많다. 어린이의 변화하는 환경과 정서적 상황에 관심을 두고, 가까운 곳에서 좋은 동시를 기다리는 아이들에게 진실을 가장 먼저 알려주는 친구가 되어 주길 기대해 본다. 평론가로서 함께 가는 길이 될 것이다.

9. 남는 문제와 아쉬움

2009년, 용산참사를 다룬 송경동 시인의 「이 냉동고를 열어라」를 육성으로 듣고 큰 충격을 받았다. 시 한 편이 한 사회의 현실과 모든 정치적 상황을 고스란히 보여줄 수 있다는 사실도 놀라웠고, 또 시 한 편이 이처럼 여러 사람의 몸과 마음을 움직일 수 있는 큰 힘을 갖고 있다는 사실에 놀랐다. 물론 동시를 일반시와 비교할 순 없겠지만 어느 해라도 그 한 해를 아울러 우리 어린이들이 처한 현실이나 정서적 상황을 대표할 수 있는 동시 몇 편 정도는 나올 수 있었으면 좋겠다. 그 한 해에 걸쳐 모두가 인정하는 그런 동시 몇 작품 말이다.

2010년 발표된 동시 중에는 우리를 놀라게 할 만한 대작들을 발견하기 어려웠다. 고은 시인의 말처럼 우리가 북쪽이 막혀 있어 본래의 대륙적 풍모를 많이 잃어버린 것은 아닐지. 좀 더 큰 스케일의 동시가 나오길 기대한다. (물론 소품이 안 좋다는 것은 아니다. 그러나 동시의 스케일에 대한 편견이 생기는 것도 좋지 않다. 여기에 더하여 현실 참여적 동시만이 대작이 될 수 있다고 말하는 것도 아니다.)

공감할 만한 좋은 동시들은 외면 받지 않을 것이라고 생각한다. 또,

모든 아이들이 다 동시를 좋아하고, 많이 읽어야만 하는 것은 아닐 것이다. 단 한 편을 읽더라도 얼마나 공감하며 깊이 느낄 수 있었느냐가 중요하다. 동시에 대한 관심이 예전보다 훨씬 높아졌다는 점이 중요하다. 일단 부모님이나 학교 선생님들, 아이들 자신까지 동시에 대해 호의적이며, 동시가 주는 정서적 효과나 기타 교육적 효용성에 주목하고 있다. 많은 아이들이 동시를 접할 수 있는 환경에 놓여 있고 감상하고 있다. 지금처럼 다양한 미디어 환경에 노출되어 있는 현실에서 아이들이 동화책이나 동시에 집중하기를 기대하는 것이 오히려 이상한 일이 아닐까? 일정한 수준을 견지하는 좋은 동시들이 계속적으로 발표되는 것이 무엇보다 중요한 것이고, 그런 동시들은 당연히 모두가 즐겨 읽을 것이다.

(『어린이와 문학』 2011. 1월호 대담 자료 정리)

동시의 길을 묻다

동시인, 작업인이 아니다

좋은 동시란 무엇일까 가만히 생각해 본다. 얼마 전 한 좌담회에서도 같은 질문을 받았다. 2010년 출간된 약 40권이 넘는 동시집 중에서 좋은 시집을 말해 달라, 좋은 동시를 뽑는 기준은 무엇이냐 하는 것이었다. 대답하기가 쉽지 않았다. 여러 동시들이 뒤죽박죽되어 떠오르기도 하고, 재미있는 동시가 좋냐, 어린이의 삶이 담겨 있는 동시가 좋냐, 회고하는 어른의 마음에서 쓴 동시는 어떻게 평가해야 하느냐 등의 해묵은 이야기들 속에서 길을 잃었기 때문이다.

겨우 좌담회를 마치고 집으로 돌아오는 길에, 아마도 1960년대 쯤에 박경용 시인이 한 말이 떠올랐다. 박경용 시인은 '어린이 마음'만으로 쓴 작품이라면 어린이가 쓴 동시(아동시)가 으뜸인데, 어른이 쓴 작품이 그렇게 되기가 어렵다고 했다. 그러므로 동시인은 동심을 고작 그대로 표현해 내기만 하는 '작업인'이기보다, 동심을 더 높은 차원으로 이끄는 길잡이가 되어야 한다고 했다. 두고두고 마음에 남는 내용이었다. 간혹 어떤 동시인은 어린이와의 소통과 공감에만 집중하기도 하고, 자신의 동심을 증명해 내는데 온갖 힘을 다 쏟는 듯 보이기도 한다. 지나친 동심 강박증이 포착된다. 그러나 동심의 표현에 지나치게 염려할 필요는 없다. 오히려 아동시가 주지 못했던 시적 감수성이나 미적 표현력을 적절히 발휘하길 바란다. 2011년 봄, 반가움으로 다가온 몇 작품을 만나 보자.

겨울, 봄을 말하다

혹독한 추위 속에서도 유독 겨울을 찬란하게 만드는 것은 온 세상을 은빛으로 물들이며 내리는 소담스런 눈이다. 장독대가 눈을 이고 있다. 담장은 눈을 업고 '나'를 부른다. 강지인의 「눈오는 날 아침」은 나를 향해 손짓하는 하얀 눈 속으로 빨려가듯 뛰어나갈 수밖에 없는 아이의 설렘을 잘 담아내었다. '장독대'와 '담장'이라는 고전적 소재와 하얀 눈이 어우러져 단촐하면서 호젓한 모습의 눈 풍경이 펼쳐진다.

> 장독대가 하얗게 눈을 이고
> ─나하고 놀자! 부르고
>
> 담장도 하얗게 눈을 업고
> ─나하고 놀자! 부르고
>
> ─강지인, 「눈 온 날 아침」, 『어린이책 이야기』, 2010. 겨울호

그러나 눈 속, 땅 속의 풍경은 자뭇 다른 모습이다. 첫 겨울을 견디는 '어린 나무'에게 칼바람은 잔인하고 온 몸으로 감내해야 할 고통으로 다가온다. 박지현의 '엄마나무가 맨 처음 아기나무에게 일러주는 말'은 한

겨울을 이겨내는 엄마와 아이의 사랑과 매서운 추위 속에도 어느덧 봄의 희망이 망울지어 있다는 자연의 순리에 대한 진술이다. 뿌리와 뿌리로 이어진 엄마와 아이는 서로의 손과 손을 꼭 잡고 겨울을 견딘다. 아니, 봄을 맞을 준비를 하고 있다.

엄마 뿌리 꼭 잡고
놓치면 안 돼
견뎌야 해

칼바람
눈보라에
이겨야 해

그래야
따슨 봄이
너를 고이
반겨줄 테니까

—박지현, 「엄마나무가 맨 처음 아기나무에게 일러주는 말」, 『열린아동문학』, 2010. 겨울호

성명진의 '봄눈'과 김정신의 '할머니 말씀'에서도 겨울 속에 빼꼼히 얼굴 내밀고 서 있는 봄의 향기가 가득하다. 눈송이들을 멈칫하게 만드는 냉이의 가는 목, 씨앗 냄새들이 그 향기를 퍼뜨리고 있다. 겨울 내 아이들을 즐겁게 만들었던 눈송이들이 마치 악당처럼 느껴질 때, 눈송이는 '가는 목의 냉이'에게 세상 한 켠을 양보하게 된다. 성명진 시인은 눈송이의 머뭇거림을 섬세한 언어와 이미지로 선명하게 그려내었다. 가녀린 냉이의 가는 목을 안쓰럽게 여기는 눈송이의 사랑스런 마음까지

보이게 만들었다. 평소 감각적 언어 구사에 능했던 오인태도 '딱딱딱'
에서 '딱, 요만한 자리에, 딱 요만한 꽃씨를 날라 와' 씀바귀꽃을 피워
낸 그 누군가에 대해 감탄하면서 봄의 순리와 자연에 대한 찬탄을 질문
의 형식으로 바꾸어 놓았다.

눈송이들이
땅에 내려앉으려다가
멈칫,
멈칫거려요.

벌써 냉이 몇이
가는 목 들고 나와 살고 있거든요.

—성명진, 「봄눈」, 『어린이와 문학』, 2011. 2월호

할머니가 말씀하셨어.
나무냄새를 맡고 싶으면
이른 새벽 동네 앞산을 오르고,
흙냄새를 맡고 싶으면
비 오는 날 창문을 열어 보라고.
문득 난 궁금해졌어.
그러면 씨앗 냄새는요?
꽃 피는 봄까지 기다리면 되지.
할머니가 말씀하셨어.

—김정신, 「할머니 말씀」, 『동시마중』, 2011. 1 · 2월호

우리 집 옥상

시멘트 바닥 한 귀퉁이

한 줌도 안 되는 흙에

씀바귀꽃

딱, 한 포기 노랗게 피어 있네.

누구실까?

딱, 요 자리에

딱, 요만 한 꽃씨를 날라 오신 분.

—오인태, 「딱딱딱」, 『동시마중』, 2011. 1 · 2월호

비어 있음과 틈, 여백이 되다

오순택의 「시골 우체통」을 읽자니, 얼굴에 미소가 번진다. 그리 재미 있을 내용도 아니지만 '-없군', '-비었군' 하며 속삭이는 초록 바람과 부리 고운 새가 저절로 마음에 그려진다. 시어의 선택이 예사롭지 않다. 간결하지만 여운이 남는다. 편지 한 장 오지 않는 먼 시골 마을의 쓸쓸 함을 표현했을까, 아니면 반가운 소식을 기다리는 누군가의 마음을 바 람과 새가 대신 말해주고 있는 것일까? 오순택의 동시에서 '비어 있음' 이 주는 여백은 누구의 마음, 누구의 생각이든 담을 수 있는 무한대의 공간으로 넓어져만 간다.

초록 바람이

손을 넣어 보며

- 없군.

부리 고운 새가
들여다보며

- 비었군.

—오순택, 「시골 우체통」, 『오늘의 동시문학』, 2010. 겨울호

"야호—" 하고 소리치면
"야호—" 하고 대답하는 메아리
항아리 속에
　숲이 있다.
　골짜기가 있다.
　산이 있다.

—임형선, 「항아리3」, 『시와 동화』, 2010. 겨울호

　임형선의 「항아리3」은 시적 발상이 천진스럽고 다소 장난스럽다. 빈 항아리 속에다 '야호' 하고 소리치는 개구쟁이 아이의 모습이 바로 그려진다. 아이의 마음에 부응하듯 '야호' 대답하는 '항아리'는 아이의 친구가 되고 무공해 장난감이 된다. 비어있기 때문에 소리 낼 수 있는 항아리는 자신을 비움으로 타인과 친구가 되는 또 다른 '여백'의 미덕을 보여주며, 흙으로 빚어질 때, 고이 숨겨온 '숲'과 '골짜기'와 '산'을 아이에게 보여줄 수 있게 된다.

　오지연의 「틈」은 다른 이름의 '여백'이다. '비어 있음'이다. '틈'을 내어주는 것은 마음자리를 내어주는 것이고 타인의 존재를 인정해 줄 공간을 나누는 것이다. 이러한 '틈'이 얼마나 필요한 것이고, 막힌 숨통을

트이게 하는 배려인지 시인은 부드럽게 말하고 있지만, 그 목소리에 간절한 호소가 담겨져 있다. 마지막 연에서 직접적으로 그 틈의 의미를 설명해주려고 한 점이 아쉽게 여겨진다. 시인이 지나치게 독자를 배려해줄 필요가 없다. 설명의 과잉이 시의 흐름을 깰 수 있기 때문이다.

복잡한 전철 안에
목발 짚은 아저씨가 타자
나란히 앉아 있던 승객들
얼른 조금씩 사이를 좁혀
자리 하나 만들어 주었죠.

지금 여기,
하늘이 안 보이게 빽빽한
푸른 나뭇잎들 사이에도
틈이 있어요.

햇살 들어오게 하는 틈
바람 드나들게 하는 틈
꽃과 열매들에게
자리 내주는
틈,

새들 벌레들
빗방울들
들어와 쉬게 해 주는
틈.

그 틈이 있어
무엇이든 들어와요.
그 틈이 있어
얼마든지 들어와요.

좁지만
한없이 넓은
틈.

— 오지연, 「틈」, 『어린이책이야기』, 2010. 겨울호

이병승의 「안 웃기」에서 일상이 주는 여백이 느껴지는 이유가 뭘까? 웃으면 안 되니 당연히 말도 안 할 것이다. 잠깐의 침묵 속에서 서로의 얼굴을 쳐다보며 웃지 않아야 한다. 소원했던 친구 사이도 '안 웃기' 시합 속에선 당해낼 재간이 없을 것이다. 얼굴과 얼굴을 마주 대하는 그 짧은 여백의 시간 속에서 서로에게 집중하며 둘 만의 의미를 만들어 간다.

얼굴 마주 보고
안 웃기 시합을 한다.

눈동자 떼굴떼굴
콧구멍 벌렁벌렁

ᴧ

ᴧ

ㅎㅎㅎ

ㅋㅋㅋ

풉!

푸하하핫!

깔깔깔깔깔깔!

우헤헤헤헤헤헤!

이겨도 좋고 져도 좋은 놀이

　　　　　　—이병승, 「안 웃기」, 『어린이책이야기』, 2010. 겨울호

현실과 판타지를 말하다

　곽해룡의 「네모난 수박」은 맛이 아니라 상품성으로 존재의 가치를 인
정받는 '수박'의 비애를 담고 있다. 언제부터인가 자연의 순리를 거스
르면서 태어난 과일이며 채소들이 하나 둘 탄생했다. 수박도 맛보다는
모양과 편리성이 우선인 세상이다. '동그랗게 자라고 싶은 힘이 1톤'이
나 되는 수박과 이를 '네모'로 만들기 위한 인간의 전쟁. 그 전쟁으로 5
년 만에 네모 수박을 탄생시켰지만 수박은 아직도 둥글게 자라고 싶다.
이 장면에서 밝고 씩씩하게 놀기도 하고, 천천히 동시 한편 읽고 싶어
하는 아이들과 이들을 경쟁으로 내 몰아서 인간 상품으로 만들어 버리
는 잔인한 교육제도가 겹쳐진다.

　백화점 과일전에 네모난 수박이 쌓여 있다.

　어린 수박이었을 때부터

　네모난 틀 속에서만 자랐다는

네모난 수박

다 자라도 7.5킬로그램밖에 안 되는 작은 수박이
둥그렇게 자라고 싶은 힘이 1톤이나 되어서
부서지지 않는 네모 틀을 만드는 데만
5년이 걸렸다고 한다.

구르지 않기 때문에 깨질 염려 없고
빈틈이 적기 때문에
좁은 곳에 많이 쌓아 둘 수 있는 네모난 수박

지구처럼 둥글게 자라고 싶은 어린 수박이
벽돌처럼 네모나게 길들여져
네모나게 뭉쳐진 네모난 수박

아직은
둥글게 자라고 싶은 유전자를 갖고 있어
씨앗을 받아 심어 주면
달처럼 해처럼
다시 둥글게 자라날 네모난
수박

—곽해룡, 「네모난 수박」, 『창비어린이』 2010. 겨울호

현실이 잔인할 때 '전복'의 상상력으로 판타지가 발휘된다. 유희윤의
「정말?」은 드물게 판타지의 기법으로 쓰인 동시이다. 찻길에 나뒹군 껌
이 화가 나서 주문을 외운다는 설정으로, 숨도 안 쉬고 주문을 외운 결

과 빨간 차가 땅에 딱 달라붙고, 모든 차들이 멈춰 서게 된 상황을 보여준다. 은색 자동차 우리 아빠도 지각하여 야단을 맞으시고, 껌은 인간을 톡톡하게 골탕 먹인다. 동시 속에서 판타지가 자연스럽게 표출되는 것이 새롭기도 하였다. 일단 주목하고 싶어지는 동시이다. 그러나 껌이 화가 나서 인간에게 복수하는 설정에 크게 설득 당하지는 못했다. 재미있지만 진정성이 느껴지지 않는다고 할까? '그래서요?'라고 다시 묻게 만드는 그런 시였다.

누군지 껌은 알걸!
질겅질겅 씹다가 퉤! 뱉어 버린 사람.

찻길에 나뒹군 껌
화가 머리끝까지 치솟아
숨도 안 쉬고 주문을 외웠대.

봐라봐라봐랏쏭나는초강력접착제자동차야붙어랏딱!

껌의 주문대로
달려오던 자동차가 딱 붙어 버렸대.
찻길에 딱 붙은 껌 위에 자동차가 딱 붙어 버린 거지.
거짓말처럼.

"무슨 일이지?"
"도대체 무슨 일이야!"
딱 붙어 옴짝달싹 못하는 빨간색 자동차 뒤에 쥐색 자동차 흰색 자동차
까만색 자동차 또 까만색 자동차 다음은 은색 갈색 보라색 군청색 또 또

또…… 착착착착 줄줄줄줄 멈춰서고 말았대. 그것도 그 바쁜 출근 시간에.

까만색 자동차 뒤 은색 자동차 안에 있던 우리 아빠도 어쩔 수 없었대.
정확히 49분이나 늦게 출근하고 부장님께 야단야단, 야단을 맞았대.

—유희윤, 「정말?」, 『창비어린이』, 2010. 겨울호

동시, 함께 가는 길이 되다

무엇이 제일 좋은 동시일까 뽑아보는 것, 등수를 매겨보는 것은 진
정한 동시의 정신이 아닐 것이다. 함께 가는 것, 서로의 다름을 인정
하듯 다양한 동시들이 실험되고 새로움의 양식들 속에 여러 생각과
주제들이 채워질 때 동시의 영토는 날로 넓어지고 비옥해질 것이다.
김성범이 「눈 온 날」에서 보여주는 깨달음의 의미에 주목해야 할 것
같다. 달라도 같은 길을 가고 있는 발자국들. 함께 가는 길, 동시가 가
야 할 길.

눈이 오니 알겠습니다.
길
위에
고라니 발자국이
꿩 발자국이
토끼 발자국이
같이 찍혀 있습니다.
갈 곳도 다르고
집도 다르지만

함께 다니는 길입니다.

—김성범, 「눈 온 날」, 『동시마중』, 2011. 1 · 2월호

(『열린아동문학』 2011. 봄호)

동시에게 하는 말

너를 처음 만났을 때부터 나는
너로부터 헤어날 수가 없었다.
처음이듯 새롭게 열어주는 해맑은 세상,
늪인 듯 나는 온전히 빠져들고 말았다.

『시와 동화』 2011년 봄호를 읽다 보면 50년 시력을 말하는 한 동시인의 소회가 담겨 있는 시 한 편을 만날 수 있다. 「동시에게」는 문삼석 시인이 동시에 바치는 헌사(獻辭)와 같다. 시인은 붙이는 말에서 동시가 있어서 삶이 지루하지 않았다고 고백하며 삶의 동반자인 동시에게 고마움을 표하였다.

당신을 만나서
선생님이나 변호사, 검사나 약사, 의사나 화가,
엄마나 아빠 또는 그 무엇이
되지 않아도 된다는 것을 알았어요.
먼지가 되어도 된다는 것을 알았어요.

공교롭게 『동시마중』 2011년 봄호에는 신인의 꼬리표를 달고 나온 송선미가 「먼지가 되겠다―동시에게」라는 제목으로 동시에게 못다한 고백을 하였다. 신인에게 또 원숙한 작가에게 동시는 열린 창문처럼 어느 날 문득 눈앞에 새로운 세상을 펼쳐 보여준 것이다. 이러한 놀라움 때문일까. 2011년 봄에는 다양한 시인들이 여러 빛깔의 동시들을 쏟아 내었다.

동시가 한 사람의 마음을 움직이고 삶을 바꾸어 놓았다면 그것으로도 이미 충분할 것이므로, 다시 봄이라는 계절 동안 발표된 동시들을 펼쳐 놓고 이렇다 저렇다 말하는 것이 무례일지 모르겠다. 그럼에도 불구하고 시작(詩作)이 결코 자족에만 머물 수 없는 공적인 행위라는 것을 상기하며 우리가 서 있는 자리는 어디쯤인지 살펴보기로 한다.

풀잎, 곤충, 새들이 하는 말

방아깨비 한 마리가 풀잎에게 이야기한다. 몸을 흔들어 춤을 추어 달라고. 그러는 사이 자기는 들판 끝까지 갈 거라고. 모두 미래를 가정하는 어법이다. 방아깨비의 섬세한 요구를 마음으로 따라가 보니 점점 흥겨워진다. 날씬한 풀잎들이 추는 춤은 둔탁하지 않고 상큼한 춤일 것이다. 김미혜는 「방아깨비」에서 긴장된 몸을 풀듯 팔짱을 풀고, 옆 친구와 손잡고 춤을 추는 풀잎을 상상 속에 보여준다. 그 사이로 펄쩍 뛰듯 날아가는 한 마리 방아깨비도 볼 수 있다. 짧은 시이지만 묘사력이 돋보인다. 움직임을 표현하는 '움쩍움쩍 들썩들썩'도 무척이나 적절하고 시 속에서 조화롭다고 여겨진다. 사물을 따라가듯 묘사하는 시들과 다르다. 작가의 상상력이 먼저 움직이고 있다. 시인의 마음에 미리 떠오른 대상들이 꺼내지듯 시로 그려졌다.

날씬한 풀잎들아 춤을 춰.
손을 잡고 어깨를 맞대고
몸을 흔들어 줘.
팔짱을 풀고
움쩍움쩍 들썩들썩

그 사이
저 들판 끝까지 가야겠어.

—김미혜, 「방아깨비」, 『아동문학평론』, 2011 봄호

　　박성우의 「나비랑 벌」과 남호섭의 「봄」에는 자연을 관찰하고 자연과
동화되는 동심이 나타난다. 「나비랑 벌」은 언제나처럼 꽃 사이를 누비
고 다니지만 땅으로 걷는 법이 없다. 발에 흙이 묻으면 꽃이 더러워질테
니, 언제나 '윙윙' 날아다니는 것이다. 순수한 시적 화자의 해맑은 시선
이 미적 감수성으로 이어져서 짧고 귀여운 이미지를 그려내었다. 「봄」
에는 진달래 가지 끝에 내려앉은 새 한 마리가 정지된 화면 속에 여유롭
게 흔들리는 움직임을 포착해 내었다. 꽃잎을 따 먹느라 정신없는 새 한
마리. 동심으로 자연과 하나되는 순간이다.

나비랑 벌은 안 걸어 다닌다.
발에 흙 묻으면 꽃이 더러워지니까
팔랑팔랑 윙윙 날아다닌다.

—박성우, 「나비랑 벌」, 『창비 어린이』, 2011 봄호

진달래 가지 끝
새 한 마리

붉은 꽃잎 따먹느라
흔들흔들

봄이 가는 줄도 모르고
흔들흔들

—남호섭, 「봄」, 『어린이와 문학』, 2011. 4월호

별과 장화가 내는 소리

세상에는 다양한 소리들이 존재한다. 우리가 생활 속에서 늘상 듣는
아빠의 자동차 소리, 윗집 피아노 소리, 세탁기 돌아가는 소리 그리고
멀리서 울리는 이삿짐 옮기는 소리……. 우리의 귀는 언제나 쉴 틈이 없
다. 그럴 때 별들이 내는 소리, 노란 장화가 내는 소리를 들어보면 어떨
까? 성명진의 「별들」과 유미희의 「보그락 자그락」은 소리를 보여주는
시들이다.

마을 위에 별들이 모였어요.

서로 빛을 뽐내다가
이 집 들어갔다 나오고
저 집 들어갔다 나오고

저기 가 보자.
재밌겠다.

어서 가자.

별들에게서

아이들 소리가 나요.

—성명진, 「별들」, 『시와 동화』, 2011 봄호

성명진은 「별들」에서 별이 내는 소리를 보여준다. 시 속 주인공은 마을 위에 모인 별들이다. 한집 두집 마을을 비춰주는 별들은 이집 저집 구경 다니는 아이들처럼 재잘거리는 소리를 낸다. 별들은 특별하게 한 집만을 비추지 않는다. 꼬리에 빛을 달고 여러 집을 찾아다닌다. 시인은 평등하게 빛을 나누어 주는 별의 마음씨를 즐거이 훔쳐내었다. 그리고는 몰려다니는 아이들의 모습으로 재미있게 표현하였다. 별들에게서 나는 아이들의 소리는 얼마나 사랑스러울까? 상상만 해도 즐거움은 배가되고, 우리 집을 비춰주는 별들의 소리를 그려보게 된다.

유미희의 「보그락 자그락」에서 들리는 소리는 보다 구체적이다. '보그락 자그락'은 할머니 장화 속에서 울리는 소리. 어쩌면 바지락이 부딪치는 소리일지도 모르겠다. 파도가 들려주는 장단처럼 다정하고 정겨운 하모니를 이룬다. 시인은 장화가 내는 소리를 너무도 절묘하게 언어로 표현했고, 무엇보다 건강한 생활의 소리에 주목하였다는 점에서 소중함이 크다. 너무 예쁜 소리 '보그락 자그락'을 찾아내 준 시인의 주의력과 감각적 언어 구사력에 감탄하게 된다.

바지락 캐서 이고 가는

우리 동네 할매들

앞에서 걸을 때마다

보그락!

자그락!

뻘 묻은
노란 장화 속에서 울리는
장단 소리

보그락!
자그락!

집에 가는 길
우리들 걸음까지
가뿐가뿐.

—유미희, 「보그락 자그락」, 『동시마중』, 2011. 3·4월호

아이들이 하는 말

랩동시가 나왔다. 랩이란 노래말을 빠르고 리듬감 있게 읊어주는 것이라고 알고 있다. 젊은이들이 주로 부른다. 그렇지만 가사 중에 사회 비판과 풍자가 들어있는 경우도 있고, 막말이나 비속어가 섞여 있는 경우가 많아서 이를 싫어하는 어르신들도 계신다. 그런데도 청소년이나 젊은이들은 다소 어지러운 랩퍼들의 행동이나 손동작을 따라하면서 신나게 즐긴다. 어린이들도 랩이 신기한 묘기처럼 느껴지는지 이를 따라 부른다. 한마디로 큰 유행이 된 것이다. 이러한 때에 권오삼 시인이 나섰다. 아이들의 마음을 알아보자는 것이다. 좀 더 아이들에게 다가서서 그들의 마음을 랩동시로 표현해 보고 공감대를 늘려가자고 선언한 것이

다. 먼저 '중얼중얼 랩동시' 5편을 연작으로 내놓았다. 결연한 의지조차 느껴진다. 그중 제 2편 「공부는 학원에 가서 하면 돼」를 보면 랩이 가지는 사회비판적인 측면이 고스란히 전해 온다. 선생님께 '꺼져라'고 외쳐대고, 공부는 학원에 가서 하면 된다는 아이들. 누가 우리 아이들을 이렇게 만들었는지 뼈아픈 반성을 하게 된다. 아이들이 하는 말에 조금만 귀기울여 보면 비뚤어진 어른들의 모습이 거울에 비추듯 똑바로 보인다.

> "꺼져라!"
> 내 앞자리에 있던 기철이가
> 공부시간에 장난을 치다가 선생님께 야단을 맞자
> 맞은편 친구들에게까지 들리도록 꿍얼거렸네.
> 맞은 편 자리에 있던 동현이가 듣고 선생님께 일러 바쳤네.
> 선생님은 기가 막히는지 기철이를 바라보기만 하셨네.
> 잠시 위 수업은 다시 시작되었고 우리는 아무 일 없었다는 듯
> 또다시 와글와글 떠들어대기 시작했네.
> 너도나도 공부는 학원에 가서 하면 된다는 생각.
> 공부, 공부, 공부는 학원에 가서 하면 된다네! 된다네!
> ─권오삼, 「공부는 학원에 가서 하면 돼─중얼중얼 랩 동시 2」, 『시와 동화』, 2011 봄호

우리 아이들의 마음을 무엇으로 채워줘야 할까? 어찌할 바 모르는 자신의 마음을 욕설로 풀고 일상의 궤도에서 벗어나 저기 멀리 딴 곳만 자꾸 생각할 때, 정말 현실이 재미없다고 느낄 때 우리 어린이들은 누구와 이야기를 나누고 지낼까? 김경란은 「내 마음 어지러운 날」에서 평소 즐겨보던 TV조차 맘을 채워주지 못하고 누군가 자신의 마음을 이해해 주길 바라는 어린이의 마음을 잘 포착하였다. 자연을 보고 즐거워하거나 부모님, 친구들과 사랑을 주고 받을 수 없는 처지의 아이들이 현실적으

로 많다. 아이들은 어른들의 삶이 팍팍해질 때 직접적으로 그 영향을 받을 수 있고, 차츰 사춘기로 접어들면서 스스로도 설명할 수 없는 혼란스러움에 힘들어 한다. 김경란은 직접적으로 TV가 어린이의 친구가 될 수 없다는 비판적 시선을 드러내기 보다는 이러한 시적 상황에 처한 아이들의 솔직한 고민을 보여주고 어린이들이 맞닥뜨릴 수 있는 정서적 불안의 측면을 드러내고 있다.

틱, 틱, 틱.
아무리 채널을 돌려도
볼 게 없어.

투니버스, 챔프, 어린이 TV……
채널들은 많기만 한데

손가락이 아프도록
틱, 틱, 틱
리모턴을 눌러도

어째서
내 마음 알아주는 채널 같은 건
없는 걸까?

난 지금껏
텔레비전이 내 친구인 줄 알았는데
그게 아니었나 봐.

—김경란, 「내 마음 어지러운 날」, 『열린아동문학』, 2011 봄호

이안의 「금붕어」에는 혼자 있고 싶어 하는 어린이의 복잡한 심정이 나타난다. 아이는 금붕어가 되어 어항 속에 돌멩이 하나만 넣어 달라고 부탁한다. 그 뒤에 숨고 싶다고 존댓말로 정중하게 부탁한다. 누구에게 하는 부탁일까? 당연하게도 어른들에게 하는 부탁이다. 너무 간섭하지 말고 쉬게 해 달라고, 혼자 있고 싶다고 간절하게 말하고 있는 것이다. 어항 속의 금붕어처럼 언제나 어른들의 시선 속에 감시당하듯 살고 싶지 않다는 뜻일 게다. 권오삼의 「공부는 학원에 가서 하면 돼」처럼 격하지도 않고, 김경란의 「내 마음 어지러운 날」처럼 투정부리듯 말하지 않았다. 그렇지만 1, 2연과 3, 4연의 간결한 대구 속에 아이의 마음을 절절하게 표현하였다.

돌멩이 하나만 넣어주면 안 될까요?

나도
혼자 있고 싶을 때가 있어요.

돌멩이 뒤에 숨어,

아무에게도 나를
보여주고 싶지 않을 때가 있어요.

—이안, 「금붕어」, 『어린이와 문학』, 2011. 5월호

동시가 어린이들에게 하는 말

현실을 사는 어린이들의 마음에는 특유의 밝음과 그늘이 매시간 교차

하고 있다. 상상의 세계에 살지 않는 한, 살면서 부딪히는 삶의 문제가 어린이들에게도 예외가 되지 않는다. 동시인은 어린이들의 가장 가까운 친구가 되겠다고 말하고 있지만, 간혹 시인의 감정만 잔뜩 쏟아 놓은 경우도 있다. 시가 읽기에 어렵다는 뜻이 아니다. 현실의 어린이를 놓치고 있다는 생각이 들었다. 아이들은 저만치 있는데, 내 안의 어린이에만 자꾸 연민을 쏟고 있는 것은 아닐까 하는 그런 생각이 들었다.

동시가 어린이들의 마음을 잘 표현해 주어서 공감하게 하고, 또 미처 알지 못했던 미적 체험과 깨달음, 보다 높은 예술적 향기를 보여주면 좋겠다. 무엇보다 동시 한 편을 읽으면서 어려움을 이겨낼 힘을 얻고, 한 편으로 위로받는 어린이들이 있다면 그럼 된 것이다. 오늘 동시가 어린이들에게 한마디 하고 싶단다. 나에게 기대면 마음이 후련해지고 곧이어 따뜻해질 거라고. 마음을 나누는 친구가 되자고. 나도 노력하겠다고.

(『열린아동문학』 2011. 여름호)

동시가 햇살이 되어

1.

올 여름 장맛비를 경험하고 나니 평소 비를 좋아하던 마음에 조금 변화가 생겼다. 언제부턴가 행복을 말하는 것이 사치가 되고, 좋아하는 일을 찾는 것조차 부끄러운 일이 되었다. 세상은 사람들에게 한없이 가혹해져만 가는데, 시를 쓰는 일이 부끄러웠던 윤동주 시인이 자꾸만 생각나는 날이다. 문성란의 「아까워라」를 읽으며 그래도 동시가 '햇살'이 되어 우리들을 비춰줄 수 있다면, 비를 맞으며 고단했던 마음들을 조금이나마 밝혀줄 수 있다면 얼마나 좋을까 생각해 본다.

몇 날을 내리던
장맛비 그치고
태양이 나왔다

뜨겁다고
모두들

피하려는데

할머니는
반가워서
어쩔 줄 모른다

눅눅해진 이불을 널며
장독대 뚜껑을 열어 놓으며
젖은 빨래를 내다 걸며
빨간 고추를 멍석에 펴면서

아까워라
아까워

자꾸만
손바닥에 햇살을 받으신다

─문성란, 「아까워라」, 『오늘의 동시문학』, 2011. 여름호

2.

지난 여름에도 동시들이 빗방울처럼 잡지에서 쏟아져 나왔다. 신인들의 약진이 눈에 띈다. 시인들이 특정 지면을 가리지 않고 다양한 잡지에 투고하는 것이 일반화되었다. 모두 긍정적인 현상으로 보인다. 날로 발전을 더해가는 시인들이 포착되고, 자신이 처한 위치를 점검하지 못하고 그냥 지면을 낭비하고 있는 듯 보이는 시인들도 있었다. 이들의 격차

는 날로 심해져 갈 것이다. 지금은 자기만의 서정과 개성으로 무장한 동시들이 몰려오고 있는 때이다. 읽는 이에겐 기쁨을, 같은 동시인에겐 자극이 될 좋은 기회이다.

작은 게가
굽은 등으로
집에 가던 노을을 업어주었습니다.

—유미희, 「작은 게」, 『오늘의 동시문학』, 2011. 여름호

노랑나비 한 마리
땅 위에 파닥거리다
날갯짓 멈춘다.

지나가던 개미
친구들 불러 모아
마지막 가는 길
줄 서서 바래다준다.

—최종득, 「길」, 『시와동화』, 2011. 여름호

나팔꽃 아래
두더지가 분다
땅강아지가 분다
오늘 하루도
즐겁게 지내자고
나팔을 분다

바람을 힘껏
불어 넣느라
두더지 볼이
땅강아지 볼이
볼록 불룩
튀어나왔겠다

—유강희, 「나팔꽃」, 『창비어린이』, 2011. 여름호

유미희, 최종득, 유강희의 시를 보면 미더움이 느껴진다. 이 시인들은
어느 틈엔가 내 마음의 앞마당을 슬슬 밀고 들어와 한 자리를 차지해 버
렸다. 동시만이 가질 수 있는 연민과 사랑과 웃음을 '햇살'처럼 펼쳐 보
인다. 감수성과 표현력이 조화롭고 선명하여 명쾌한 미감을 준다. 이들
시에서는 언제나처럼 거대한 '노을'이 '작은 게'를 감싸주는 것이 아니
라, 작고 등이 굽은 게 한마리가 노을을 업어다 준다. 죽어가는 나비를
바래다 주는 '개미'도 있다. 나팔꽃 아래에서 나팔 부는 두더지, 땅강아
지들이 모두 시인의 친구들이다. 어느덧 자기만의 빛깔을 만들어내고
견고한 시세계를 쌓아가는 이들이 감사하고 또 반갑다.

힘찬 날개짓하며 떠나는
철새들 소식이랑,
풍랑주의보에
잠시 머물던
강원도 어부들 소식이랑.

밤새 쌓인
따끈한 이야기들을

푸른 동해
아침햇살에 묶어
우리 뭍사람들에게 쏘아 보내는
독도 우체통.

대한민국 동해 일번지
우편번호는
칠구구에 팔공오.
그 독도에
오직 하나뿐인 빨강 우체통.

—이정석,「독도 우체통」,『오늘의 동시문학』, 2011. 여름호

이정석의 「독도 우체통」은 오랜만에 받은 반가운 편지처럼 동시의 기본을 전해 주는 시이다. 동시적 상상력과 감각적 이미지, 삶의 진정성이 균형감 있게 드러난다. 빨간 우체통은 독도를 생각하는 시인의 뜨거운 마음이자 그 사랑에 대한 독도의 보답이다. 독도는 철새와 어부들의 이야기, 밤새 쌓인 따끈한 이야기들을 푸른 동해의 '햇살'에 묶어 보내준다. 우리들은 그 푸른 동해의 햇살을 받아서 오늘도 지친 하루를 견디고 고단한 마음을 달랜다. 우리가 독도를 지키는 것이 아니라, 독도가 우리의 건강과 안녕을 지켜내 주는 것이다.

3.

김현욱의 「슬픈 별」과 이옥용의 「같은」은 절제되어 있지만, 슬픔이 묻어나는 시이다. 뺑뺑이 도는 생활과 콩 꼬투리같은 인생의 껍질 속에

서 숨도 못 쉬는 우리를 보고, 우주의 먼 행성인이, 한 거인이 고개를
가로저을 때 독백처럼 그곳을 탈출하기로 선언한다. 발전기처럼 돌아가
는 회전문을 벗어나 햄스터, 다람쥐, 청설모와 같이 청청한 어린이들이
이슬과 열매를 먹으며 순리대로 사는 세상을 꿈꾸고 있다.

오늘도
학원 상가 회전문이 빙글빙글 돌아갑니다.

학원 버스에 실려 온 핼쑥한
햄스터
다람쥐
청설모들이
회전문을 열심히 돌립니다.

이슬이며 열매 대신
김밥과 라면으로 허기 달래며
회전문 돌리고 또 돌립니다.

발전기처럼 돌아가는 회전문 덕분에
학원 상가는 언제나 1등성처럼 반짝거립니다.

우주 어느 먼 행성에서
누군가 그 불빛을 본다면
참 슬픈 별이라 하겠습니다.

—김현욱, 「슬픈 별」, 〈어린이와 문학〉, 2011. 8월호

같은 건물

같은 집에서 살고

같은 방송 보고

같은 음식 먹고

같은 책 읽고

같은 문제 푸는 우리

거인이 나타나

아파트를 자리 손바닥에 눕혀 놓고

이렇게 말했다

콩꼬투리군

다 똑같아

난

그 콩 꼬투리에서

나오기로 했다.

— 이옥용, 「같은」, 『시와 동화』, 2011. 여름호

어느 날 문득 우리의 삶이 가망 없다는 것을 자각할 때, 이옥용의 「같은」처럼 그 곳을 과감하게 빠져나와야 한다. 무엇을 위한 뚜렷한 목적도 없이 휘둘리며 돌아가는 회전문 틈에서 아이들을 구해내어야 한다. 전병호의 「두루봉 이야기. 하나」에 등장하는 건강한 아이의 일상을 보면서 오늘 우리는 뼈아픈 자각을 해야 한다.

전병호 시인은 충북 청원 문의의 구석기 동굴에서 발견된 4만 년 전 홍수 아이의 뼈를 보고서 시 한 편을 지었다. 그의 상상력이 머무른 4만 년 전의 아이는 건강하고 씩씩하게 주어진 삶을 살아가고 있다. 칼날 같은 겨울을 준비하며 아빠와 함께 거센 금강을 헤엄치고 멧돼지와 곰, 소

를 쫓는 멋진 아이이다. 그림처럼 펼쳐진 한 폭의 영상을 보면서, 인류의 첫 시간에 품었던 그 원시적 생명력을 일깨우며 지금 우리의 어린이들을 돌아볼 시간이다.

그동안 멧돼지는 몇 마리나 잡았나
그동안 물고기를 몇 두릅이나 낚았나.

이제 곧 칼날 같은 겨울이 온다
부지런히 물고기를 잡아 말리고
살찐 꽃사슴도 잡아
살코기를 햇볕에 말려야 한다.

나는 아빠와 함께
물살 거센 금강을 헤엄쳐 오르고
붉바위를 앞마당처럼 달리며
동굴곰과 첫소를 쫓고 있다.

지난 겨울은 참 춥고 길었다.
앞산 너럭바위에 햇살이
곰 꼬리만큼이라도 남아 있다면
바쁘게 뛰어야 한다.

눈쌓인 동굴 밖을 내다보며
오지 않는 봄을 기다린다면
봄은 그만큼 더디 올 것이다
겨울은 그만큼 더 오래 머물다 갈 것이다.

—전병호, 「두루봉이야기. 하나」, 『동시마중』, 2011. 7 · 8월호

4.

양재홍의 「못난 6학년」과 김유진의 「삼촌의 결혼식」, 권영상의 「내 마음의 불」은 요즘을 살아가는 어린이들의 내면을 성실히 포착해 내었다. 상상 속에서 만나는 공허한 동심이 아니라 현재 아이들의 고민과 정서를 여실히 보여주었다. 6학년이 되고 보니, 예전에 그렇게도 싫어했던 형들의 모습과 닮아 있는 자신을 발견하는 아이가 있고, 삼촌의 결혼 소식에 섭섭해하면서도 삼촌의 입장을 이해하고 축하해 주는 속 깊은 조카가 있다. 그리고 한 권의 책을 읽고 감동을 느낄 줄 아는 감성적인 그 애도 있다. 우리의 아이들은 지금 어디쯤 와 있는 것일까? 아이들의 마음을 들여다 볼 수 없지만, 그 애들은 실수도 하고 반성도 한다. 실망속에서 순리를 알고 현실을 받아들일 줄 안다. 마음 한 켠에 감동의 불을 켜는 아이들. 그들의 좌충우돌 살아가는 모습이 동시 안에 모두 담겨있다. 사랑할 수밖에 없는 아이들, 따뜻하게 감싸 안고 가야 하는 아이들이 동시 안에 있다.

내가 4학년 때 결심했었다
6학년에 되더라도
축구할 때 방해된다고
동생들을 돼지 몰 듯
운동장가로 내쫓지 말자고.

내가 오늘 저지르고 말았다
"이 새끼들아, 썩 꺼지지 못해!"
그깟 축구공 때문에
두 주먹을 을러대며

동생들한테 욕을 퍼부었다.

—양재홍, 「못난 6학년」, 『어린이와 문학』, 2011. 7월호

이제
생일 선물은 없다
어린이날 선물도 없다
크리스마스 선물, 물론 없다

앞으로 삼촌은
신혼집 구하느라 빚진 돈
갚아야 하고
아기라도 생기면
정신없을 거라 했다

그러니
선물은 끝이라 했다

그래도
늦장가 가는
삼촌,
결혼 축하해.

—김유진, 「삼촌의 결혼식」, 『어린이와 문학』, 2011. 8월호

그 책을 다 읽고
마지막 책장을 덮을 때다.

책은 내게 높고
푸른 전류를 보냈다.
저르르르.
몸이 떨렸다.

그때, 그 책이 보낸
푸른 전류로
나는 오늘도
내 마음의 불을 켠다.

                                  —권영상, 「내 마음의 불」, 『열린아동문학』, 2011. 여름호

                                 (『열린아동문학』 2011. 가을호)

동시의 옷을 갈아입힐 때

겨울이 되고 한 해를 마무리 하는 시간이 되었다. 그간 우리 동시단에도 많은 변화가 있었다. 동시를 쓰는 시인의 층이 두터워지고, 다양한 기법과 소재들로 한층 성숙해진 모습이다. 희끗 희끗 내리는 눈발들을 바라보면서 내년에도 우리 동시인들이 좀 더 견고하게 시적 성취를 이뤄내고, 꿋꿋하게 앞으로 나아가길 바란다는 생각을 해 보았다. 지난 가을 어린이 잡지를 장식한 동시들 중에서 새로움을 선사하는 동시들을 만났을 때, 반대로 자족하듯 관성적으로 쓰인 듯한 동시들을 마주했을 때 그런 생각을 했다. 동시의 경계는 허물어지고 외연은 점점 넓어지고 있는데, 동시인들과 평론가들은 무엇을 준비하고 있는지, 어떻게 할 것인지. 생각만 깊어진다.

1.
삶은 달걀 한 알
먹어요

소금 찍고 한 입

소금 찍고 두 입
소금 찍고 세 입

뱃속에서
닭 한 마리
활개쳐요

2.
알밥 한 그릇
먹어요

한 숟갈 백 마리
두 숟갈 이백 마리
세 숟갈 삼백 마리

뱃속에서
날치 떼
헤엄쳐요

—김유진, 「알」, 『동시마중』, 2011. 9월호

김유진의 「알」은 간결한 동시의 미적 속성을 잘 드러내 주었다. 1과 2
가 대칭을 이루어 형식적 안정감을 주면서 군더더기 없는 표현으로 깔
끔한 인상을 준다. 어디서 많이 본 듯한 시가 아니다. 달걀을 먹을 때,
알밥을 먹을 때 어린아이라며 한 번쯤 느꼈을 아찔한 생각을 담담하게
적어 놓았다. '닭 한 마리 활개쳐요', '날치 떼 헤엄쳐요'는 시인의 언

어가 뭉툭하지 않고 예리한 핀셋으로 뽑아 올린 듯 충만한 감수성에서
나온 것임을 알게 한다.

흙에 떨어진 콩알에서
나오는 것 둘

햇살 쪽으로
푸릇하게 커 오르는 건
자식이고요.

스스로 컴컴한 흙 속 깊이 들어가는 건
아버지이지요.

　　　　　　　　　　　　　—성명진, 「싹과 뿌리」, 『열린아동문학』, 2011. 가을호

이 꽃에서 저 꽃으로
비틀비틀
펄렁펄렁

이 꽃에서 저 꽃으로
비틀비틀
펄렁펄렁

늦은 밤 하루 일 마치고
비틀비틀
펄렁펄렁

발그레한 얼굴로 돌아온

우리 아빠 손에도

꽃가루 한 봉지

―이병승, 「나비」, 『어린이와 문학』, 2011. 11월호

　　성명진의 「싹과 뿌리」를 읽자니 눈물이 난다. 자식들은 햇살 쪽으로
푸릇하게 커 오르는데, 아버지는 스스로 컴컴한 흙 속으로 들어간다. 자
연의 이치를 담고 있지만 처연하고도 숙연하다. 아버지의 희생이 자연
의 순리에 따르는 법칙은 아닐텐데, 밝음 쪽으로 자식들을 보내주고 아
버지는 어둠을 향해 간다. 싹과 뿌리는 하나로 이어진 한 몸뚱이이지만
서로 다른 삶의 자세로 사는 것이다. 이병승의 「나비」는 어린 나비의 시
선으로 아빠 나비를 바라보았다. 하루의 일과를 마치고 가족들을 위해
끼니를 준비해 오시는 아버지처럼, 나비 아빠도 이꽃 저꽃을 다니면서
꽃가루 한 봉지를 모아 오신 것이다. '비틀비틀 펄렁펄렁' 아마도 술 한
잔을 하셨을 아빠는 오늘도 발그레한 얼굴로 아가들에게 먹을 양식을
준비해 오시는 것이다. 꽃가루를 모으는 나비를 보고, 양식을 모아 오는
아빠의 헌신을 연상한 시인이 고맙게 느껴진다.

　　- 일 년만 일하고 올게요.

아들네가 떠난 뒤

하루에도 몇 번씩

지구본을 돌리는 할머니

일 년 내내 덥다는 나라

돋보기를 쓰고도

찾기 힘든 나라

- 이 놈은 왜 이리 삐딱하게 생겼누?

지구본 따라
점점
한쪽으로 기울어지는 할머니.

— 이경애, 「지구본 때문에」, 『열린아동문학』, 2011. 가을호

호주 쇠고기
중국 낙지와 조개
우리나라 채소를

독일 냄비에 넣고
인도네시아 가스로 끓인다.

눈치 보기는 잠시
모두 자기 나랏말로
요란들을 떤다.

쏼라쏼라, 촬라촬라,
뽀글뽀글……
잘도 끓는다.

— 백우선, 「불낙전골」, 『시와 동화』, 2011. 가을호

이경애의 「지구본 때문에」는 세계가 지구본 속의 한 마을이 된 현실

을 보여준다. 할머니는 일 년을 기약하고 떠난 아들네가 그리워 지구본을 안고 사신다. 돋보기를 쓰시고 삐딱한 지구본을 보시다 몸조차 기울어질 지경이다. '일 년만 일하고 올게요'라는 아들의 한 마디와 '이 놈은 왜 이리 삐딱하게 생겼누?'라는 할머니의 한 마디가 우문현답처럼 부조화의 미학을 이룬다. 무뚝뚝한 두 사람의 대화가 서로에 대한 사랑과 절실함을 잘 표현하고 있다. 백우선의 '불낙전골' 또한 세계화의 시대를 사는 우리의 일상을 잘 표현해 내었다. '쌀라쌀라, 촬라촬라' 떠들어 대는 쇠고기와 낙지, 조개들의 수다가 경쾌하고 즐거운 분위기를 자아낸다. 만약 쇠고기, 낙지, 조개가 다문화 사회의 여러 성원들을 말해주는 것이라면 이들 모두가 조화롭게 공존하는 그런 세상을 생각했을 것이다.

　동시를 읽으면서 한해가 훌쩍 지나갔다. 여러 잡지에 실린 동시들을 샅샅이 훑어보면서 동시단에 일어난 현상을 점검해 보고 새롭게 등장한 신인이나 발군의 실력을 뽐내는 탄탄한 기성 작가들을 만날 때 가슴 벅찬 기쁨을 느낄 수 있었다.

　마지막으로 필자의 생각은 '동시인은 누구인가?'라는 최초의 질문으로 다시 돌아간다. 동시 단체에서 봉사하면서 많은 활동을 하는 시인, 언제나 원로석에 앉아서 후배들을 맞아주시는 시인, 막 등단하여 신선한 얼굴로 등장하는 신인들 모두 시인임에 분명하지만, 진정한 시인은 늘 새로움을 가지고 스스로를 단련하여 철마다 동시의 옷을 바꿔 입힐 줄 아는 그런 노력가일 것이 분명하다.

(『열린아동문학』 2011. 겨울호)

새로움이 문학의 영토를 넓혀 간다

류경일 시인

긴 장마가 끝나고 다시 투명한 태양빛 아래 세상을 바라본다. 모든 사물들이 숨을 곳 없이 정직하고 가지런하게 놓여 있다. 익숙하게 책상을 정리하고 한 시인의 시집과 몇 편의 신작 동시들을 들여다 보았다. 빗속에 정화된 깨끗한 마음으로 한 시인을 만나려 하니, 작은 긴장감이 돈다. 류경일 시인. 익숙하게 들어보지 못한 시인이다. 신인이다. 이미 『바퀴달린 집』이란 한 권의 시집을 엮은 그에게 신인이란 말은 예의가 아닐지 모르겠다.

그러나 시인이자 평론가였던 임화는 그 유명한 「신인론」에서 새로운 문학 작품 가운데 있는 '新味를 가진 것이 신인의 所以'라고 하였다. 신인이 가진 새로움은 한 개의 자산이며, 이 새로움으로 문학은 국한된 세계의 영토를 늘려간다고 본 것이다. 결국 신인은 문학적인 새 것을 가진 작가를 일컫는 것이다. 문단에 나온 지 오래되지 않았고 아직 중견이나 대가의 반열에 오르지 못한 이들이 모두 신인이 될 수 있는 것이 아니다. '새로움'을 가진 작가만이 진정한 신인이며, 자격을 갖춘 자이다. 그런 의미에서 류경일 시인은 주목의 대상이 되는 작가이다.

먼저 시인의 작품들을 일별해 보았을 때 두드러지게 느껴지는 것은 세상과 사물에 대한 한없는 연민과 따뜻한 시선이었다.「칼을 든 엄마」
는 사과를 네 동강이로 싹둑 잘라내거나 익숙하게 껍질을 베어버리지
않는다. 사과를 톡톡 두드려준 후 감싸 안으며 깎아내는 것이다. 존재에
대한 배려가 류경일 시인의 시적세계를 이루는 기본 바탕이라는 것을
알 수 있게 해 준다.

　　엄마가 사과의 어깨를
　　톡톡 두드려 준다

　　사과가 몸을 움츠렸다가 편다
　　엄마는 왼손으로
　　사과를 감싸 안으며
　　바른손으로
　　껍질을 깎아낸다

　　엄마는 사과를 깎기 전에
　　언제나
　　과일에게 마음의 준비를 할
　　시간을 준다

　　　　　　　　　　　　　　　　　　　　　　　　—「칼을 든 엄마」 전문

　　낮잠 자려고
　　장독 위에 살포시 내려앉는
　　잠자리

　　겁 많은 잠자리를 위하여

그림자가 먼저 내려앉아
잠자리를 살펴줍니다

　　　　　　　　　　　　　　　　　　　　　　　　　—「잠자리」 전문

　그의 시에서 사물들은 자아와 마찰하거나 부딪히지 않는다. 사과를
깎는 긴장된 순간에도 날카로운 감정보다는 배려와 온기를 느끼게 해
주듯이, 겁 많은 '잠자리'에게 그림자의 존재는 내면의 분열을 통일시키
고, '관계'라는 의미를 생산하게 만든다. 「마음이 먹는 밥」에서는 '책은
마음의 양식'이라는 메타포를 이용해서 화장실에서 하는 독서가 얼마나
달콤한지 새롭게 의미를 생산해 내었다. 기존의 관념을 해체하자, 언어
는 새롭게 재생한다.

학교 화장실 문에
'책은 마음의 양식'이라고 적혀 있다

책은
마음이 먹는 밥이라서
냄새 나는 화장실에서 먹어도
참 맛있다

　　　　　　　　　　　　　　　　　　　　　　—「마음이 먹는 밥」 전문

숲속에 버려진 종이컵 안에
민들레가 들어가 노란 꽃을 피웠다
한 번 쓰고 버리는 게 아까웠는지
종이컵 안에 들어가 산다

　　　　　　　　　　　　　　　　　　　—「종이컵 속 민들레」 전문

또, 버려진 종이컵은 민들레의 새로운 집이 되어 아름다운 생명탄생의 장소로 변신한다. 류경일의 시에서는 낡은 의미를 밀어 버리고 새로운 의미를 함축하는 시적 상상이 매시간 이루어지는데, 이는 류 시인이 가진 새로움의 방식들이다. 화장실과 종이컵이 그렇듯이 우리가 사는 세상은 단숨에 그 모습을 바꾸면서 상상 속에서 영토를 넓혀간다. 세상은 점점 넓어져 가고 동시를 읽는 마음의 지경도 커져만 간다.

다만 류경일의 시에서 보이는 독특한 특징 한 가지를 짚자면 강력하게 움직이고 있는 검열자의 활동이다. 아마도 시인은 반듯한 가정교육을 받고 자랐을 것이라고 여겨지는데, 장석주 시인의 지적처럼 '교훈적'이라고 표현할 수도 있고 '양심'이라고 할 수 있을 법한 시적 화자의 목소리가 보인다. 할아버지의 목소리라든지, 새와 쥐, 해와 달로 표현되는 검열의 목소리이다. 자칫 시인의 새로움을 덮어버릴 수 있는 이런 소리들에서 자유로워질 수 있다면 좋을 것이다.

> 뒷산 밑에서
> 밭을 일구고 계신 할아버지
> 도와드리려고 밭에서 나온 돌을
> 저 멀리 휙휙 집어던졌다
>
> "아이구, 우리 석이 잘하네"
> 하실 줄 알았는데
>
> "석아! 밭에서 나오는 돌
> 귀찮다고 함부로 버리면 안 된다
> 그 돌이 밭가에 둘러서야

한마지기 밭이 되는 거야"

—「밭돌」 전문

낮말은 새가 듣고
밤 말은 쥐가 듣지
낮 글은 해가 읽고
밤글은 달이 읽지

말할 때도, 글 쓸 때도
조심하라고
말에도 글에도
귀를 달아놓았어

—「말귀 글귀」 전문

　공존을 생각하는 독특한 방식도 류경일이 주는 새로움이다. 바다가
내어준 바닷길을 걷는 사람들, 자연의 순리를 믿고 그 경이의 모습을 겸
허히 누릴 줄 아는 사람들의 모습, 고양이 '순이'를 죽은 딸아이의 분신
으로 여기며 함께 사는 할머니는 모두 이 땅에 공존하며 살아야 할 존재
들이다. 세상에 대한 한없는 연민과 애정에 기반한 공존과 상생의 의식
은 자연과 인간, 인간과 동물의 경계를 허물고 서로에게 내리쳐진 존재
의 벽을 투명하게 만들어 놓는다.

바닷물이 갈라지는
진도 앞바다를 구경하려고
사람들이 바닷가로 모여든다
바다는 조용히 종아리를 걷어

맨살을 보여 준다

"자, 봐."
"나도 너희들처럼 땅 위에 살아."
사람들이
바다가 내어준 땅 위를
바닷물처럼 걸어본다

바다를 믿고
밀물져 갔다가
썰물져 돌아오는 사람들

—「땅위에 사는 바다」전문

옆집 할머니는
오늘도 점심밥을 반이나 남겨서
멸치국물에 밥을 말아
고양이 '순이'에게 준다

할머니와 '순이'는 한 식구다
그릇도 같이 쓰고
이불도 같이 덮는다

순이는
세살 때 하늘나라로 간
할머니의 딸 이름이라고 했다

—「한 식구」전문

몇 편의 시를 읽어 보고 한 시인의 내면세계와 그가 가진 역량을 가늠하기란 여간 어려운 일이 아니다. 더욱이 앞으로의 길을 예상하기란 쉽지 않다. 다만 류시인이 지금까지 세상에 대해 생각해 왔던 사유의 방식처럼 늘 새롭고 따뜻하게 시작활동을 이어 나아간다면, 지금보다 훨씬 더 뿌리 깊고 단단하게 동시단의 한 흐름을 짚어가는 시인으로 성장할 것이라고 전망해 본다. 타인의 아픔을 나의 것으로 느끼며 아파하는 심성, 그것이 진정한 동시의 품격이며 힘이다. 「나무가 신은 짚신」을 다시 한 번 읽어보면서 거친 세상을 안쓰럽게 바라보고 있는 한 시인을 생각해 본다.

　　　나무들이 사는 동네에
　　　아파트가 들어선다고
　　　이사 준비를 하는 나무들

　　　뽑힌 나무들이 안쓰러웠는지
　　　아저씨들이
　　　새끼줄로 만든 짚신을
　　　나무들의 발에 신겨 주었다

　　　　　　　　　　　　　　　　　　　—「나무가 신은 짚신」 전문

　　　　　　　　　　　　　　　(『오늘의 동시문학』 2011. 가을호)

즐거운 빗방울들, 시 읽는 기쁨

문삼석, 『그냥』, 아침미중, 2013.

마음에 남는 한 시인을 만난다는 건 행복한 일이다. 온통 개나리 빛으로 물든 예쁜 시집을 처음 손에 들었을 때, 그 시인을 만날 수 있을 거라고는 상상하지 못했다. 아이처럼 야금야금 시집을 베어 물고 시편들을 음미할 때, 와, 우리에게도 이런 시가 가능하구나. 찬탄할 때도 오늘을 생각하진 못했다.

이제 꿈처럼 만난 한 시인은 한없이 어질고 따뜻한 눈빛으로 노란 빛깔 우산 속을 읽어주었다. 듣고 보니, 여러 시편들 속에 숨어서 맑은 언어로 우리에게 노래 불러 주었던 그가 맞았다. 분명했다. 시 속에서 언제나 아이로 살아 얼굴에 함박 미소 가득한 시인이 이제 시력 50년을 맞이한다고 하니 축하해 드리고 싶다. 아니 감사란 말이 맞는 말일 것이다. 우리에게 훌륭한 시인으로 남아 주셔서 감사합니다.

이 시집은 총 7부로 이루어져 있다. 제1부 빵 세 개, 제2부 강아지, 제3부 이른 봄 들에서, 제4부 산골 물, 제5부 아기가 먹지만, 제6부 봉투와 풀, 제7부 그믐날인데 작가의 시력을 말해주듯 총 100편에 이르는 방대한 시집이다. 각 부별로 살펴보면 작가는 크게 가족, 자연, 아기, 이웃, 생활 일상의 전방위에서, 다양한 시적 영역을 포괄하고 있다는 것을 알 수 있다.

1. 노란 빛깔 우산 속에서

문삼석 시인의 시를 일별할 때 가족에 대한 무한한 사랑으로 가득 찬
느낌을 가지게 된다. 「우산속」, 「그냥」, 「그게 나래」, 「보글보글」, 「신발장
에서」, 「빵 세 개」, 「반딧불이는」 등 헤아릴 수 없는 시들이 엄마와 아빠,
형, 동생에 대한 충만한 느낌을 이야기 한다. '그냥' 좋다는 엄마와 아가
의 평범한 읊조림이 한 편의 시가 되고, 늦은 밤 찌개냄비가 내는 소리가
절절한 사랑의 언어가 된다. 좁디 좁은 신발장에서도 아빠는 나를 업어주
시고, 형과 나는 빵을 한 개씩 두 개씩 사이좋게 나누어 먹을 줄 안다. 시
인이 상상하는 가족은 한 세상이고, 우주이고 그것으로 충분하다.

아기가 어둔 길
헤맬까봐

꼬리에 파란 등
달아주었대

그래도 헤매면
어떻게 하나

엄마도 파란 등
달고 다닌대

—「반딧불이」 전문

깊은 밤 숲 속에서 만난 반딧불이도 엄마와 아기의 다정한 모습으로 꼬리에 등을 달고 주위를 환하게 밝혀준다. 짐짓 어두운 숲이라는 세상 속에서 엄마는 아기의 모습을 지켜주는 등불을 달고 스스로 빛을 낸다. 세상에서 가장 예쁜 꽃, 아기에게 엄마는 그렇게나 따스하고 아름다운 존재가 된다. 빗방울들도 들어오려고 '두두두두' 야단하는 노란 빛깔 우산 속 그 따스한 품안일 것이다.

세상에서 가장
예쁜 꽃

둘도 없는
꽃

돌아서면
금세

또 보고 싶어지는
꽃…

그게 나래
엄마는…

—「그게 나래」전문

2. 숲 속 빈 병 속에서

　문삼석 시인은 동시가 품을 수 있는 커다란 두 가지 감정, 슬픔과 기쁨 중에서 기쁨을 선택한 시인이다. 그는 아이가 아니면 찾아낼 수 없는 세상 속 기쁨들을 숨은 그림 찾듯 일상 속에서 찾아내는데, 여기에 친구들과 나누는 기쁨이 예외일 순 없다. 「내 짝은」에 등장하는 나와 친구는 귀한 구슬을 몇 개나 가지고 있는 지 서로 알고, 몸의 어느 부분에 복점이 찍혀 있는 지도 안다. 모르는 게 없는 가까운 존재, 친구의 소중함이 따스하게 전해 온다.

　　　내가 방귀를
　　　뽕 뀌면
　　　상봉이는 그냥 그 자리에서
　　　헤헤헤 웃습니다

　　　그러면서 제가 방귀를 뀔 때는
　　　저만큼 달려가서 뽕 뀌곤
　　　헤헤헤헤
　　　바지를 털면서 웃어댑니다

　　　상봉이는 둘도 없는
　　　내 친굽니다

　　　　　　　　　　　　　　　　—「내 친구 상봉이」 전문

　「내 친구 상봉이」에 묘사된 털털한 상봉이가 아마도 그 친구일 듯하지만, 이런 친구들은 「강아지」, 「개미」, 「그만뒀다」, 「기린」, 「흑염소」,

「얼룩말」, 「벌」처럼 주변에 함께 살아가는 다양한 생명들까지도 포함한다. 내 친구 강아지는 그 모습이 어찌나 귀엽고 까불어 대는지 '달랑달랑' 꼬리치고 '졸랑졸랑' 따라온다. 살아 움직이는 생명에 대한 묘사가 읽는 사람의 몸까지 저절로 움직이게 만든다. 이러한 표현은 강아지와 온전히 밀착하여 친구가 되었을 때야 비로소 나올 수 있을 법한 표현이다. 이 시를 읽은 아이들의 몸은 강아지가 되어 달랑달랑 꼬리치며 모두들 까르르 웃어댈 것이 분명하다.

> 달랑달랑
> 꼬리 치며
>
> 졸랑졸랑
> 따라 오고
>
> 졸랑졸랑
> 따라 오다
>
> 발랑발랑
> 재주넘고….
>
> ―「강아지」 전문

「그만뒀다」에서는 신발짝을 물어 던진 강아지와 우윳병을 넘어뜨린 고양이를 혼내 주지 못하고 그냥 넘어가 주는 여유와 너그러움이 보인다. '살래살래' 흔드는 꼬리와 '쫑긋쫑긋' 세우는 귀 때문에 어쩔 수 없이 보듬어 주는 것이다. 시인이 동물의 움직임을 묘사할 때 구사하는 언어들은 절묘하고 정교하여 이제까지 본 적 없는 새로움과 신선함을 준다.

신발짝 물어 던진 강아지 녀석
엉덩이 차 주려다 그만뒀다

살래살래 흔드는
고 꼬리 땜에 …

우윳병 넘어뜨린 고양이 녀석
꿀밤을 먹이려다 그만뒀다

쫑긋쫑긋 세우는
고 귀 땜에…

—「그만뒀다」전문

주변 생명에 대한 관찰과 애정은 「개미」에서 보여지듯 개미의 모습이 본래 까맣고 허리가 잘록하다는 사실을 문학적 상상력으로 증명해 내는 데 이르게 된다. 더운 줄 모르고 일만하다가 온 몸이 까맣게 타 버린 개미, 무거운 짐을 나르다가 허리가 잘록해진 개미를 바라보는 화자의 시선은 살아 있는 것에 대한 경이와 연민을 담은 시선이다.

이처럼 문시인의 작품에는 생의 기쁨과 환희를 노래한 시편들이 유독 많은 데, 그중에서 슬픔을 느끼게 하는 시가 하나 있다.「바람과 빈 병」이다. 이미 평자들에 의해서 좋은 평가를 받고 수없이 읽히는 시이다. 그런 데에는 그럴 만한 이유가 있다고 여겨진다.

바람이
숲속에 버려진 빈 병을 보았습니다

"쓸쓸할 거야."

바람은 함께 놀아주려고
빈 병 속으로 들어갔습니다

병은
기분이 좋았습니다

"보오, 보오."

맑은 소리로
휘파람을 불었습니다

—「바람과 빈 병」 전문

　어느 날 바람은 숲 속에 버려진 빈 병을 본다. 쓸쓸할까 봐 빈병 속으로 들어가 함께 놀아주는 바람. 바람의 마음씨는 따뜻한 한 장면이 되고, 다정한 이야기가 된다. 이처럼 아름다운 친구들의 이야기는 세상 어디에도 없을 것 같다. 슬프도록 아름답고 애잔한 이 장면은 오래도록 우리의 기억 속에 남고, '보오, 보오' 병이 내는 맑은 휘파람 소리는 우리 귀에 울림이 된다. 바람이 되고 싶기도 하고 병이 되고 싶기도 하다. 이런 친구가 될 수 있다면, 누구가의 슬픔을 함께 나누고 위로가 될 수 있다면 얼마나 좋을까 생각하게 만든다. 선한 시인의 마음결이 어느 때보다 두드러지게 보인다.
　자연을 담은 시편들 「산골 물」, 「하도 맑아서」, 「이른 봄 들에서」, 「산골 우체부」, 「심심하면」, 「해바라기와 채송화」, 「단풍나무」에 와서는 자연과 자연이 친구가 되고 서로에게 존재의 의미가 되어간다. 산길은 산골 물과 파란 하늘을 친구삼아 하루를 보내고, 산골 물은 하루 내내 골짜기를 달려가면서 산골 친구들에게 가을의 소식을 전하는 우체부가 된다. 문삼석의 시 안에서 산골 마을은 하나의 공동체인 셈이며, 누구라도 친구가 될 수 있는 따뜻한 공간이다.

은행잎
하나 띄우고

산골 물은 하루 내
달려갑니다

노오란
가을 전하는

산골 물은 시골의
우체붑니다

—「산골 물」 전문

－참
맑지?

단풍나무가 빨간 얼굴로
시냇물을 내려다봅니다

－참 / 곱지?

시냇물도 빨개진 얼굴로
단풍나무를 올려다봅니다

—「단풍나무」 전문

3. 네 거리 빵집 앞에서

아이가 어른들에게 하고 싶은 절실한 감정을 포착해 낸 시들을 발견할 땐 명쾌한 시인의 날카로운 감각에 경의를 표하고 싶어진다. 「아빠 시계」, 「할아버지 안경」, 「네 거리 빵집 앞」, 「시골 길」을 읽을 때면 시인이 결코 서정만을 가지고 언어를 짓고 있는 것이 아니라는 사실을 알게 된다. 현실에 대한 예리한 비판과 혹은 연민들이 곳곳에 자리 잡고 있다. 「아빠 시계」에서 아이는 아빠의 시계엔 왜 매일 시간이 없는 것일까 의아해 한다. 바쁜 일상을 사는 현대인의 모습을 잘 잡아내면서 아이와 함께 하는 시간이 가장 소중한 것이라고 말하고 있는 듯도 하다. 「할아버지 안경」에서는 할아버지의 안경을 쓰면 왜 이리 어지러운지 세상에 어지럽다고 하는 할아버지의 심정을 알 듯도 하다. 「네 거리 빵집 앞」에서는 한시도 지체할 수 없이 급하기만 한 현대인의 절규를 '빵' 달라고 졸라대는 아이의 목소리로 바꾸어 버린다.

몰래 써 본
할아버지 안경

어이쿠! 어지럽다

아하, 그래서 할아버진

으레 신문을 보실 때마다

끌끌끌
혀만 차셨던 거로구나

—「할아버지 안경」 전문

돌멩이를 차면서
자동차는

- 에, 그 길 고약하군!

흙먼지를 날리면서
시골길은

- 에, 그 차 고약하군!

—「시골길」 전문

　「시골길」에서처럼 무심코 자가용을 끌고 시골길을 달릴 때 시골길이
말하는 소리에 귀기울여 본 사람은 없을 것이다. 모두들 시골길의 불편
함을 얘기하며 불평을 늘어놓을 때, 시골 길이 내뱉는 독백을 들어본 사
람이 있을까? 어디서 나타난 자동차가 흙먼지를 일으켜 나를 괴롭게 할
까? 콜록거리게 할까? 이것 참……. 고약하군. 시인의 상상력은 언제나
우리의 평범한 생각을 전복하면서 강렬한 풍자와 문명 비판을 드러낸
다.

4. 즐거운 빗방울들, 시 읽는 기쁨

시의 언어들이 빗발울이 되어 떨어지는 상상을 한다. 이내 어느 가문 날 톡톡 떨어지는 빗방울처럼 우리의 마음을 적셔주는 문삼석의 시어들이 연상된다. 유독 문삼석 시에 '맑음'이라는 표현이 많이 나오는 데, 이는 우연이 아니다. 맑은 눈으로 세상을 보는 시인의 마음이 즐거운 빗방울들을 쏟아져 내리게 한다. 그 촉촉하고 맑은 언어들을 두 손으로 받아 얼굴에 대고, 마음에 담으니 온 몸 가득 시의 기쁨이 차오름을 느낀다. 생의 기쁨을 노래한 시인, 생생한 언어를 빚어 지상에 보내준 시인, 문삼석 시인의 시가 있어서 아이들은 행복할 것이다. 시를 온 몸으로 부르면서 높이 뛰어 오르기도 하고, 하늘을 향해 두 팔을 벌리며 태어나서 고맙다고, 살아 있다는 건 행복한 것이라고 생의 기쁨을 말할 것이다. 빗방울은 즐겁다. 동 동 동…….

> 빗방울은 즐겁다.
> 동 동 동……
> 발걸음이 가볍다.
> 동 동 동……
>
> 빗방울은 즐겁다.
> 줄 줄 줄……
> 미끄럼도 신난다.
> 줄 줄 줄……

—「빗방울」전문

동시의 새 길, 동시 비평의 새 길

이안 동시평론집, 『다 같이 돌자 동시 한 바퀴』, 문학동네, 2014.

1.

동시를 생각하면 언제나 길이 떠오른다. 동시는 아이들이 가는 삶의 길을 담고 있다. 아이들은 동시의 길에서 뛰다가, 걷다가, 주변 숲길로 잠시 눈길을 주기도 하고, 앉아서 쉬기도 한다. 그 길은 우리 눈앞에 가지런히 놓여 있으며, 걷기에 벅차거나 부담스럽지 않고 차라리 오솔길처럼 호젓하다. 이안의 동시평론집 『다 같이 돌자 동시 한 바퀴』를 펼쳐 보자니, 제목부터 동시의 둘레길을 함께 돌자고 하는 것 같기도 하고, 동시와 함께 동네 한 바퀴를 돌자고 제안하는 것 같기도 하다. 그역시 동시와 길을 연결 지어 생각한 것이다. 책머리 '동시의 길에서 만난 모든 벗들에게'를 읽어 보면 동시의 길을 사랑하는 이들과 함께 가는 행복한 여정이라고 생각한 것 같아서 미소가 머금어 진다. '시가 가는 길은 늘 새 길(4부)'이라는 멋진 말을 생각해 낸 것도 고맙게 여겨진다.

2.

이안의 평론집은 오직 동시에 대한 평론만으로 4부를 엮었다. 대부분의 글이 최근 5년 내에 발표된 것으로 무엇보다 현장적이며, 생동감 있는 내용들이다. 최지훈, 김상욱, 김제곤 이후, 동시에 대한 애착이 이루어 낸 또 하나의 역작이 세상에 나왔구나 감탄하게 된다. 1부의 글 「시를 줍다」를 보면 시인으로서 창작방법에 대해 고민하는 흔적이 역력하고, 「어떤 말들이 노래가 되나」에서는 시를 통해 드러나는 평론가의 기본적인 세계관에 대한 고민이 담겨져 있다. 첫 인상으로만 따지자면 유려한 문체에 시적이 표현이 흐르는 예쁜 평론집이라는 느낌이 가득하다. 「어떤 말들이 노래가 되나」에서 언급한 송선미의 「한 아이」는 내면의 상처받은 아이와 대면하는 것으로, 임길택의 '우는 아이'를 만나는 듯한 느낌이 들었다. 동심의 한 측면이 어른 스스로의 내면성이라고 한다면, 이안은 동심을 찾는 시발점을 잘 찾아내어 서두를 시작한 셈이다.

3.

이안은 『동시마중』이라는 잡지를 발행하면서 동시단에 조용한 파문을 일으켰다. 『동시마중』 창간은 누구나 꿈꾸었지만 할 수 없었던 소망을 이룬 것이며, 소박한 반란을 일으킨 일대의 사건이었다고 생각한다. 동시만으로 구성된 잡지, 순수 구독료로 운영되는 독립적 매체가 탄생했고 여전히 그 사건은 진행 중이다. 그리고 미래로 계속 이어질 것으로 보인다. 이는 하나의 길을 만들면서, 많은 이들에게 수많은 동시들을 만나게 해 줄 것이다.

생각해 보니 이 평론집은 그의 길을 닮았다. 읽다 보면 과거에서 현재로, 또 미래로 이어질 평론가 이안의 동시 사랑을 한껏 느낄 수 있다. 물리적인 방향성을 제시해 주거나 부담을 주지 않아서 읽는 내내 편안했고, 너무 오랫 동안 이념적 힘겨루기에 지쳐있던 필자에게 이안의 여유로움은 무척 인상적으로 다가왔다.

4.

「동시조의 세계」에서 언급한 시들은 정완영의 시조뿐이다. 현재 활발하게 창작 활동을 하고 있는 다른 동시조 시인들 이야기는 왜 없는 것일까? 고의적인 외면은 아니겠지? 하는 아쉬움 속에서 이안이 평소 그의 평론에서 다루고 있는 잡지들이 한정적이라는 사실을 깨닫는다. 구독하지 않는 것일까? 넓게 읽고 공정하게 평가하기를 기대해 본다. 「똥개도 백 마리면 범을 잡는다」에서 소개한 김응의 동시들이 과연 동시의 의미망 속에서 제 역할을 하고 있는지, 적절한 평가가 이루어진 걸까? 계속해서 「존재의 형식을 탐구하다」에서 묻고 있는 인간의 실존 혹은 정치적 뉘앙스를 풍기를 일련의 동시들에 대해 명확한 입장을 표명한 것인지 애매하게 느껴진다. 「양파를 기다리며」에서 송찬호의 동시 전략을 양파에 비유하고, 중심을 비껴가되 중심을 향해 연주되는 둔주곡으로 칭찬한 부분은 좋은 해석이라고 생각한다.

5.

이안 평론가의 고민이 아직도 시와 동시의 경계에 머물고, 이를 수없이 되짚고 있는 수준이라면 심한 표현이 될 것이다. 그러나 한국 동시

동시의 새 길, 동시 비평의 새 길 101

비평의 흐름 속에 나타난 수많은 논의들을 검토하는 과정에서 이미 해소되거나 완결된 것들은 하나의 상식으로 받아들이며, 이제 앞으로 나아가야 할 필요가 있다. 이오덕에 기반한 이론들이 때로는 3부 「안 잊히는 동시집—겨레아동문학선집 9, 10권 다시 읽기」처럼 비평사 속에서 다시 검토되고 비교되며, 발전적으로 부정되기를 바란다. 유강희, 성명진, 정유경을 읽다보면 규정할 수 없는 경계를 느끼게 되고, 그 부드러움에 매료당하게 된다. 이러한 점은 우리 동시의 미래와 희망을 보여준다고 볼 수 있다.

「달팽이를 그리는 방법」에서 보여준 동시 소재의 연구는 참신하고 즐겁다. 평론가들이 한편으로 주목할 수 있는 새로운 시각을 열어주었다. 「풍경과 서사—2000년 이후 발표된 농촌동시들을 읽고」에서 농촌 동시에 대한 아쉬움을 표현한 부분에 대해서는 공감하지만 새롭게 변화하는 현실에 대한 탄력적 이해가 필요하고, 이에 따른 동시 소재의 변화에 대해서도 수용해야 할 것으로 보인다.

6.

박성우, 성명진, 정유경, 김개미의 시집이 보여준 가능성에 주목하고, 적절한 평가를 내린 부분이 반갑다. 청소년의 성에 접근하여 현실의 청소년들과 그 내면을 주목한 박성우, 세상을 반듯하고 따뜻하게 바라본 성명진, 흔하지 않은 여성적 감수성의 세계를 표현한 정유경, 의기 양양하고 건강한 동심의 세계를 보여준 김개미를 잘 지적해 내었다.

이재복 평론가가 제1회 문학동네 심사평에서 지적한 바처럼 우리의 아이들이 삶과 죽음의 경계로 내몰리고 있다. 전쟁에 희생되고 있는 어린이, 인권 유린의 현장 속에 방치된 어린이들의 생생한 고통이 머리 위에서 우리를 누르고 있다. 이와 함께 가족 해체, 결식 아동, 북한 난민, 다문화 어린이의 어려움도 눈여겨 볼 부분이다. 위험 사회에서, 불안한 가정의 위기 속에 놓인 어린이들의 삶을 보듬어 가면서, 현대의 속도에 발맞추어 가야 하는 이중의 숙제를 지고 있는 동시 문학에서 평론가 이안의 발전적 행보가 기대된다.

(『창비어린이』 2014. 가을호)

평론가 최지훈을 말하다

1. 느티나무 같은 평론가, 최지훈

아동문학을 공부하면서 평론가로 활동하게 된 2006년은 개인적으로 의미 깊은 해이지만, 무엇보다 평론가 최지훈 선생님께 추천을 받고 등단했다는 점에서 감동적인 해이기도 하다. 날이 갈수록 발전은커녕 답보 상태를 면하지 못하고 있는 평론들을 보면서 답답할 때면 처음으로 나의 평론을 평가해 주시고 격려해 주신 최지훈 선생님의 심사평을 다시 읽어보곤 한다. '신입 사원을 뽑기 위해 면접 장소에 나타난 응시자'처럼 뻣뻣한 내게 '개척의 삽을 목마르게 기다리고 있는 아동문학 분야에 남다른 노력과 관심을 기울여 주길' 부탁하셨다. 지금 선생님의 당부를 받들어 성실히 평론가의 길을 가고 있는지 스스로 성찰하면서, 멀리서 선생님을 생각하면 언제나 꼿꼿한 자세로 정진하고 있는 학과 같은 모습이 스쳐간다. 선생님은 어정쩡한 모습, 흐트러진 모습을 보이신 적이 없다. 단정하고 섬세하고 예민하면서도 따뜻한 평소 모습이 평론가의 한 표본을 몸소 보이신 것 같아서 늘 아름답게 보였다.

아동문학의 울타리에 들어서기 전부터 수편의 저서와 평론들을 통해 선생님의 높은 문학적 성취와 명성은 익히 알고 있었지만 박사논문을 쓸 때, 작은 평문들과 논문을 쓸 때 자료로 검증되는 선생님의 학문적 성취는 새삼스럽게 경외감을 갖게 만들었다.

최지훈 평론가에게 등단을 받고 그 그늘에서 공부를 해 나간다는 사실이 감사하고 내가 복이 많은 사람이라는 생각을 하게 된다. 내게 선생님은 큰 나무처럼 가지를 뻗어가는 느티나무같은 존재이고 언제나 그 그늘에서 공부하면서 질문하고 다시 쓰기를 반복할 수 있다니 얼마나 행복한지 모르겠다.

느티나무처럼 울창하고 풍성한 선생님의 평론 인생에 대해, 후배로서, 제자로서 몇 마디 한다는 것이 얼마나 불손한 것인지 모르는 바 아니지만 평소 공부하면서 중요하게 여겨졌던 몇 가지 저서와 평론을 소개하면서 선생님의 문학 세계를 소개해 볼까 한다.

2. 한국현대아동문학론(아동문예)

이 책은 1991년 출간된 첫 번째 평론집이다. 산업 사회가 시작되던 1960~70년대에 활동을 시작한 작가와 시인에 대해 본격적으로 평한 작가·작품론집이며, 제1회 방정환 문학상을 수상한 평론집이다. 마해송, 김성도, 조풍연, 정진채, 권정생, 정채봉, 임신행, 김요섭, 최효섭, 송명호, 강준영, 조대현 등의 동화 작가와 신현득, 김녹촌, 김종상 등의 동요, 동시인과 작품에 대해 본격적으로 평하였다.

여기서 언급한 마해송 저항 동화의 가능성, 김성도의 옛스런 동화, 조풍연 소설의 대중성, 정진채의 동양적 환상성, 권정생 동화에 나타난 역사에 대한 증언, 환상 산문 문학론 논의는 후대 평론가들에게 평론의 기틀을 잡아주었고, 단편 혹은 인상비평의 수준을 넘어서는 본격 평론으로 그 품격을 갖추었다고 볼 수 있다.

　이 책의 첫 평론 마해송론은 부제가 '어린이와 칼'이다. 이 평론에서는 동심천사주의를 동심향락주의라고 통렬하게 비판하면서 성인 위주의 감상적 동심 조작을 엄중히 경고한다. 그는 어린이에게 '칼'을 쥐어 준다는 비유로 마해송의 작품이 가지는 저항성에 주목하였고 이러한 작가의식을 지지한다. 또, 올곧은 어린이, 바른 어린이상에 대한 성찰 속에서 아동문학에도 지성이 개입할 여지를 시사하고 있다. 결국 그는 현재까지도 논란거리가 되고 있는 '동심'의 문제와 관련하여서 저항하는 동심을 언급하였고, 동화작가들에게 용기 있는 아동상을 제시해 줄 것을 당부하고 있다. 이러한 점은 현재 최지훈 평론가가 견지하고 있는 평론에 대한 올곧은 관점이 이미 그때부터 시작되고 있었음을 확인할 수 있는 대목이다.

　또 하나 주목할 평론은 환상산문문학을 다루면서 언급한 김요섭, 최효섭 작가론이다. 이 작가론을 전개하기 위해 낭만주의의 계보를 인용하고 있으며, 이러한 사조가 환상문학으로 연결되는 지점을 포착하여 환상문학 이론을 소개하고, 전쟁과 이를 환상적 문체로 형상화 한 김요섭의 「이슬꽃」, 최효섭의 「열두개의 나무 인형」을 해석하고 남겨진 문제에 대한 견해를 적절하게 드러내었다.

　이러한 시도는 고 이재철 선생님이 추천사에서 최지훈을 '저서를 가진 최초의 아동문학 전문 평론가 1호'라고 지칭하고 격찬을 마다하지 않는 데에 대한 합당한 근거를 제시한다. 그는 아동문학에 대한 다양한 이론이 소개되지 못한 당시의 열악한 평론계에서 새로운 이론으로 작품을 재단하고 분류해 내는 시도를 게을리 하지 않았는데, 이를 통해 1970~80년대 최지훈 평론가의 문학사적 위치는 공고해진다.

3. 동시란 무엇인가(비룡소)

이 책은 1986년 9월부터 1988년 1월까지 월간 『아동문예』에 연재했던 것을 바탕으로 약간의 수정을 거친 것이다. 어린이가 읽을 수 있도록 썼지만 시를 이해하고자 하는 청소년, 자녀를 기르는 부모와 초등학교 선생님들께 도움이 되고자 하는 의도로 기획되었다. 이 책은 기대 이상의 큰 성과를 거두었다고 보여진다.

처음으로 아동문학의 세계에 발을 내딛던 필자에게 이 책은 시의 세계로 들어가는 놀라운 문과 같았다. 이러한 생각은 세월이 흘러 다른 평론가들의 동요, 동시 관련 평론집을 접할 때마다 그 가치가 새롭게 확인되어서 늘 놀랍기만 한다. 윤석중, 권오순, 박경용, 신현득, 유경환, 김종상, 석용원, 김녹촌, 문삼석, 최춘해, 김구연, 공재동, 전원범, 정두리 등 수많은 작가들의 시세계를 다루고 있을 뿐만 아니라, 치우침 없이 작품이 가지는 가치에 주목하여 공정하고 섬세한 평을 해주었다는 점에서 의미가 크다.

최지훈 이후 여러 젊은 평론가들이 쓴 시평들을 모두 합쳐도 이 책의 가치를 감당하기 어려울 것이라고 생각한다. 아동문학사에서 유의미한 자리를 획득하고 있는 역작이다. 이 책은 필자에게 한국의 동요, 동시인들을 처음 만나게 해 주었다. 그때나 지금이나 이 책은 초보자, 혹은 다시 한번 처음으로 돌아가 동요, 동시를 알고자 하는 이들에게 좋은 지침서가 될 것이다. 수많은 작가들을 친구처럼, 가족처럼 따뜻하게, 또 유려한 문체로 묘사하고 설명해 낸 것이 이 책의 중요한 미덕이다. 그래서 '시이야기 책'이라고 타이틀을 붙인 게 아닌가 한다. 대단한 평론이 아니라 한국 아동문학사에서 큰 획을 그은 동시인에 대해 조근조근 이야기하려고 하신 것 같다.

최지훈 평론이 주는 흡인력과 절절한 문장을 언제나 필자에게 하나의 본보기로 자리잡고 있다. 어렵지 않고, 그러나 완전하게 이해하고 해석하여 새롭게, 어디선가 본 것이 아니라 나만의 시각을 가지고 자신있게 써야 한다고 선생님은 평론을 통해 암묵적으로 말씀하고 계신다.

4. 어린이를 위한 문학(비룡소)

이 책은 2001년 출간된 것으로 최지훈의 세 번째 평론집이다. 1970년대 등단 이후 발표한 평론 중 역작으로 꼽을 수 있는 평론들이 담겨 있다. 아동과 아동문학에 대한 이해, 동화, 동요로 나누어 살펴본 장르 탐구, 마지막으로 한국 아동문학 연구의 발자취 등이 그 내용이다.

이 책에서 특별히 주목하면서 읽은 부분은 '동요문학연구'와 일종의 비평사라고 일컬을 수 있는 '아동문학연구사' 파트였다. 사실 동요와 동시의 관계성에 대해선 동시가 동요의 뒤를 이어갔고, 새로운 형식으로 보다 진일보한 정서적 표현의 수단이라고 생각하는 측면이 없지 않지만, 왜 동시가 동요에 비해 우위인지에 대해선 현재 어떤 평자도 완전하게 설명하고 있지 않다. 따라서 동시가 동요보다 더 진일보한 형식이라는 관점 또한 처음부터 다시 점검해나가야 하는데 이 평론에서는 '노래가 되는 동요문학'의 소중함을 일깨운다는 점에서 그 가치가 크다.

「한국아동문학 연구의 발자취」란 논문은 불모지 비평의 역사를 희미하게나마 점검해 주고 있다. 아마도 1960, 70, 80년대 한국 평단에서 일어났던 다양한 변화와 새로운 분화, 모색들을 이처럼 상세하게 기록하고 있는 평론을 없을 것으로 본다. 1970년대에 유행했던 월평을 수록한 잡지와 신문 『횃불』, 『새벗』, 『현대문학』, 『교육평론』, 《매일신문》을 소개하고 있으며, 『아동문학』, 『창작과 비평』, 『아동문학사상』 등의 잡지가 관계 맺어온 양상들을 세세히 소개하고 있다. 특히, 1970년대의 박경용과 이상현, 이오덕의 논쟁을 객관적 관점에서 치우침 없이 다루어서 후학들에게 올바른 시각을 남겨주었다고 평가할 수 있다.

이러한 성실하고 세심한 비평가의 자세는 어려운 상황 속에서도 비평가가 감당해야 할 사명과도 같은 글쓰기에 대해 환기시켜주고 있는데 자신과 이념이나 관점이 맞지 않는다고 기록의 자세를 포기하거나 아예 언급을 회피하는 일부 평론가들에게 시사하는 바가 크다. 어쩌면 비평가는 개인적 사유의 주체라기보다는 문학사 전체를 통하여 책임감과 의무감을 동시에 짊어지고 가야하는 외로운 존재이며, 이러한 자기와의 싸움에 대한 자세를 언제나 정중하게 지켜가야 함을 일깨워준다.

5. 삶으로 보여주는 평론가의 자세

지금까지 세 권의 평론집을 살펴보았는데 이는 이후 발표한 수편의 평론에 비하면 극히 일부일 뿐임을 언급해 둔다. 『어린이를 위한 문학』 이후의 글들을 묶으면 약 10권 이상의 책이 나올 것으로 예상되지만 선생님은 굳이 이를 미루고 계신다. 설익은 글들을 급하게 엮어내었던 내 평론집의 경우를 생각해 보면 죄송하고 부끄러운 마음이 든다.

최지훈 선생님은 1980년대 작가, 작품론에 이어서 1990, 2000년대의 작가, 작품론에 이르기까지 평론 쓰기를 멈추지 않으셨다. 특별히 1980년대, 1990년대, 2000년대 아동문학에 대한 전망과 평가를 지속적으로 진행하면서 7~80년대 이후 축적해온 아동문학사에 대한 성과를 바탕으로, 지난한 모색을 해 오고 있다는 점은 한국아동문학사에서 소중한 자양분이 된다. 각 시기마다 중요한 작품들을 목록화하고 쟁점을 정리하면서 미래를 전망하는 방식은 후대 비평가들에게 기본적인 자료를 확보하게 해주며, 시기별 개관은 전체 문학사를 파악할 수 있는 잣대로 가치가 크다.

글을 마무리 하는 시점에서 선생님의 첫 평론집 『한국현대아동문학
론』 책 날개에 찍힌 사진 한 장을 본다. 버버리 코트에 금테 안경을 끼
신 최지훈 선생님은 젊다. 그리고 멋스럽다. 짧은 몇 줄의 글로 선생님
의 평론 세계를 조명한다는 것이 얼마나 부족한지 잘 알지만, 제한된 시
간으로 인하여 미처 다루지 못한 이야기들은 다음 지면을 기약한다. 최
지훈 선생님, 한국의 아동문학사 속에서 언제나 사진 속의 그 모습처럼
젊고 올곧은 모습으로 우리에게 남아주시길 부탁드립니다.

(『한국아동문학』 30호, 2013.)

동요에 바친 한 인생, 정순철

1. 『보통창가집』에 맞추어 부른 순우리말 창가

동요는 아주 오래전부터 불려온 구전동요 혹은 전래동요와 1910년 이후 창가와 경계를 이루며 창작되기 시작한 창작동요를 포함하여 긴 시간을 이어온 장르이다.

1908년 『소년』의 「소년통신」란에서 전국 각지의 전래동요를 수집하는 것의 의미는 한국의 전통적인 모든 것을 소중히 여기고 계승하자는 뜻 가운데에 전래동요도 중요한 의미로 자리하고 있다는 것을 보여준다. 그러나 당시 한국의 전래동요는 바람직하게 계승되지 못했고, 일본에서 수입되어 온 창가에 밀려서 설 자리를 잃고 있었다. 개화기 무렵에는 교과서 『신정심상소학』에 창가, 신체시가 수록되고 1908 『노동야학독본』에 개화가사가 수록되어서 어린이들이 다양한 장르의 시가를 향유할 수 있었지만, 1910년대에 오면 교과서의 시가는 일본식 창가로 일색을 이루고 말았기 때문이다. 창가는 교과서에 수록되면서 음악교육과 밀접하게 결합되는데, 『보통교육창가집』은 창가교육에서 빼놓을 수 없이 중요한 음악교과서였다. 교과서 오른편에는 창가가사가 적혀 있고 왼편에는 근대식 악보가 그려져 있는 본격적인 음악교과서였다. 우리의 전래동요인 「달」을 제외하고는 거의 대부분이 일본에서 건너온 일본식 창가였다.

이러한 현실 속에서 최남선은 『붉은져고리』(1913)와 『아이들보이』(1913)를 통해 순우리말 창가와 동화요를 발표하게 된다. 『붉은져고리』의 매회 첫 부분에 수록된 순우리말 창가는 일본식 창가의 의도성이나 교육적, 교훈적, 계몽적 성격이 배제된 것으로 서정적인 감정의 표출이 잘 드러나 있다. 「바둑이」(1년 2회)의 경우에도 바둑이와 친구처럼 즐겁게 지내는 아동의 심리가 잘 드러나 있는, 동심의 순수성이 살아 있는 순우리말 창가의 면모를 보여주었다. 그런데 여기에서 주목할 점은 최남선이 일본식 창가에 대항하여 순우리말 창가를 만들었지만 정작 가사에 맞추어 부를 '곡조'가 없었다는 사실이다. 이때 최남선은 아이디어를 낸다. 『보통교육창가집』의 악보를 이용하기로 한 것이다. 가사는 순 우리말 창가로 직접 만들고 악보는 일본식 창가집의 악보를 활용하였다.

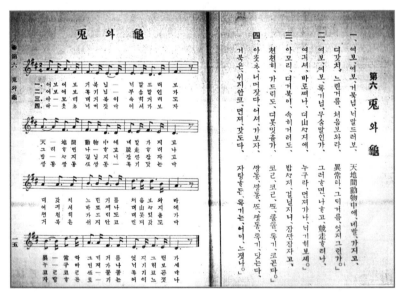

예를 들어 순우리말 창가 「은진미륵」(1년 1회)의 경우에 아래 제 6번 「兎와 龜」의 악보에 맞추어 가창하게 한 것이다.

2. 동요운동에 중요 역할을 담당했던 동요 작곡가들

창가는 일본에서 수입된 일본식 창가에서 비롯되어 1910년대 최남선의 순우리말 창가를 거치면서 창작동요로 변신할 준비를 하였다. 그러다 1920년대에 들어서면 창작동요운동이 펼쳐지고 여러 동요시인들이 창작동요를 다수 쏟아내면서 동요의 황금시대가 펼쳐지게 된다. 이러한 동요의 황금기에서 시급하게 요청되는 것이 창작동요의 가사에 붙일 '곡조'를 작곡하는 일이었다. 새로운 곡조가 없다면 완전한 근대식 동요가 탄생하기 어려운 것이 사실이었다. 이 때 몇몇 동요 작곡가들의 노력으로 수많은 '곡조'들이 탄생할 수 있었고 동요운동과 동요교육이 전성기를 구가할 수 있었다.

서양 악식에 의한 우리나라의 최초의 작곡가는 김인식이었다. 그는 작곡법을 익혀 1912년 『교과 적용 보통 창가집』을 엮었다. 이밖에 이상준, 홍난파 등의 작곡가들이 활동하였고 동요작곡가로서는 윤극영, 정순철, 박태준, 이흥렬, 현제명, 김성태, 김동진, 강신명 등이 활약하였다.[1] 그 중에 활발한 활동을 보였던 인물이 작곡가 정순철이다. 1923년 『어린이』 8호에 보면 〈가을노리 소년소녀대회〉에서 '새동요'를 정순철 선생이 독창으로 부른다는 안내가 나와 있다. 당시 『어린이』는 전래동요를 모집하고 새로운 창작동요를 소개하는 한편, 여러 모임을 열어 정순철처럼 유명한 작곡가가 직접 새로운 동요를 연주할 기회를 마련하였

---

1 한용희, 『한국동요음악사』, 세광음악출판사, 1988.

는데 이러한 공연들은 창작동요에 대한 대중적 관심을 높이는데 일조하였다.

창작동요에 대한 관심이 높아진 이유는 대략 세 가지 정도를 생각해볼 수 있다. 먼저 일본식 창가에서 벗어나 전래동요를 다시 읽고 거기에 나타난 순수 동심을 계승하자는 차원에서 창작동요운동이 벌어진 것이다. 둘째는 윤복진이 「아동문학강좌, 동요짓는 법(3)」²에서 지적한 대로 일본 내지의 문학운동과 예술운동에 적지 않은 자극과 충동을 받은 측면이 있다. 마지막으로는 카프 내에서 일어난 프롤레타리아 동요운동의 여파이기도 하였다. 그러나 이 시기 창작동요에 대한 관심이 서구의 영향으로 촉발된 점보다는 무엇보다 창가에서 벗어나 순수 서정이 살아있는 노래를 아동들에게 주어야겠다는 자각이 일어났던 점에 대해 주목해야 할 것이다. 유도순은 「조선의 동요자랑」³에서 남에게 자랑할 것이 별로 없는 우리가 자랑할 수 있는 유일한 것이 바로 동요라고 주저 없이 이야기하였다. 동요는 노래의 생각과 아름다움이 못하지 않고, 기쁨과 슬픔과 웃음을 표현하는데 부족함이 조금도 없으며, 동요는 우리의 성정을 표시하는 영구한 존재로서, 어린이뿐만 아니라 백성들의 귀중한 보배가 될 것이라고 하였다.⁴

이처럼 당시의 동요들은 특별한 노래책도 필요없이 입에서 입으로 전해 불려져 아동들의 정서적 결핍을 채워주고 정신적 위안처가 되었다. 동요에 대한 사랑은 어린이들이 각종 잡지에 동요를 투고하는 열정으로 이어졌고 많은 소년문사들을 탄생시켰다.

---

2 윤복진, 「아동문학강좌, 동요짓는 법(3)」, 『동화』 2권 2호(3월).
3 유도순, 「조선의 동요자랑」, 『어린이』 7권 3호, 51~53쪽.
4 박영기, 『한국근대아동문학교육사』, 한국문화사, 2009.

3. 정순철의 활약과 동요교육

정순철은 천도교 계열의 인맥을 갖고 있던 인사로서 주로 『어린이』지를 중심으로 활동하였다. 방정환, 윤극영과의 교유는 정순철의 동요인생에 중요한 구심점으로 작용하였다. "정순철은 보성고등보통학교를 거쳐 도쿄음악학교에 유학하였고, 그곳에서 윤극영을 만나 자취생활을 함께 했다. 정순철을 통해 방정환이 윤극영을 알게 되었고 세 사람의 운명적 만남이 시작되었다."[5] 정순철은 색동회의 창립멤버로서 창립 준비 5회 기간 동안 단 한 번만 불참하고 매회 참석하는 등 열성적으로 색동회를 위해 힘쓴 것으로 기록에 나타난다.

정순철은 작곡뿐만 아니라 동요교육자로서도 활동하였다. 색동회의 하기사업으로 개최된 〈소년지도자대회〉에서는 윤극영과 함께 '동요의 실제'를 교육하는 파트를 맡아서 동요교육자로서의 면모를 보였다. 그리고 전술한 바와 같이 1923년 〈가을노리 소년소녀대회〉, 1925년 〈어린이날 기념 4월 29일 밤 축하동화회」에서 직접 동요를 독창하였고, 이밖에도 1928년 10월 2~7일까지 열린 『어린이사』 주최 〈세계아동예술전람회〉에서는 정인섭, 진장섭 등과 함께 '진열부'를 담당하여 성악가, 작곡가, 동요 교육가, 문화운동가로서 다방면에서 맹렬한 활동을 펼쳐 나가게 된다.

현재까지 동요와 관련해서 잡지에 발표한 정순철의 글은 두 편 정도로 발견된다.

1. 색동회 정순철, 「동요를 권고합니다.」, 『신여성』 2권 6호, 대정13(1924). 6. 17.

---

5 이상금, 『사랑의 선물』, 한림출판사, 2005.

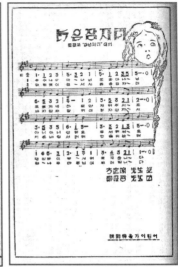

『어린이』에 수록된 정순철의 동요곡들

2. 정순철, 「노래 잘 부르는 법―동요 '옛이야기'를 발표하면서」, 『어린이』
11권 2호, 1933년 2월, 22~23쪽.

정순철은 「동요를 권고합니다.」에서 여학생들에게 동요를 부르라고
권고하였다. 동요를 부르면 아무리 복잡한 일에 파묻혀 있어도 마음이
시원하고 고요해지고 깨끗해지는 것을 느낄 수 있기 때문이다. 그는 동
요가 어린 사람들의 심령을 곱게 길러주는 만큼 젊은 여학생들의 마음
에도 곱고 아름답고 깨끗한 심정을 북돋워 주리라고 믿고 있었다. 정순
철에게 동요는 어린이들에게 한정된 노래가 아니라 넓게는 여학생들 혹
은 일반인들에게도 순정한 정서를 불러일으키는 노래라는 의미가 된다
는 것을 알 수 있다.

「노래 잘 부르는 법―동요 '옛이야기'를 발표하면서」에서는 동요 '옛
이야기'를 부르는 방법을 구체적으로 제시해 주었다. 그는 자신의 불행

했던 어린 시절의 추억이 노래로 되살아났다는 사실을 고백하면서 첫 줄, 두 번째 줄, 세 번째 줄을 구체적으로 어떻게 불러야 하는지 알려주었다.

처음 버선 깁는 우리 엄마 졸라졸라서…

이 멜로디를 부를 때—엄마와 어린이 희미한 등불 깊어가는 밤 그리고 쓸쓸하여 옛이야기를 듣고 싶어하는 어린이의 마음(心理) 이 모든 것을 머리 속에 생각하면서 이러한 정경을 잘 나타내어야 합니다. 성량을 적게 하고 타임(拍子—템포)은 천천히 시작하십시오.

그리고 다음 줄 옛이야기 한마디만 해달냈드니…

여기 와서 소리를 조금 크게 그러나 최초의 음색을 잊어버리지 말고서 '옛이야기 한마디만'을 부른 뒤에 '해달냈드니'는 점점 크게 소리의 폭을 더 넓혀서 부르고 다음 저기저기 아랫마을 살구나무집…

'저기저기 아랫마을'이 여덟자의 노래는 강하게 그러나 전체의 기분을 벗어나지 않는 모든 조건에서 노래하여야 합니다. 그리고 음색(흥분)을 달리 소리가 좀 뒤쳐서 나오게 하여야 합니다. 왜 그런고 하면

버선깁는 우리 엄마 졸라졸라서

옛이야기 한마디만 해달냈드니

이 두 줄의 악구(樂句)나 또 두 줄의 문구(文句)에는 어린이가 엄마나 또는 할머니에게 이야기가 듣고 싶어서 이야기해 달라고 조르고 조르는 것이요 셋째 넷째줄

저리저리 아랫마을 살구나무 집

우름쟁이 못난애기 우리귀분이

이 두 줄은 이야기를 하여주는 어머니나 할머니의 말이니 즉 어린이 말의 대답입니다.

그래서 노래하는 이는 어린이와 어머니의 두 인물(人物)의 문답적 크나큰 두 가지 구별을 잘 해석 하여야 하겠음으로… 위의 말과 같이

"저기저기 아랫마을"을 크게 음색을 달리 어린이에게 대답하는 효과를 충분히 나타내어야 할 것입니다. 그리고

"살구나무집"—은 조용히 저기저기 아랫마을 (큰 소리로 하였음으로) 천천히 적게 소리가 하행(下行)하여야 그 줄의 멜로디 아니 전체의 노래가 바란스(平衡)가 되는 것이니 "살구나무집"—이 멜로디에서 이야기하는 그 이야기의 재미가 절정에 이른 것과 같이 긴장한 태도 천천히 차차 하행하십시오.

그리고 "울기쟁이 못난애기 우리 귀분이…"이 최종 악구(樂句)에 와서 이 말의 의미로 보면 이야기를 해 달라고 하나 할 이야기는 없으니까 "저기저기 아랫마을 살구나무집" 여기까지 정말 이야기 같으나 결국 우름쟁이 못난애기 우리 귀분이 너다하는 기분적 변화(變化)로 유머틱하게 그리고 재미스러운 기분으로 부르십시오.

그리고 제 이절도 마찬가지로 부르십시오. 그리고 노래의 말 즉 시(詩)에 대한 충분한 이해(理解)를 가지고 그 시를 잘 해석한 후에 음악의 작곡을 잘 재현하여야만 거기서 완전한 예술적 노래를 발견할 수가 있는 것입니다.

정순철은 천도교 계열의 동덕여학교 음악담당교사로 일하면서 언제나 소파를 도왔다. 소파가 지방으로 구연동화대회를 하러갈 때 동행하기도 하고 개벽사와 『어린이』사의 행사 등에 음악을 담당하는 수고를 아끼지 않았다. 그의 첫 히트 작품은 윤석중 요 「우리애기 행진곡(후에 짝자꿍)」이다. 1929년 이 곡이 라디오를 통해 방송되자 전국 방방곡곡에서 선풍적인 인기를 몰았다.[6]

엄마 앞에서 짝자꿍
아빠 앞에서 짝자꿍
엄마 한숨은 잠자고
아빠 주름살 퍼져라.

〈경성방송국〉 '어린이 시간'에는 그가 동덕여고 합창단을 이끌고 출연하여 동요를 보급하는 데에 힘을 기울였고, 1929년 개벽사에서 그의 동요곡집 『갈닙피리』가 나오면서 이른바 정순철의 전성기가 펼쳐진다. 1930에서 1931년 사이에 『어린이』지에는 정순철의 『갈닙피리』에 관해 수차례에 걸쳐 대대적인 광고를 하였다.

어엽븐 어엽븐 동요곡집이 나왔습니다.
곱듸고흔 노래를 엽브듸엽븐 책에 실어서

나어린동무들쎄의 제일조혼선물로
『갈닙피리』가 여러분 압헤나왓슴니다.
울어도 울어도 싀원치안흔 우리의 가슴
그러나 그속에서 이런 노래가 나와야합니다.
갈닙피리 갈닙피리 우리노래 갈닙피리
우리도 가지고 또 동무에게도 보냅시다. (『어린이』 8권)

학교마다 대호평
동요곡보중에 제일곱고 쌧긋하다고 시골
서울의 보통학교마다 유치원마다 층찬이 굉장하여서
이책에 있는 노래는 지금 유행이 대단합니다.
방정환씨 한정동씨 이정호씨 윤석중씨 외
여러분의 지은 동요에 정순철씨가 새로운 곡조를
지여부처 곱게 짜은책임니다.(『어린이』 8권)

조선노래를 조선소년의 심정에 맛도록 작곡한것
어려운 살림에 쪼들린 넉슬위로할 유일의 동무
인제 멋책 안남엇스니사실이는 곳 주문하쇼
절품되면 다시 재판하기도 사실 어려운 책입니다.(『어린이』 9권)

　이 광고의 내용을 보면 피식민지 백성으로 특히 어린이들이 겪어야
했던 슬픔에 정순철의 곡조가 많은 위로 될 것이며 그의 곱디고운 노래
가 곳곳마다 많은 인기를 얻고 있다는 내용이었다. 그는 소파가 죽은 후
에는 그의 뜻을 기리면서 〈녹양회〉라는 동요동극 단체를 통해 왕성한
음악활동을 하였다. 윤석중의 회고에 따르면 최영주, 이정호(동화가), 방
운용(소파 큰 아들)과 함께 소파 기일 5주년 기념 묘비를 세우는 일에 참

여하기도 하였다.

우리는 위창 오세창을 찾아가 '동
심여선(童心如仙)' 네 글자를 얹은
자리에서 받아다가 석수를 시켜 화
강석에 새겼다. 선비들이 주머니돈
을 털어 세운 비석 뒤엔 다만 '동무
들'이라고만 새겨 넣었다. 차도 다
니지 않던 망우리 아차산 상상봉까
지 소 여러 필이 끄는 수레에 육중
한 돌을 싣고 삼복더위에 땀을 비오
듯 흘리며 기어올라가던 최영주, 정
순철(작곡가), 이정호(동화가), 방

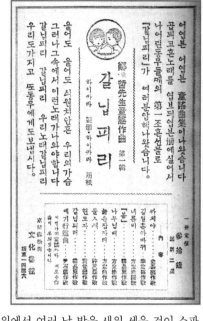

운용(소파 큰 아들) 이런 분들이 산 위에서 여러 날 밤을 새워 세운 것이 소파
묘비다. (윤석중)

해방 후에는 윤석중의 가사에 노래는 붙인 졸업식 노래를 작곡하여
크게 이름을 날렸다. 정순철의 작곡으로 우리 귀에 익숙한 노래는 윤석
중 요 「어린이 노래」가 있다. 그리고 그의 걸작이라고 할 수 있는 「졸업
식 노래」가 있다. 역시 윤석중의 노랫말이다.[7]

이 세상 어린이가 서로 손을 잡으면
노래하며 지구를 돌릴 수가 있다네
씨씨씨 해 나라의 우리

---

7 이상금, 앞의 책, 591~593쪽.

씨씨씨 새 나라의 어린이.

—「어린이 노래」

빛나는 졸업장을 타신 언니께
꽃다발을 한아름 선사합니다.
물려받은 책으로 공부를 하며
우리는 언니 뒤를 따르렵니다.

—「졸업식 노래」

1947년에는 12월 14일 명륜동 4가 윤석중의 조그만 사랑방에서 '노래동무회'라는 어린이들의 노래모임에 적극 참여하여서 좋은 동요작곡과 보급에 심혈을 기울였다. 이 모임의 뜻은 "우리 모임은 항상 새로운 노래를 지어 바르게 불러 널리 퍼뜨림으로써 우리나라를 깨끗하게, 환하게, 즐겁게 만들겠습니다."였다.

4. 그리운 정순철

1920년 동요운동에 뛰어들어서 한국전쟁이 터진 1950년까지 근 30년 동안 동요를 위해 한평생을 보냈던 정순철은 전쟁 중에 납북된 것으로 알려져 있다. 정순철의 최후는 2001년 차웅렬이 『신인간』에 발표한 「잊혀진 이름, 동요 작곡가 정순철」의 기록에 의거한 것이다. 즉, 중앙보육학교, 무학여학교, 성신여학교에 재작하다가 6.25를 만났고, 9.28 직전 어느 제자의 밀고로 납북되었다는 것이다. 이상금, 도종환의 글에서 모두 차웅렬의 기록을 인용하고 있다. 그런데 윤석중의 기록에 따르면 9.28 수복 뒤에 성북경찰서 유치장에서 가족들이 정순철의 신짝을 발견했지만 이미 맨발로 끌려 나가 한방에 갇혔던 이들과 떼죽음을 당한 것으로 추측하고 있다. 정순철의 마지막이 어떠했는지 정확히 알 수는 없지만 제자의 밀고에 의해서 납북되었다면, 아마도 비참한 최후를 맞이했으리라고 생각하는 것은 그리 어려운 일은 아니다.

> 80리길을 걸어 서울에 올라오면 두루 들르는 집은 내수동 윤극영네, 삼청동 정순철네, 계동 엄병률네, 경운동 민병도네……
> 날이 밝자 다 못 돌고 돌아간 모양이어서 그제서야 숨을 돌렸으나 하마터면 계동에서 붙들려갈 뻔 했다. 정순철네 집에 들르니까 성신여중 자치 교사들에게 쫓겨나 자기 집에 있었는데 그는 하도 답답해 9월 초승, 형편을 알러 학교 근처에 갔다가 청년들에게 잡혔는데, 9. 28 수복 뒤에 성북경찰서 유치장에서 정의 고무신짝을 가족이 발견했으나 맨발로 끌려나가 한방에 갇혔던 이들과 떼죽음을 당한 모양이었다. (윤석중)

천도교의 깊은 영향을 받아서 고결하고 깨끗한 종교적 신념을 가지고 일제 강점기라는 험난한 시기를 살아내었던 정순철은 좋은 우리말 동요에 고운 곡을 붙이는 작업을 통해서 고통의 시간들을 극복해 냈으며, 동요운동 문화운동가로서 치열하게 살았던 인물이었다.

좁은 일본 하숙집에서 연주는 할 수 없었지만 작곡을 통해 자신의 음악적 이상을 실현해 내려고 하였고, 더 없는 동요운동의 동반자였던 방정환이 죽은 후 망우리 묘지까지 묘비를 짊어지고 올라갔던 정순철의 면모들은 그의 인품과 순수한 마음결을 잘 보여준다. 졸업식 노래를 작곡하여 설렁탕집에서 윤석중에게 나즉히 불러 주었던, 그 시절의 정순철을 생각해 보면 그가 동요에 바친 한 인생으로서 얼마나 소중한 사람이었는지 알 수 있다.

정순철을 연구한 도종환 시인은 그의 논문[8]에서 정순철이 작곡한 곡

을 잘 정리해 주었다. 그런데 한용희가 『한국동요음악사』에서 거론한
동요곡집 『아동가요300곡선』에도 정순철 곡이 수록되어 있으므로 이를
더 포함해야 할 것으로 보인다.

『아동가요300곡선』

강신명 엮음 尹山溫(미국인)발행/농민생활사 1936년 1월 15일/국판 208쪽

여름 노래편—꽃초롱(홍월촌 요. 정순철 곡)

　　　　여름비(방정환 요. 정순철 곡)

겨울노래와 그밖의 노래편—옛이야기 열 두발(김수향 요. 정순철 곡)

　　　　　　나무 파든 날(임갑수 요. 정순철 곡)

　　　　　　물새(허삼봉 요. 정순철 곡)

(『한국아동문학연구』, 19호, 2010. 12.)

---

8 도종환, 「어린이 노래 운동의 선구자 정순철」, 『아동청소년문학연구』 창간호, 2007.

노래의 씨를 심는 할아버지, 어효선

1. 들어가는 말

2005년 어효선 추모문집 간행위원회에서 『노래씨를 심는 할아버지』(대교출판)란 추모문집을 냈다. 난정 어효선이 세상을 떠난 지 1년만의 일이었다. 그의 제자들은 어효선 여든 살 기념문집을 준비 중이었는데, 갑작스런 타계로 인해 이 문집은 추모문집이 되고 만다.[1] 어효선(1925~2004)은 동요시집 『봄 오는 소리』(1961)를 시작으로 동요시집, 동시집, 동화집, 수필집, 교육용 저서, 편저 등 저작물이 수십 권에 이르는 다작의 아동문학가였다. 그러나 추모문집의 제목이 말해주듯 그의 문학적 본령은 노래 즉, 동요에 있다고 볼 수 있다. 특별히 전쟁을 겪고 난 1950년대에 발표한 동요들 「꽃밭에서」(1951), 「과꽃」(1953), 「파란마음 하얀마음」(1957)은 맑고 투명한 시심을 표현한 가편들로서, 이후 노래로 만들어져 현재까지 수많은 어린이들의 사랑을 받고 있다.

---

[1] 이 문집은 어효선 추모문집 간행위원회—유경환(위원장),엄기원, 문삼석, 조대현, 김원석이 간행하였다. 어효선의 대표 동화, 동시와 아동문학인 39명이 헌정하는 작품들이 함께 수록되어 있다.

본고에서는 어효선의 동요시집 『봄 오는 소리』(1961), 『인형아기 잠』(1977), 동요시선 『고 조그만 꽃씨 속에』(1979)를 살펴보면서 어효선 동요 동시의 문학사적 위치와 작품적 가치, 한계를 살펴보고자 한다.

2. 어효선 동요 동시가 놓인 자리

어효선 추모문집의 제목 『노래씨를 심는 할아버지』는 동요시인 어효선의 문학사적 공로를 정감있게 표현해 준 별칭이다. 그는 주옥같은 동요로 이 땅의 어린이들에게 노래의 씨를 심어준 노래 할아버지였다. 이러한 어효선의 면모는 그가 쓴 동시 한 편에 생생하게 은유되어 나타나 있다.

담장 밑에 뿌린
나팔꽃 씨 몇 개가
잎이 피고 꽃이 피어
높다란 담장을 가려 버리고.

섬돌 앞에 뿌린
채송화 씨 한 줌이
잎이 피고 꽃이 피어
검은 흙을 덮어 버렸다.

피고 지고 피고 지고
꽃이 진 자리마다
새 씨가 또 여무는구나!

고 조끄만 씨 속에

이 많은 잎들이 들어 있었구나!

고 조끄만 씨 속에

이 많은 꽃들이 들어 있었구나!

고 조끄만 씨 속에

이 많은 새 씨가 들어 있었구나!

씨는 작으면서도 큰 것.

크면서도 작은 것.[2]

　이 동시에서 조그만 꽃씨 속에 들어있는 작은 생명들이 새롭게 피어
나 주변으로 퍼져나가는 모습은 어효선의 동요들이 수많은 어린이들의
입에서 입으로 퍼져나가는 것을 연상케 한다. 꽃이 진 자리마다 새로운
씨앗이 여무는 자연의 이치 속에서 그가 뿌린 노래의 씨는 마침내 '작지
만 큰 것'이 된다. 어효선이 본격적으로 동요를 발표하는 1950년대 초
기 동요들은 전쟁의 폭풍이 거쳐 간 폐허 위에 뿌려진 씨앗들이었고, 잿
더미 위에 피어난 노래의 새싹들이었다. 동요의 씨는 잎을 피우고 꽃을
피워 '높다란 담장'을 가려 버리고, '검은 흙'을 덮어 버린다. '높다란
담장'과 '검은 흙'이 상징하는 장애물이나 부정적인 생각 등을 이기는
것이 바로 동요이고, 이를 부르는 어린이들의 고운 마음씨였다.
　어효선 동요에 관한 지금까지의 논의는 이원수, 유경환, 이재철, 정원
석, 원종찬에 의해 이루어졌는데, 대부분의 연구자들은 어효선에 대한
연구와 함께 어효선 연보를 부록으로 수록하고 있으므로, 자세한 활동

---

2 어효선, 「고 조끄만 씨 속에」, 『고 조끄만 씨 속에』, 일지사, 1979. 26~27쪽.

과 작품목록은 이러한 연보들을 참고하면 될 것이다. 이원수는 「책 끝에」[3]에서 어효선의 『봄 오는 소리』에 대한 간략한 평을 내었다. 이 시집을 어효선으로선 1기의 작품집으로 보았는데, 먼저 각 편에서 드러나는 시적 특징을 간략하게 언급하면서 인정에 얽힌 서민적 생활이 아름다워 보이며 비약보다는 착실한 걸음걸이를 느끼게 한다고 평하였다.

유경환은 「어효선론」[4]을 통해 본격적으로 어효선 동요와 동화에 대한 가치 평가를 시도했다. 그는 어효선 동요에서 긴 생명력을 갖는 작품들은 1950년대의 것들이라고 평하였다. 다만 작품 속의 소재들이 한정된 세계 속에 갇혀 있는 점을 비판하면서 동화 창작도 좋지만 맥이 흐려지는 한국 동요계에 중견작가로서의 책임을 다하기를 요청하였다.

이재철은 「한국아동문학가 연구(1)—최계락, 어효선론」[5]에서 그의 진가는 동시에서보다 동요에서 찾을 수 있다고 하였다. 그의 동요는 시적인 에스프리보다는 음악적인 리듬이 중요시 되는 동시관이 나타난다고 보았고, 그의 동요에 나타나는 지나친 형식고수, 도식적 결구, 무의미한 반복 등을 비판적으로 보았다. 또, 그의 동요에 등장하는 자연이 생활환경, 단순한 친화의 대상이라는 점, 동시에 나타난 세태풍물의 형상화 실패 등을 지적하였다. 「어효선」[6]은 '문학사전'이라는 특성상 어효선의 이력과 작품세계 등을 간결하면서도 체계적으로 서술하였고, 대표 동요와 동화 작품을 소개하였다.

정원석은 「난정 어효선 선생의 작품세계」[7]에서 어효선의 시세계에 영향을 끼친 인물로 윤석중을 지목하면서 『봄 오는 소리』에 실린 1953년의 시편 중에 4편은 윤석중의 영향이 역력하다고 하였다. 이러한 시풍

3 이원수, 「책 끝에」, 『봄 오는 소리』(어효선), 교학사, 1961. 11.
4 유경환, 「어효선론」, 『횃불』, 1970. 1.
5 이재철, 「한국아동문학가 연구(1)—최계락, 어효선론」, 『국문학논집』10, 1981. 1.
6 이재철, 「어효선」, 『세계아동문학사전』, 계몽사, 1989.
7 정원석, 「난정 어효선 선생의 작품세계」, 『노래씨를 심는 할아버지』, 대교출판, 2005.

은 1959년에 들어서면 난정 고유의 것으로 바뀌었고, 1977년『인형 아기 잠』에서 보이는 동시는 독자적인 시세계를 구축하는데 성공하였다고 보았다. 「느티나무 그늘에서」(1962), 「씨 하나가 땅에 묻히어」(1963), 「아, 그러니까 나는 안다」(1971), 「꽃잎은 날마다 날리어」(1971) 등의 동시가 주는 신선함을 재발견해 평가하였다.

원종찬은『어효선 魚孝善 1925~2004』[8]에서 어효선과의 대담을 채록하여 엮었다. 이 대담집은 2004년 현재, 1930년 이전에 태어난 아동문학가로 유일하게 생존해 있던 어효선과의 일문일답을 구술채록한 책이다. 어효선 개인의 인생여정과 함께 일제시대부터 1970년대 이후까지의 아동문학 문단활동과 문학사적 인물들에 관한 기억을 구술하고 있는데, 강소천, 김요섭, 이원수, 마해송, 윤석중에 관한 소중한 증언이 담겨져 있다.

어효선에 대한 기존의 연구들을 보면, 그가 동시보다는 동요에서 보다 높은 수준을 견지하였다고 보고 있으며, 대략 1950년대의 작품들이 여기에 해당되는 것으로 보았다. 동시 중에서는 1960년대에서 1970년대 초의 작품들이 동요와 다른 새로운 시세계를 구축하고 있다고 평가되었다. 이러한 평가는 어느 정도 타당하다고 볼 수 있다. 그의 대표 동요시집『봄 오는 소리』(1961)에는 1950년에 발표한 동요들이 수록되어 있는데, 그는 일제 강점기부터 활동해 왔던 윤석중, 이원수, 강소천, 윤복진 등의 동시인들과는 달리 1940년대 후반에 등단한 신인으로서 기존 문인들의 영향권에 놓여 있으면서도 동요계에 새로운 호흡을 불어넣어 줄 참신성을 가지고 있었다.

해방기 이후 동요는 서사 장르의 도전 속에서 점차 설 자리를 잃어가고 있었으며, 1930년대 말에 불었던 자유동시운동의 바람을 불러일으

---

8 원종찬 엮음, 「어효선 魚孝善 1925~2004」, 한국문화예술진흥원, 2004.

키기에 역부족인 상황에 놓여 있었다. 그럼에도 불구하고 1950년대의 동요는 전쟁을 겪고 모든 것을 잃고 난 어린이들에게 혹은 어른에게까지 위로와 희망이 되는 울림을 안겨주는 치유의 메시지를 던져주는 소중한 역할을 감당해 내었다. 여기에 어효선은 1950년대에서 동요라는 장르가 점유하고 있던 매우 독특한 위치를 재확인시켜 주면서 동요계에 새로운 바람을 일으켰으며, 1940년대 말에 함께 등단한 권태응, 박은종 더불어 당시 '문단의 중요한 수확'[9]으로 평가받으며 주목받기 시작한다.

3. 전쟁 속에 일군 동요의 꽃밭—1950년대의 시

어효선은 해방이 된 후 『소학생』 등의 잡지, 한글 책을 보면서 글을 깨우친 세대에 속한다. 그는 어릴 때부터의 꿈이었던 교원이 되고 난 후, 매동초등학교에 근무하면서 같은 학교 교장선생님 윤제천의 추천으로 복간호 『어린이』(1948. 8)에 「졸업축하의 노래」를 발표하게 되며, 이후 이원수, 윤석중, 강소천 등 당대 최고의 동요작가들과 교유하게 된다.[10]

어효선의 첫 동요시집 『봄 오는 소리』(1961)는 그가 동요를 쓴 지 열다섯 해만에 엮어진 것이다. 이 동요시집은 Ⅰ. 꽃이 피거든, Ⅱ. 비 갠 아침, Ⅲ. 귀뚜리 소리, Ⅳ. 눈 온 달밤, Ⅴ. 신기료 장수 총 5장으로 이루어져 있으며, 총 71편의 동요와 동시가 수록되어 있는데, 주로 1950년대에 발표한 것들이다. 그 중에서 「꽃이 피거든」은 이원수의 소개로 『아동구락부』에 발표한 동시였다. 어효선의 회고에 따르면 김철수 주간

---

9 이재철, 『아동문학개론』, 서문당, 1983. 73쪽.
10 원종찬 엮음, 앞의 책, 47~59쪽 참고.

이 그에게 '먼저 한 분들(윤석중)을 닮지 말라'고 하였는데, 그의 시가 '안 닮게 썼다'고 극찬하면서 특별고료를 얹어서 주었다고 한다.[11]

뒷산에
개나리가 피었더라.

진달래
붉은 꽃도 피었더라.

진아
좁은 우리 앞마당에
꽃밭 만들자.

돌멩이를 고르자
사금파리도 골라내자.

뒤에는 나팔꽃
앞에는 채송아.

누나가 좋아하는
봉숭아도 심자.

파아란 싹이 자라서
꽃이 피거든,

---

11 원종찬 엮음, 앞의 책, 58~59쪽 참고.

진아
우리 꽃 보며 살자.
꽃처럼 살자.[12]

「꽃이 피거든」은 전쟁이 일어나기 전에 발표된 것인데, 해방된 조국에 걸림돌이 되는 모든 부정적인 것, '돌맹이', '사금파리'를 골라내는 행위를 통해 진정한 자주 독립의 새 장을 펼치고자 하는 시인의 지향성이 강하게 부각되어 있다. 진달래, 개나리가 피는 광복의 날에 작은 꽃밭을 만들어 다시 한 번 소박하지만 행복한 삶을 살고 싶어 하는 시인의 소망이 아름답게 표현되었다. 이 시는 평소 이념적 지향성을 드러낸 적이 없는 어효선이 우리 사회에서 숨아내야 할 것들, 부정적인 것들에 대해 강하게 비판의식을 표출한 유일한 시로서, 순수했던 시인의 무의식을 강하게 내리누르던 일제의 잔재와 부정부패한 사회 현실에 대한 본능적 거부였던 것으로 보여진다.

그러나 새로운 희망도 잠시, 갑작스레 닥친 전쟁의 회오리 속에 시인의 소박한 「꽃밭에서」는 '아빠'는 부재 상태이다. 꽃처럼 살라던 아빠의 음성이 전쟁 중에 흩어지고, 아이는 아빠와 만든 꽃밭에서 아빠를 그리워하는 노래를 부른다. 「꽃이 피거든」이 아빠가 딸 '진이'에게는 해주는 말이라면, 「꽃밭에서」는 딸 진이가 아빠에게 보내는 답가와도 같다. 1952년 『소년세계』 수록 당시 '피난 간 아빠에게'라는 부제가 달려 있는 것을 보면 작가는 전쟁 중 만날 수 없는 아빠를 그리워하는 소녀 진이의 마음을 담고자 했던 것으로 여겨지는데, 이러한 아이의 마음은 이산을 경험하였던 수많은 사람들에게 큰 공감을 주었을 것으로 보인

---

12 어효선, 「꽃이 피거든」, 『아동구락부』, 1950. 4.

다. 이 노래는 전쟁이 휩쓸고 지나간 후에도 끝없이 울려 퍼지는 국민적
애창곡이 된다.

아빠하구 나하구 만든 꽃밭에
채송화도 봉숭아도 한창입니다.

아빠가 매어놓은 새끼줄 따라
나팔꽃도 어울리게 피었습니다.

애들하고 재밌게 뛰어놀다가
아빠 생각 나–서 꽃을 땁니다.

아빠는 꽃 보면 살자구랬죠!
날보고 꽃 같이 살자구랬죠!

진이는 아빠가 그리울 때면
언제나 꽃밭에서 꽃을 땁니다.[13]

「꽃밭에서」는 1961년 상재한 첫 동요집 『봄 오는 소리』에 미처 수록
되지 못하고, 1977년 『인형아기잠』에 와서야 수록된다. 이는 어효선의
여린 성정이 문제로 작용하면서 생긴 일이었다. 평소 스승으로 모시던
강소천이 "「꽃밭에서」의 2절은 동요가 아니라고 타박하자, 난정은 스스
로 자괴하여 첫 동요시집에서 이 동요를 빼고 만다."[14] 이 동요의 3연
'아빠 생각 나–서 꽃을 땁니다'와 마지막 5연 '진이는 아빠가 그리울

---

13 어효선, 「꽃밭에서—피난간 아빠에게」, 『소년세계』, 단기4285(1952). 9월호, 21쪽.
14 정원석, 앞의 논문, 219쪽 참고.

때면 언제나 꽃밭에서 꽃을 땁니다.'[15]에서 '꽃을 딴다'는 부분이 '비교육적'이라는 이유였다.

그러나 아이들이 꽃밭에서 놀다가 꽃을 따서 목걸이를 만들거나 꽃다발을 만들어 꽃병이 꽂아보는 것은 자연스런 놀이 행동일 수 있다는 점에서 강소천의 의견에 조금은 편협한 관점일 수 있었다. 또, 「꽃밭에서」는 당시 대중적으로 큰 반향을 일으킨 동요였으므로 어효선이 좀 더 당당하게 처신할 수 있었을 것이다. 그러나 어효선은 문단의 대 선배격인 강소천의 평 한마디에 자신감을 잃고 위축되고 마는데 그것이 당시 신인이었던 어효선의 문단적 위치와 여린 성정과 때문이었다. 이후 『인형아기잠』에 「꽃밭에서」를 수록할 때에는 『소년세계』에 처음 발표했을 때와 다르게 일부 수정하여 수록한다. 총 5연이었던 것을 2연으로 합치고 마지막 연은 삭제하였다.

「꽃밭에서」는 『소년세계』에 1956에 처음 발표된 작품인데, 『인형아기잠』(1977)에 재수록하면서 실제 창작연도인 1951년으로 수정하여 표기하였다. 수정된 「꽃밭에서」는 아래와 같다.

아빠하고 나하고 만든 꽃밭에
봉숭아도 채송화도 한창입니다.
아빠가 매어 놓은 새끼줄 따라
나팔꽃도 어울리게 피었습니다.

애들하고 재미있게 뛰어 놀다가
아빠 생각나서 꽃을 땁니다.
아빠는 꽃처럼 살자고 했죠,

---

15 '진이'는 「꽃이 피거든」에도 언급된 이름으로 어효선의 딸을 지칭하는 것으로 추측해 볼 수 있는 인물이다.

날보고 꽃같이 살라고 했죠.

—어효선, 「꽃밭에서」, 『인형아기잠』, 50쪽

이 동요는 큰 주목을 받았던 만큼 부정적 평가도 받았다. 이오덕은 1974년에 발표한 「어린애 흉내와 어른의 넋두리」라는 평론에서 어효선의 '아빠'라는 시어를 크게 비판하였다. 이 어휘는 본래 서울의 중산층에서 쓰인 말로, 아동문학가들이 아빠라는 말을 자주 쓰면서 '어리광부리는 아이들 속에 빠져 들어가 있는 것'[16]을 문제점으로 지적하였다. 교과서에 모두 '아버지'로 되어 있는데, 유독 아동문학가들만 '아빠'라고 하는 것은 동심에 빠져 있는 작가들의 정신적 치졸성을 보여주는 것이라고 하였다. 이오덕은 어린애들의 귀여움에 빠져 있는 아동문학계에서 도시의 특수 부유층 아이들이 사용하는 말들 '아이 좋아', '뾰로퉁했습니다', '입을 삐쭉거렸습니다' 등의 말을 빼고 나면 남는 게 아무것도 없는 작품을 쓰고 있는 현실을 비판하였다. 이오덕의 비판은 1970년대 후반에야 이루어진 것으로 전쟁 후 「꽃밭에서」가 받았던 대중적 인기에 반발하는 평가라기보다 이후 1960~70년대에 어효선의 동요, 동시 세계가 답보 상태를 벗어나지 못하고 관념적 동심세계 속에 침잠하게 된 것 상황과 관련하여, 어효선의 시세계에 대해 뼈있는 비판을 던진 것으로 보인다.

어효선이 전쟁 후 발표한 작품들에는 '봄'에 관한 소재와 주제를 다룬 것이 많고 '봄'을 기다리는 시인의 소망이 드러난 것이 다수였다. 「봄바람이」(1958), 「봄 오는 소리」(1954), 「벌써 폈나」(1957), 「온실」(1958), 「이른 봄」(1953), 「이른 봄의 들」(1960), 「가슴을 펴자」(1954), 「봄이 온 줄을」(1954) 등이 그것인데, 추운 현실 속에서 움트는 봄처럼 전쟁이 지나간

---

16 이오덕, 「어린애 흉내와 어른의 넋두리」, 『시정신과 유희정신』, 창작과 비평사, 1977. 168쪽.

우리의 땅에도 새로운 희망이 움트기를 기원했다. 「봄바람이」에서 봄바람이 버드나무 가지와 개나리 가지를 흔들며 '이제 그만 눈을 뜨라'고 속삭이는 장면에는 전쟁이라는 추운 겨울 속에서 어린이들이 처한 이산과 굶주림, 죽음과 질병의 참담한 현실이 끝나고 그들의 마음속에도 파란 싹이 피어나길 바라는 시인의 마음이 투영된 것이다. 그리고는 어린이들의 마음속에 숨겨진 파랗고 하얀 '마음의 빛'을 상상하며 「파란마음 하얀 마음」을 쓰기에 이른다.

> 여보셔요! 여보셔요!
> 그만 눈을 뜨셔요.
> 봄바람이 버드나무 가지를 쥐고 흔든다.
> 어서 파란 싹을 틔우라고.
>
> 여보셔요! 여보셔요!
> 그만 잠을 깨셔요.
> 봄바람이 개나리 가지를 잡고 흔든다.
> 어서 노란 꽃을 피우라고.
>
> 여보셔요! 여보셔요!
> 내 말 좀 들으셔요.
> 봄바람이 귀에 대고 속삭인다.
> 낼 모레면 개나리가 필게라고.[17]
>
> 우리들 마음에 빛이 있다면

---

[17] 어효선, 「봄바람이」, 『동아일보』, 1958. 3.

여름엔 여름엔 파랄거에요.
산도 들도 나무도 파란 잎으로
파랗게 파랗게 덮인 속에서
파아란 하늘 보며 자라니까요.

우리들 마음에 빛이 있다면
겨울엔 겨울엔 하얄거에요.
산도 들도 지붕도 하얀 눈으로
하얗게 하얗게 덮인 속에서
깨끗한 마음으로 자라니까요.[18]

「파란마음 하얀 마음」은 어린이들의 내면에서 비추어 나오는 순정한 동심을 '빛'으로 표현한 것인데 여기에서의 '빛'은 영원한 생명력을 의미하기도 하고, 항상 주변과 상호 교감하면서 신비한 힘을 전해주는 생생한 에너지를 뜻하기도 한다. 그 빛은 무엇이든 흡수하는 도화지처럼 여름엔 파란 색을 띄고, 겨울엔 하얀 색을 띄며 역동적으로 변화해 간다. 시인은 어린이가 가지고 있는 선천적인 생명력을 낙관함으로써 어려운 환경이나 처지에 놓인 어린이들 혹은 어른 모두에게 '희망'이라는 조촐한 빛을 던져주었다. 또, 감각적 표현을 자유자재로 구사하면서 청신한 이미지를 완성하였다는 점에서 수작이라고 평가할 수 있다. 어효선이 이 동요를 쓸 무렵은 그의 시세계에 최고의 전성기였다.

---

18 어효선, 「파란 마음 하얀 마음」, 『새벗』, 1957. 6.

4. 일상에 대한 관심과 관념적 동심—1960, 70년대 시

1959~1960년에 들어서면 시인의 시선이 일상적 소재에 머물면서 생활 주변을 관통하게 된다.『봄 오는 소리』(1961)에 수록된 작품 중에서 1950년대 후반과 60년대에 쓴 작품들「아침 청소반」(1961),「물전차」(1959),「벌을 쓴다」(1959),「도장포 할아버지」(1959),「솜틀집 할머니」(1960),「신기료 장수」(1959),「복덕방」(1960),「구멍탄 가게」(1959),「방울떡 가게」(1960),「군밤장수」(1960)가 그것인데 동시가 주를 이루며, 서사적인 감수성을 담고 있다. 이러한 작품군은 어효선의 시세계에 일종의 변화가 일어난 것으로 일단은 동요에서 동시로 시적 관심이 옮겨간 것을 알 수 있다. 이 동시들은 제목부터 생활에 밀착되어 있으며 이전에 주로 자연과 꽃, 계절을 노래하던 시인의 관심이 사소한 일상과 친근한 이웃들로 향해진 것이다.

남의 집 담벽에다
조그만 간판을 걸어 놓고
그 밑에
할아버지가 혼자 앉아 계시다.

까맣게 길든 막대기 걸상에
팔짱을 끼고 앉아 졸고 계시다.

우리도 이 동네로 이사올 적에
저 할아버지한테 물어보고 집을 샀지.

사람들이

할아버지 앞으로 가까이 지나가면

손님인가 하고 눈을 번쩍 떠보시네. (하략)[19]

「복덕방」은 동네 골목을 지키시는 복덕방 할아버지에 대한 소박한 애정과 관심이 표현된 동시이다. 「솜틀집 할머니」에서 '허리가 꾸부라진 할머니'께서 주름 잡힌 얼굴로 이따금 허리를 치시면서 솜을 트는 모습을 애처럽게 묘사한 것과 유사한 시선을 견지한다. 「군밤 장수」에서 아이를 업고 떨면서 군밤을 굽는 아주머니를 묘사하는 부분에서는 애잔한 슬픔까지 느낄 수 있다. 시인의 눈에 포착된 사람들은 모두 골목길 안에서 만날 수 있는 평범한 이들이다. 구멍탄 가게 아저씨, 방울 떡 가게 할아버지, 군밤 장수 아주머니, 도장포 할아버지, 신기료 장수 할아버지들처럼 성실한 일상을 통해서 근근히 삶을 살아가는 서민들이다. 그러나 이러한 일련의 동시들은 단순히 소묘적인 터치에 머물러 있어서 삶의 근원적인 조건들에 대한 물음을 담아내지 못하고, 마음에 울림을 주지 못한 채 현실을 건조한 물상처럼 멀리 떨어져 존재하게 만들었다.

1960년대 어효선의 동시는 일상에 대한 관심에서 출발하였지만 삶의 리얼리티를 담아내지 못하였고, 현실적 문제에 천착해 나가기보다는 관념적 세계에 빠지게 되면서 동시기 등단한 권태응과 같은 시인의 반열에 오르지 못하고 만다. 권태응(어효선과 비슷한 시기에 등단하여 농촌과 자연을 소재로 진술한 동시를 썼고, 분단의 아픔으로 대변되는 현실의 문제를 소박한 언어로 그려 내였다. 권태응은 해방기에 맹렬하게 활동하다 전쟁 중 세상을 뜬다. 그는 짧은 기간 동시를 썼지만 문학사적으로 좋은 평가를 받고 있으며, 오랜 시간 다작을 하면서 많은 시집을 내고 이후 평자들로부터 심한 혹평을 받게 되는 어효선과는 대조적인 위치에 서 있는 시인이다.)이 소작으로도 높은 평가를 받은데 비하면 다소 섭섭하게 여겨질

---

19 어효선, 「복덕방」, 『국민학교 학생』, 1960. 6.

문학사적 위치에 서게 된 것이다.

『인형아기 잠』(1977)에 이르면 어효선의 동시에는 피상적이고 관념적인 경향이 더욱 짙어지게 된다. 수록된 동시들 대부분이 동심이 처해 있는 사회, 문화적 조건들을 읽어내지 못하고 어른들 앞에서 재롱을 부리고 있는 귀엽고 예쁜 아이를 표현하는 데 그치고 있다. 1950년대의 동요, 동시에서 표현한 시대적 아픔과 희망의 의지는 사라지고 섬세한 생활 묘사조차 나타나지 않는다. 실제 어린이들의 삶과 고민들을 전혀 담아내지 못한 공허한 동시들을 양산하게 된 것이다. 물론, 선행연구에서 정원석이 제시한 「느티나무 그늘에서」(1962), 「씨 하나가 땅에 묻히어」(1963), 「아, 그러니까 나는 안다」(1971), 「꽃잎은 날마다 날리어」(1971) 등은 인생에 대한 깊은 통찰 속에서 얻어지는 깨달음을 제시해 주고 있어서 긍정적인 평가를 얻어낼 만하지만『인형아기 잠』에 수록된 대다수의 동시는 어린이의 생활과 내면을 꿰뚫어 보지 못한 채 피상적 관념을 나열하는데 그치고 있다. 「파란마음 하얀 마음」에서 보여준 낙관적 동심의 세계가 '어린이는 언제든지 즐겁다, 행복하다.'라는 관념적 허상에 빠지게 되면서 어효선의 동시는 난관에 봉착하게 되었다.

어효선이 1960년대 중반 이후부터 동화를 쓰기 시작하여 1970년대에만『도깨비 나오는 집』(1975),『나비 잡는 할아버지』(1976),『종소리』(1978),『인형의 눈물』(1978) 4권의 동화집을 내고, 동화의 길로 들어서게 된 것도 '동요, 동시가 막힌다'[20]는 시인의 자각, 자괴감에 따른 것으로 동화를 통해 아동문학가로서의 재확인하고 스스로 돌파구를 마련하고자 했던 것이다.

그러나 무엇보다 1960년대 동시계에서 박경용, 신현득, 조유로, 유경환 등이 일으킨 자유동시운동의 흐름 속에 편입되지 못하고, 빠르게 변

---

20 원종찬 엮음, 앞의 책, 112쪽.

화하는 시대의 흐름을 읽어내지 못했던 것이 이후 그의 작품창작에 커다란 걸림돌이 되었다. "당시 박경용을 주축으로 한 젊은 동시인들은 윤석중의 동요를 넘어서서 예술성을 갖는 동시를 창작하자는 운동을 벌이고, 과감하게 실험성이 짙은 동시들을 쏟아내면서 기존의 동요, 동시계는 대반전의 시기를 맞이하고 있었다."[21] 자유동시운동의 기저에는 "해방 후 한국의 동요가 윤석중과 같은 인물에게 편중되어 특정 인물의 특성이 한국 동요의 패턴으로 정착되는 것에 대한 비판이 깔려 있는 것으로, 이들은 동요시를 우습게 알기 시작했고 그것을 읊조리는 것 자체를 창피한 일로 여기게 됨으로써 동요 문학은 급격히 설 땅을 잃고 피폐해 갔다."[22]

윤석중과 깊은 친분을 가지고 그의 영향권 내에서 활동하였던 어효선 또한 이러한 상황에 대한 한계의식을 가지고 동요에서 동시로 시세계의 변화를 시도해 보았지만, 박경용 등의 모더니즘 계열의 시인군으로 편입되지 못한 채, 독자적으로 동화를 쓰거나 학교 글짓기, 교가 작사가의 길로 빠지게 된다.

이것은 윤석중 못지않게 돈독하게 지내던 이원수가 1970년대에 '아동문학가협회'를 만들어서 아동문학단체가 이분되자 어효선이 어떤 아동문학단체에도 가입하지 않고 독자적으로 활동하게 된 사정과도 관련이 있다. 이후 그는 스스로 문단외적 존재로 자리잡기를 원하였고 이러한 점은 그가 아동문학계의 변화에 발 빠르게 대처하지 못하고 시인으로서 한계 상황에 이르게 된 결정적 이유가 될 것으로 추측해 볼 수 있다. 어효선이 동시쓰기를 포기한 것은 아니지만 1960년대 이후 그의 동시에는 관념성과 교훈성이 두드러지게 각인되는 단어들이 선택되기 시작했고, 1970년대 이후에는 미래적 희망과 진취성을 보여주는 아동상

---

21 박영기, 「해방기 아동문학교육」, 『청람어문교육』, 2010. 6. 427쪽 각주 26 참고.
22 최지훈, 『어린이를 위한 문학』, 비룡소, 2001. 220쪽 참고.

을 표현해 내지 못한 채 그의 시세계는 관념적 동심으로 추락하게 된다.

쓱쓱쓱쓱 싹싹싹
싹싹싹 쓱쓱쓱
날마다 아침마다
내 집 앞 쓸기.
과자봉지 지푸라기 종이쪽지들.

쓱쓱쓱쓱 싹싹싹
싹싹싹 쓱쓱쓱
함부로 아무 데나
버리지 말기.
쓸고 나면 내 마음도 맑아지지요. (1972)[23]

인형아기는 인형아기는
잘 때도 말똥말똥
눈을 뜨고 잡니다.
그래도 그래도 꿈을 꿈까요.

인형아기는 인형아기는
잘 때도 곱게곱게
옷 입은 채 잡니다.
그래도 그래도 잠이 올까요.(1974)[24]

---

23 어효선, 「내 집 앞 쓸기」, 『인형아기잠』, 교학사, 1977.
24 어효선, 「인형아기잠」, 『인형아기잠』, 교학사, 1977.

「내 집 앞 쓸기」는 어린이를 화자로 내세워 집 앞을 청소하는 기쁨과 개운함을 표현하고 있지만, 실상은 어른의 관념이 투사되어 의도된 깨달음을 주고 있는 동시이다. 생활 속 어린이들의 활기차고 생생한 삶의 모습을 가슴으로 느끼고 동시로 붙잡아 표현해 내었다고 보기 어렵다. 「인형아기 잠」도 인형과 자신을 동일시하는 어린 화자가 눈을 뜨고 옷도 입은 채 잠을 자는 인형아기를 보면서 호기심을 갖는 내용인데, 이 동시에는 아이의 천진한 모습과 상상력이 표현되고는 있지만, 여기에서 더 나아가는 그 무엇은 없다. 현실 속에서 고민하는 어린이의 모습이라든가 반대로 건강하게 생활하면서 주체적인 의지를 세워나가는 어린이 상은 보이지 않는다. 어효선의 동시는 이 시점에서 교훈주의와 동심에 대한 피상적 접근이라는 자기 한계에 빠지게 되면서 출구를 찾지 못한 것으로 여겨진다.

5. 나가는 말

어효선의 「노래부르자」는 동요가 어린이들에게 얼마나 큰 힘이 될 수 있는지 잘 보여주는 시이다. 그는 맨몸뚱아리로 전쟁 후 황폐함 속에서 견뎌내야 했던 우리 어린이들에게 '노래'라는 최고의 무기를 선물해 주었다. 혼자일 때나 여럿일 때 시냇물처럼, 산새처럼 노래를 부르면서 온 세상을 노래로 덮어 버리면 어린이들은 현실의 어려움을 잊고 건강하게 커 나갈 수 있는 것이다. 어효선은 오랜 시간동안 많은 동요, 동시를 지으면서 작가로서 자기 한계에 빠지기도 하고 현저한 수준차를 보이는 작품들을 양산하기도 하였지만, 항상 자기검열을 잊지 않았고 다른 장르로 전환하고자 하는 모색도 잊지 않았다. 어효선의 동요를 부르며 자란 어린이들은 그의 동요가 주는 위로와 희망의 빛을 오랜 시간 기억하게 될 것이다.

> 혼자일 땐 혼자서
> 노래부르고,
> 여럿일 땐 여럿이
> 노래부르자.
> 졸졸졸 노래하는 시냇물처럼
> 즐겁게 정답게 노래부르자.
>
> 산에서 지저귀는
> 산새들처럼
> 즐겁게 정답게
> 노래부르자.
> 언제나 어디서나 우리 다 함께
> 온 세상을 노래로 덮어 버리자.[25]

(『한국아동청소년연구』 8호, 2011. 6.)

---

[25] 어효선, 「노래부르자」, 『어린이 신문』, 1959. 10.

디아스포라의 시선으로 본 중국 조선족 동요·동시

1. 들어가는 말—중국 조선족 아동문학의 역사와 디아스포라

본 연구에서는 중국의 조선족 아동문학을 디아스포라의 시선으로 고찰해 보려고 한다. 특별히 동요, 동시를 중심으로 살펴보려하는 이유는 지금까지 이 분야에 대한 연구가 일제 강점기 윤동주의 동시 연구를 제외하고는 거의 이루어진 바가 없다는 점에서 착안되며, 무엇보다 초창기 조선족 아동문학이 동요·동시 위주로 전개되었음에도 불구하고 뒤늦게 출발한 서사 문학(동화, 아동소설) 중심으로 연구가 진행되고 있다는 문제의식에서 출발한다. 현재 디아스포라에 대한 범주는 어원인 '팔레스타인 또는 근대 이스라엘 밖에 거주하는 유대인'을 넘어서 '다른 민족들의 국제 이주, 망명, 난민, 이주 노동자, 민족 공동체, 문화적 차이, 정체성 등을 아우르는 포괄적인 개념'으로 확장되었으며, 코리안 디아스포라에 대한 연구는 일반문학 분야에서 이미 큰 관심으로 논의된 바 있다.

19세기 중엽부터 시작된 한민족의 분산은 각 시대마다 그 동기와 배경을 달리하며 지속되어 오다가 세계화의 열풍이 불어 닥친 20세기 말부터는 더욱 가속화되어 가히 사회 구조의 변동이라 할 만큼 인구는 물론 자본, 문화, 이데올로기의 유동 현상을 낳고 있다. 2001년 외교 통상부의 통계에 따르면 재외 한인은 세계 151개국에 약 560만 명이 거주하는 것으로 알려져 있다.[1]

중국의 조선족은 이상의 한인들 중에서 근대에 이르러 조선으로부터 중국에 이주하여 살고 있는 소수민족을 지칭한다. 조선의 가난한 백성들은 원, 명나라 이전부터 중국에 이주해 가기 시작하였는데, "불완전한 통계에 의하더라도 1899년 통화, 환인, 관전, 홍경 등 지방에서 이주해 온 조선 이주민은 8,722호에 37,000여 명에 달하며 그 외의 지방까지 합하면 그 수가 7만 이상이 된다. 이러한 이주는 1910년 일제에 의한 한일합병 이후 급격하게 증가하여 파산한 농민과 민족 지사들의 이주가 줄을 이었다. 1930년데 이르러 동북지방에 거주한 조선 사람은 62만 1천명에 달했다."[2]

이처럼 조선족은 살 길을 찾아 동북 땅으로 건너간 사람들로, 처음에는 명나라, 청나라, 일제의 괴뢰정부인 만주 정부의 가혹한 착취를 받으며 살았다. 이후 일제의 식민지로 전락한 다음에는 중국 정부의 보호를 받지 못했고, 조선의 정치, 문화, 교육면에서 직접적인 영향을 받았다. 이러한 상황 속에서 조선족 문학은 "절대적 빈곤에 처한 농민들이 주로 이주했던 19세기 후반에는 문학적 현상이 일어날 여건을 갖추지 못하다가 20세기에 들어와서야 비로소 문학 활동이 전개되기 시작하였고, 1920년에 이르러 신소설, 현대 자유시 등으로 그 계보를 형성해 나갔으며,"[3] 현재는 재외 한인 중 가장 활발한 문학 활동을 하고 있다.

지금까지 중국 조선족들은 중국 정부의 소수민족 정책에 따라 연변조

---

1 윤인진, 『코리안 디아스포라』, 고려대 출판부, 2003.
2 중국조선족교육사편찬위, 『중국 조선족 교육사』, 한국문화사, 1994.
3 김종회, 「중국 조선족 문학 형성과 작품세계」, 『현대문학이론연구』 28, 2006, 53~68쪽.

선족자치주를 중심으로 조선족의 전통과 문화와 언어를 고수하여 왔다. 그들은 45년이 넘는 기간 동안 북한과는 일정한 교류를 하였지만 한국과는 단절된 상황에서 민족문화와 정체성을 유지해 온 한국문학의 범주에 가장 가까이 놓여 있는 재외한인 문학이다.[4]

그중에서 중국의 조선족 아동문학은 일제를 피하여 만주로 이주한 문인들과 그곳에 정주해 있던 문인들로부터 시작되었다고 볼 수 있으며, 일제 강점기 아동문학의 영향을 직접적으로 받았다. 당시 "조선족 어린이들은 중국에 건너온 민족주의자들과 정치 인사들의 주도로 설립된 학교에서 교육을 받았는데, 당시 민족의 계승자라고 할 수 있는 어린이들의 교육은 무엇보다 우선시 되었고,"[5] 이러한 분위기 속에서 아동문학 또한 명맥을 유지하면서 발전하였다. 대표적인 채택룡, 김례삼은 프로 아동문학의 영향을 받은 작가들이고, 윤동주, 리호남 등은 이들과 다른 계열이었다.

조선족 아동문학에 대한 그간의 논의를 살펴보면 연변대 교수인 김만석의 연구가 독보적이다. 김만석은 1993년 『아동문학평론』에 「중국조선족 아동소설의 발전과정과 현상태」라는 글을 발표한 이후, 1996년에는 『중국조선족아동문학사』를 출간하여서 연구자들이 중국 조선족 아동문학을 사적으로 살필 수 있게 되었다. 그의 연구는 주로 중국 조선족 아동문학의 전개과정을 통사적으로 훑어 설명하고 중국 조선족 아동문학 작품과 작가군을 정리하여 조선족 아동문학 연구의 토대를 마련한 연구들이다. 2000년대에 들어서도 『아동문학평론』과 『한국아동문학연구』에 연구논문을 수록하여 한국에 중국 조선족 아동문학을 지속적으로 소개해 오고 있다.[6]

---

4 최병우, 『중국 조선족 문학 연구의 필요성과 방향』, 국학자료원, 2008.
5 김만석, 『중국조선족아동문학사』, 한국문화사, 1996.

2000년대에 들어서면 김화선이 「『滿鮮日報』에 수록된 일제 말 아동문학연구」에서 만주지역에서 간행된 《만선일보》에 발표된 아동문학 작품을 분석하였고, 「식민지 시대 아동문학 작품에 나타난 만주 체험의 형상화」에서는 『어린이』, 『소년중앙』, 《농아일보》, 《만선일보》에 수록된 아동문학 작품에 나타난 만주 체험의 형상화에 대해 연구하였다.

2010년대에 들어서면 개방기 조선족 아동문학과 아동문학교육에 대한 관심이 높아져서, 차희정이 「개혁개방기 중국 조선족 아동문학에 나타난 조선족 공동체 의식과 탈구(Disjuncture)—류원무의 〈우리 선생님〉을 중심으로」에서 1980년대 이후 조선족 공동체의 해체 현상을 문학작품을 통해 연구했다. 마성은은 「1980~1990년대 중국 조선족 아동소설연구: 〈20세기 중국조선족아동문학선집〉에 수록된 작품을 중심으로」에서 개혁개방 이후 변화된 사회상을 반영하는 아동소설을 중심으로 작품 속에 형상화된 가족 공동체 붕괴 현상과 그 한계점에 대해 논의하였다.

아동문학교육에 대한 관심도 높아짐에 따라 김경훈이 「재 중국 조선족의 아동문학교육실태와 발전과제」를 발표하였다. 이 논문에서는 중국 소수민족의 하나인 조선족이 언어정책의 변화에 따라 조선어를 포기하는 상황에서 조선족 아동문학교육에 관련된 교재를 연구하였다는 점에서 의미가 있다. 이밖에 김기창, 정상섭은 「조선족 소학교 국어 교육과 한국의 초등학교 국어 교육의 비교 연구(1)—교육과정을 중심으로」에서 조선족 소학교 국어교육과 한국의 국어교육을 비교하는 시론을 내놓기도 하였다.

이상의 선행연구를 살펴보면 조선족 아동문학에 대한 연구는 사실상

---

6 김만석의 논문과 저서는 다음과 같다. (중국조선족 아동소설의 발전과정과 현상태, 아동문학평론, 1993.: 중국조선족아동문학사, 한국문화사, 1996. : 중국 조선족 동화가 걸어온 길, 아동문학평론, 2004.: 한국, 조선, 중국: 문학 장르 획분에 대한 비교연구, 아동문학평론, 2004.: 중국 조선족 아동문학 체계론, 한국아동문학연구, 2008 : 중국의 조선족 아동문학의 발전과정과 전망, 한국아동문학연구, 2009.

초보적 수준을 면하지 못하고 있다. 김만석은 그간의 조선족 아동문학을 사적으로 정리하고 이를 장르적으로 분석하고, 동아시아 아동문학으로 확대하여 체계적으로 비교하고 있지만 최근의 조선족 아동문학에 관해서는 연구를 진행하지 않고 있다. 또한 김만석 외의 연구자들이 주목하고 있는 부분이 서사분야(동화, 아동소설)나 문학 교재, 국어 교과서 등에 치우쳐 있어서 조선족 아동문학 중 동요 · 동시 부분에 대한 연구가 부족하다.

윤여탁이 「조선족 문학의 위상과 한 · 중 문학교육 연구—윤동주를 중심으로」에서 윤동주의 시를 조선족 문학으로서 탐구한 것이 유일하다. 1936년 연길에서 간행된 『카톨릭 소년』에 발표된 윤동주의 동시 가운데 한국과 조선족 학교에 공통으로 실린 「새로운 길」을 비교 분석한 것이 그것이다.

따라서 공백 상태로 놓여 있는 조선족 동요 · 동시를 연구하는 것은 중국에서 한글로 씌어진 조선족 아동문학작품을 연구하면서 코리안 디아스포라로서 조선족이 품어온 정신을 되짚어 보는 것이며, 민족 정체성을 표현하거나 갈등하는 모든 기호 속에서 조선족 아동문학의 성과를 도출해 내는 작업으로 의미가 있다.

2. 중국 조선족 디아스포라 동요, 동시의 변화 양상

조선족 문학은 한국 측에서 보면 월경(越境)문학, 중국 측에서 보면 55개 소수 민족 문학중의 하나라는 서로 다른 시각에서 그 의미가 탐색되고 있으며, 시대적으로는 약간의 편차를 두고 남한과 북한의 문학적 특성을 공유하기도 한다. 해방 후 초창기에는 북한의 문학과 최근에는 남의 문학과 교류하면서 발전하고 있다.[7] 이 중 조선족 아동문학은 중국 조선족 문학의 한 부분으로 조선(북한)과 한국, 중국내 여러 민족의 영향, 러시아, 서구의 영향을 함께 받은 역사성을 지닌 문학이다.

제 1대 아동문학 작가이며 선구자인 채택룡, 김례삼 능의 아동문학가들은 해방 전 일제 강점기 조선에서 아동문학작품을 발표하다가 중국으로 이주하여 계속 아동문학작품을 발표하면서 아동문학의 토대를 닦았던 이들로서[8], 채택룡은 1927년 14세 때에 동요「어린 동생」을 『별나라』에 발표한 후, 『소년세계』, 『별나라』에도 동요를 다수 발표하였고, 김례삼은 18세 되던 해 처녀작 서정시「지는 가을」을 《동아일보》에 발표한 뒤 10여 수의 동요 동시를 《매일신보》에 발표하였다.

초창기 조선족 아동문학은 동요·동시인들이 주축이 되어 주로 운문 분야에서 성과를 보여주었으며, 해방 초기에는 한국 아동문학과 북한, 중국, 소련 사회주의 아동문학의 영향을 두루 받으면서 창작되다가, 1950년대 후반기부터는 중국의 계급주의 아동문학의 영향을 강력히 받았다. 1980년대에는 개방화의 바람으로 한국의 아동문학의 영향을 받았고, 1990년대에 이르러서는 자주성을 살린 방향으로 나아가게 되었다.

이후 중국 조선족 아동문학은 여러 가지 아동문학의 장점을 널리 수용하여 자기 민족적인 특성을 살려 가면서 '중국'이라는 사회, 정치, 환경에 적응하는 독자적인 아동문학체계를 구축하는 아동문학이 되었다. 중국 조선족 아동문학은 그 대상을 소년, 아동으로 명확하게 밝힌 아동문학이다. 그러면서 성인들이 소년 아동을 심신이 건전한 사회 성원으로 육성하기 위해 쓴 문학임을 강조하고 있다.[9]

본 논의의 대상으로 삼은 『20세기 중국 조선족아동문학선집(동요동시편)』은 중화인민공화국 창립 50돌을 맞아 20세기 중국조선족 아동문학

---

7 윤여탁, 「조선족 문학의 위상과 한·중 문학교육 연구」, 『국어교육』 25, 2010, 36~56쪽.
8 20세기 중국 조선족아동문학선집편집위원회, 『20세기 중국 조선족아동문학선집(동요동시편)』, 연변인민출판사, 1999.
9 김만석, 「중국 조선족 아동문학 체계론」, 『한국아동문학연구』 14, 2008, 227~246쪽.

선집 편집위원회가 기념으로 묶은 것이다.[10]

지금까지 1979년 연변인민출판사에서 『연변아동문학선집』, 1982년 민족출판사에서 『아동문학선집』 등 이들의 문학 작품을 수차례 엮은 적은 있었으나 모두 건국 후의 작품만을 엮어서 완전하지 못하였다. 그런데 이 선집에서는 1925년 최서해의 「시골 소년이 부른 노래」를 비롯하여 윤극영의 「반달」, 함형수의 「가족」, 윤동주의 「오줌싸개 지도」 등 비교적 조선족 아동문학의 초창기 작품부터 착실하게 수록하여 1990년대 작품까지 400편에 달하는 동요, 동시를 수록해 놓은 책으로 가치가 높다. 디아스포라의 시선으로 살펴볼 동요·동시들을 시대별로 언급해 보자면 아래와 같다. 먼저, 일제 강점기와 해방기(1910~1948)를 아우르고, 사회주의 건설기(1949~1981), 개혁개방기 이후(1982~)로 나누어 살펴볼 것이다.

1) 일제 강점기, 해방기(1910~1948)

일제 강점기 조선을 떠나 중국으로 건너온 애국인사들은 우리 민족의 후손인 아동들을 위해 계몽과 교육 사업을 벌여서 서당이나 교습소를 설치하고 민족정신을 고취하는 한편 한글과 문화를 가르치는 사업을 벌여나갔다. 이러한 때에 각종 소년단이 결성되어 아동들이 활동할 수 있는 여건이 마련되었고, 당시 조선에서 창간된 『신소년』(1923)과 『별나라』(1926)는 조선족 아동문학작가들과 아동들에게 많은 영향을 주었다.

1920년대의 작품들은 이러한 배경 아래 조선 프로아동문학의 영향을 받은 것들이 많았으며, 본격적인 아동문학작가군 형성과 활동을 알리는 시기이기도 했다. 이후 1936년에 용정에서 『카톨릭 소년지』가 출간되

---

10 이 선집은 제 1집은 소설, 2집은 동요·동시, 3집은 동화·수필·동극이다.

면서 1930년 후반기까지 최서해, 윤극영, 김례삼, 윤동주, 채택룡, 리호남, 함형수, 천청송, 안수길, 렴호렬, 윤해영 등의 작가군이 탄생하게 된다.

1920년대 작품 중에서 최서해의 「시골 소년이 부른 노래」(1925)는 디아스포라 이주민의 자녀로서 한 소년이 겪어야 했던 가난의 문제와 중국 지주의 착취 등 불합리한 사회 제도를 비판적 시선으로 바라본 것으로, 이 시기를 대표한다. 최서해는 함북 성진 출신으로 1917년에 북간도에 와서 유랑생활을 하였는데 이 시에는 당시 그가 직접 목격한 북간도 이주민들의 고통스런 삶이 절절하게 그려지고 있다. 그간 농사지은 곡식을 '땅임자에게' 빼앗기고 조밥을 연명해야 하는 생활과 늙어가는 부모님을 모시고 '장가도 못 들고' 지내야 하는 코리안 디아스포라의 한탄이 절실하게 표현되어 있다.

나는
봄이며는 아버지 따라
소 끌고 괭이 메고
저 종달새 우는
들로 나갑니다

아버지는 갈고
나는 파고
둥그런 달님이
저 산우에 솟을제
시내에 발 씻고
집으로 돌아옵니다

어머니가 지어놓으신
따뜻한 조밥
누이동생 끓여놓은
구수한 된장찌개에
온 식구는 배를 불립니다
고양이 개까지
(중략)

그러나
땅임자에게 몇바리 실리며는
오오-우리는 또 도로
조밥을 먹게 됩니다
일년내 흘린 피땀
거름삼아 지은 벼는
도리여 사먹게 되지요

그리고 눈발이 흩날릴 때
어머니는 무명 매고
아버지는 신 삼고
누이동생 밥 짓고
나는 나무 하고…

이리하여
아버지도 늙고
어머니도 늙고
누이동생 시집가고

나는 장가 못들고

—「시골 소년이 부른 노래」 중에서

윤극영의 「반달」은 1924년 작가가 누이의 부고를 받고 썼다고 하는
데, 1926년 용정, 1940년대에 간도에서 생활한 작가의 이력 때문에
『20세기 중국 조선족아동문학선집(동요동시편)』에 수록되었다. 이 동요는
돛대도 없이 유랑하는 하얀 '쪽배'의 비유를 통해 나라를 잃고 이곳 저
곳을 떠돌아 다녀야 했던 코리안 디아스포라의 처지를 잘 드러낸 작품
이다. "윤극영은 프로작가 계열에 속하지는 않지만 월경민족인 우리 조
선 사람들이 일제침략자들에 의하여 나라를 빼앗간 울분과 빼앗긴 고향
에 대한 다함없는 그리움으로써 일제 침략자들에 대한 반항정서를 예술
적으로 표현하는데서 성공하였다."[11]고 평가할 수 있다.

푸른 하늘 은하수 하얀 쪽배엔
계수나무 한 나무 토끼 한 마리
돛대도 아니달고 삿대도 없이
가기도 잘도간다 서쪽 나라로

은하수 건너서 구름나라로
구름나라 지나선 어디로 가나
멀리서 반짝반짝 비추이는 건
새별등대란다 길을 찾아라

—「반달」 전문

---

11 김만석, 앞의 책, 1996.

1930년에 들어서면 김례삼, 채택룡, 윤극영, 윤동주, 함형수 등의 작가들이 간도지방으로 모이게 되었고, 전술한 『카톨릭 소년』, 1937년 『만선일보』의 학예면의 설치로 아동문학의 활발한 활동이 시작되었다. 대표적 작가로 꼽을 수 있는 윤동주는 1917년 북간도에서 출생한 토박이로서, 1936년 용정 광명중학교에서 공부하면서 『카톨릭 소년』에 동요, 동시를 발표하였다. 윤동주의 「오줌싸개 지도」는 1936년 작품으로, 엄마를 잃고 아버지마저 만주로 돈을 벌러 떠난 후 동생을 돌보며 지내야 하는 어린 화자의 정서가 잘 녹아 있는 작품이다. 이 동시에서 아빠는 코리안 디아스포라로서 유랑할 수밖에 없는 처지에 놓여 있음을 알 수 있는데, '만주 땅'은 엄마가 계신 별나라만큼이나 먼 곳이다. 동생이 지난 밤 요에다 그린 지도를 보면서 아빠가 계신 곳을 상상하는 어린 화자의 순수함이 한층 더 큰 슬픔을 느끼게 한다. 이밖에 「애기의 새벽」은 '닭'도 없고, '시계'도 없어서 시간을 알 수 없지만, 배고파 우는 아기의 울음소리에 새벽이 온 줄을 안다는 내용으로 가난한 북간도 이주민의 삶과 처지가 잘 배어 있는 작품이다.

빨래줄에 걸어논
요에다 그린 지도
지난밤에 내 동생
오줌싸 그린지도

꿈에 가본 엄마 계신
별나라 지돈가?
돈벌러 간 아빠 계신
만주땅 지돈가?

—「오줌싸개 지도」 전문

우리 집에는

닭도 없단다

다만

애기가 젖 달라 울어서

새벽이 된다

우리 집에는

시계도 없단다

다만

애기가 젖달라 보채여

새벽이 된다

—「애기의 새벽」 전문

　1940년대에 들어서면 리호남이 『재만조선인시집』을 통해 「신작로」,
「팽이와 팽이채」, 「아기와 코스모스」 등을 발표하게 된다. 「신작로」에
서는 어린 화자가 일본제국주의 수탈의 상징인 신작로를 따라가면서 끝
도 없는 길 속에서 무기력하게 묘사된다. 「아기와 코스모스」에서는 간
밤 동안 찬이슬을 맞고 추위에 떨던 코스모스와 엄마 품에서 꼭 안겨 잔
아가의 대화를 통해 나라를 잃고 추위에 떠는 만주의 어린이들을 상징
적으로 표현해 내었다. 엄마를 잃은 '코스모스'의 처지는 흡사 나라를
잃고 흔들리는 삶을 사는 어린이들의 처지와 같다. 작가는 이를 위로해
주는 아가의 행동을 통해 작은 희망을 전해주고 있다. 어머니의 품과 같
은 조국의 따뜻한 정과 온기를 일깨워주는 작품이다.

　아가야, 밤새 잘 잤나?
　그래, 엄마 품에 꼭 안겨 잘 자고말고!

간 밤에 어찌나 추운지 한잠도 못 잤단다.

코스모스의 애처로운 목소립니다.

아기는 코스모스를 어루만져 보았습니다.

가엾게도 꽃송이에 찬이슬이 방울방울 담겨 있겠지요.

(중략)

코스모스야, 이제부터는 나하고 같이 살자, 응?

아기는 비둘기 눈알처럼 새빨간 두 손가락으로

조심히 코스모스를 꺾어가지고

집으로 타박타박 들어왔습니다.

(하략)

—「아기와 코스모스」 중에서

　광복을 맞이한 후에는 김경석의 「얄미운 장개석」(1948) 등이 창작되었
는데, 일제에 의해 핍박받던 정서에서 놓여나게 된 해방기의 특징이 잘
드러난다. 이 작품에는 지금까지 표출되었던 일제에 대한 적개심이나
민족주의적 시선은 거두어지고, 장개석과의 내전을 이겨내고 모택동 공
산당이 새로운 시대를 열어갈 것을 기대하는 감정이 나타나 있다. 여기
에는 지난 역사에 대한 회한과 미련보다는 중국의 국내 혁명 과정에 참
여하면서 눈앞의 혁명 중국을 자신의 새로운 조국으로 대체하려는 심리
적 의지가 드러나는데, 이를 통해 역사적 대 반전 앞에서 중국 조선족
아동문학의 디아스포라적 의식에 일대 변혁이 진행되고 있다는 사실을
감지할 수 있다.

　양자강남쪽에

　둥지를 틀고

　내전을랑 일삼는

장개석놈아
죄악의 칼을 든
네 손의 피를
천만번 죽어도
씻을수 없다

침략자의 앞에서
굽실거리며
나라를 팔아먹는
장개석놈아
전선지원 앞다투는
해방구인민
네 놈을 심판할 날
멀지 않았다

죽어가는 4대가족
등에 업은 놈
언제봐도 얄미운
장개석놈아
남진하는 우리 군대
힘을 보아라
앞날의 중국은
우리것이다!

—「얄미운 장개석」 전문

2) 사회주의 건설기(1949~1981)

건국 후 1950년대에는 새로운 인민정권을 노래하는 풍조가 우세하였으며, 동시 속에는 새나라 어린이들에 대한 믿음과 기대감이 표출되어 있다. 당시 혁명에 승리한 공산당이 실시한 토지개혁은 중국 농촌의 지주 계급을 타파하여 그들의 토지를 빈농에게 무상으로 나누어주는 것인데, 조선족은 이 정책의 한 수혜자였고 이로 인해 조선족의 지위는 한층 안정적이 될 수 있었다. 따라서 당시 조선족은 사회주의 건설에 적극적으로 동참하는 입장을 취하였다.

최형동의 「대기 따라 나가자」(1951)는 이 시기의 융성한 분위기를 잘 드러내는 작품으로, 공산당에 대한 칭송과 사상에 대한 무장을 통해 사회주의의 후계자로 자라날 어린이들에게 새로운 중국에 대한 충성심을 고취하고 있으며, 이전 시기와는 확연히 구분되게 중국을 자신의 조국으로 인식하고 있다는 점을 알 수 있다.

우리들은 새 중국의 앞날의 주인
공산당의 빛발아래 자라는 우리
공청단의 옳고 바른 지도아래서
대기[12] 따라 씩씩하게 뛰여나가자

우리들은 새 중국의 미더운 후계자
멀지 않아 큰 일군 될 굳센 아들딸
공산주의사상으로 무장하면서
대기 따라 씩씩하게 뛰여나가자

---

[12] 문맥상 '큰 기운, 흐름'으로 해석할 수 있다.

사회주의강국으로 일떠세우려

시시각각 준비하는 우리 어린이

한마음한뜻으로 굳게 뭉치여

대기 따라 씩씩하게 뛰여나가자

—「대기 따라 나가자」 전문

개인 작품집들도 나오기 시작하여 1957년에 채택룡의 동요동시집
『나팔꽃』, 리행복의 동요동시집 『꽃동산』 등이 출판되었다. 이 시기에
는 반우파 투쟁, 민족정풍, 반우경 투쟁 등으로 동요·동시의 창작에 예
술성이 도외시된 표어, 구어식의 극좌적인 작품들도 나타나지만 정권의
정당성을 인정받으려는 의미에서 중화인민공화국이 조선족의 자치권으
로 확대해 주고, 문화적 유화정책을 펼쳤기 때문에 "1950년 1월 연변문
학예술연구회가 건립되었고, 같은 해 4월 연변일보사에서는 소년아동
잡지를 창간하게 되었다. 8월부터는 연변인민출판사에서 이 잡지를 발
행하면서 조선족 아동문학작가들은 진정한 발표의 무대를 가지게 되고,
서로 교류할 수 있게 되었다."[13]

이러한 중국의 융성한 분위기와 달리 1950년 한국 전쟁을 겪게 된 조
국의 비극적 상황에 대해서는 국제적 연대의식의 발로에서, 위로의 말
을 전하고 있다. 여기에서 조선은 '용감한 형제나라', '다정한 이웃나
라'로 묘사되고 있으며 '원쑤'로 지칭되는 미국에 대항하여 지원군인 중
공국의 도움을 강조하면서 조국인 '중국'에 대한 자신감을 내비친다. 그
러면서도 '끝까지 너희들을 도울 것이니'라는 표현을 통해서 객관성을
유지하는 가운데 같은 민족으로서의 연대의식, 민족성, 혈연성을 일깨

---

13 김만석, 앞의 책, 1996.

위주고 있다.

> 조선의 어린이야, 우리 동무야
> 너희들 학교까지 불태워버린
> 원쑤놈 물리치던 영웅 아저씨
> 지원군 아저씨를 너는 봤겠지.
>
> 다정한 이웃나라 조선동무야
> 사탕을 사먹으라 엄마 주던 돈
> 아끼며 모아모아 우리 사보낸
> 소년호 비행기를 너는 봤겠지
>
> 용감한 형제나라 조선 동무야
> 지원군 아저씨도 어린 우리도
> 끝까지 너희들을 도울 것이니
> 원쑤와의 싸움에 용감하여라.

—「조선동무야」 전문

1960년대 아동문학계는 이전 시기의 사회주의 건설 사업과 함께 새로운 양상을 띠면서 다양한 작품이 창작되는 성과를 거두었다. 당시 현실은 "1957년 후반기부터 시작된 반우파 투쟁으로 문예정책은 정치 운동과 군중 운동의 방식으로 극단적으로 진행되어 개성적인 자기 미학을 주장하는 경우 우파 분자로 몰려 예술 활동을 박탈"[14]당하는 분위기였다. 이에 따라 아동문학의 전통적 장르인 동요, 동시에도 구호식 작품이

---

14 정덕준, 『중국 조선족 문학의 어제와 오늘』, 푸른사상, 2006.

나타나게 되었지만, 일반문학에 비해 상대적으로 우파 감투를 쓴 사람들이 적었던 아동문학계에서는 신인들이 확충되는 등 변화가 일었으며 이런 작가들의 창작적인 노력에 의해 주목할 만한 작품들이 나타나게 된 것이다.[15]

1962년 리행복에 의해 창작된 아동서사시 「진달래」는 일제에 저항하다 총탄에 맞아 장백산 바위 아래 쓰러진 한 조선족 소녀의 이야기를 장편 서사시로 풀어낸 것인데, '진달래'로 상징되는 고향과 조국에 대한 깊은 사랑을 서정적으로 담아내었다. 이 작품은 일반 문학에서 리욱이 「고향사람들」(1957)을 통해 이루어낸 서사시의 성과와 비견할 만한 것이며, 북한 문학중 장편 서사시의 영향을 일정 부분 받은 것으로도 볼 수 있다.

벼랑바위우에
푸른 소나무 솟고
그 소나무아래
장하여라, 소녀는 섰다

꽃나이 열세살
단발머리처녀애
오늘은 사나운 풍설을 이겨낸
만년 푸른 소나무 같구나

원쑤는 총을 겨누어들고 소녀와 마지막 흥정을 건다
〈네 나이 아깝구나

---

15 김만석, 앞의 책, 1996.

지금 한창 꽃놀이 할 때가 아니냐?〉

〈그렇다! 진달래 꽃놀이로
네놈들을 다 잡지 못하고
너무 일찍 죽는 것이 한이 된다
그러나 내 고향 진달래는 영원히 필것이다!〉

—「진달래」 중에서

그러나 이후 1966년 5월부터 10년 동안이나 진행된 문화대혁명 시기
에는 계급투쟁의 확대, 극좌 노선, 민족정책의 부정으로 조선족 아동문
학은 침체기를 맞게 된다. 그런 와중에서도 김만석의 「진달래」(1963) 등
조국과 자신의 뿌리에 대한 자부심을 표현하는 시인들이 적지 않게 활
동하고 있어서 최소한의 명맥을 이어갈 수 있었다.

3) 개혁개방기 이후(1982~)

1978년 이후에는 다른 나라와의 경제·문화적 교류를 점증해 오던 중
국의 개혁·개방 정책에 따라 조선족 아동문학도 변화를 겪게 된다.
1980년대 초반은 그간 문화대혁명의 여파에서 벗어나 보다 자유로운
분위기에서 민족어를 되찾고, 새로운 시적 탐구를 시작한 시기로 예술
성 높은 시가의 창작을 고민하였다.
이 시기에는 '중화인민공화국'에서 중국인으로 살아가야 하는 조선족
어린이들의 사회 생활상과 정체성 의식을 직접적으로 담고 있는 작품이
발표되는데, 김룡길의 「우리 집」(1980), 채택룡의 「차돌이와 삼돌이」
(1983), 임효원의 「둥근달님」(1987)이 그것이다.
김룡길의 「우리 집」에서는 내 조국을 '중화인민공화국'이라고 선언하

면서 형제만 50여 개 민족인 중국에서 소수민족으로 살아가는 코리안 디아스포라의 삶을 그려내고 있다. '어머님'으로 상징되는 중국의 보살 핌 속에서 '우리 식구' 즉, 다양한 민족들과 함께 어울려 사는 자신들의 처지를 '화목'하다고 표현하여서 소수민족으로 살아가는 현재의 처지에 대해 만족감을 드러내고 있다. 이러한 점은 「차돌이와 삼돌이」, 「둥근 달님」에서도 나타난다. 이 동시는 조선족 어린이들이 나라의 믿음직한 일꾼으로 자라날 것을 기대하는 희망찬 내용으로, '이, 얼, 싼, 쓰' 어깨 를 나란히 하면서 발맞추어 가는 활기찬 모습을 통해 현재의 조국, 중국 에서의 삶이 보람 있다는 의식을 보여준다.

우리 집 주소는 어딘가고
누가 만약 묻는다면
나는요 자랑차게 대답하렵니다
내 조국 – 중화인민공화국이라고

사시장철 흰 눈을 떠인
히말라야산을 지붕으로 삼고
동방에 우뚝 솟은 우리 집은요
형제만 해도 50여개 민족

입는 옷과 하는 말은 달라도
어머님의 살뜰한 가르침밑에
서로 돕고 배우며 이끌어주면서
우리 식구는 한없이 화목합니다

―「우리 집」 전문

차돌이와 삼돌이는 동갑이라오
몇살이냐 물어보면 손가락 네 개
어느 집 아이냐면 할머니집 애
누구의 아들이냐면 아버지 아들

(중략)

차돌이와 삼돌이는 같은 탁아소
갈 때에도 올때에도 어깨 나란히
하나, 둘, 셋 차돌이가 활개치며
삼돌이도 '이, 얼, 싼, 쓰'¹⁶ 발맞춰가죠

—「**차돌이와 삼돌이**」 전문

저 산에 둥실 솟은
둥근달님은
북경에 공부가신
누님의 얼굴
산 넘고 바다 건너
천만리련만
이 밤도 우리 누나
찾아오셨네

내 방을 밝혀주는
둥근달님은

---

16 한국어로 하나, 둘, 셋, 넷이란 뜻이다.

언제나 웃으시는
누님의 얼굴

나라의 믿음직한
일군되라고
이 밤도 필기장을
보아주시네.

—「둥근달님」 전문

이밖에 김응준의 「늘 하얀 산」(1981)과 「우리 말 우리 글」(1988)은 단군
과 이를 환기시키는 백두산을 소재로 하였으며, 특별히 우리 말 사랑을
표현한 작품으로 조선족 아동들에게 자신의 정체성을 일깨워 주는 작품
들이다. 이 작품들은 조선족 아동문학이 1980년대에 들어서도 민족문
학으로서의 가능성을 여전히 지니고 있다는 것을 보여주며, 문화 대혁
명 시기를 거치면서 조선족의 정체성을 다시 한 번 자각하고 반추해 내
었다는 의미가 된다.

6월에도 하얀 눈 녹지 않는 산
9월이면 흰눈이 쌓여지는 산
세상 멀리 은빛을 뿌려주면서
새하얀 백발을 날리는 백두산

사나운 눈보라에 굽힘이 없이
웅장하게 하얗게 솟아있는 산
세상사람 부러워 찾아오며는
새하얀 웃음을 날리는 백두산

아, 늘 하얀 산
하얀 백두산
단군님의 하얀 넋 자손만대 흘러내려
겨레의 맘속에 영원히 하얀 산

—「늘 하얀 산」 전문

우리 말 우리 글은
우리 겨레 넋이 사는
오붓한 집입니다
우리 겨레 살아가는
다채로운 숨결입니다

구슬 굴리는 소리
땡땡 울립니다
꽃 같은 향기
그윽히 풍깁니다

거리에는 우리 글 간판이
환한 이마 쳐들었습니다
교실에선 우리 말 글소리
명랑한 노래로 쏟아집니다

하늘에는 우리 말 우리 글 전파 타고 먼나라 갑니다.

—「우리 말 우리 글」 일부

1990년대에 들어서면 조선족 동요동시는 한국의 우수한 동시들의 영향을 받게 된다. 이는 1978년 중국의 개혁·개방 정책에 따라 경제·문화적 교류를 점증해오던 한국과 중국이 1988년 서울 올림픽 이후 인적·물적 교류를 보다 본격화하고, 1992년 정식 국교를 수립하게 된 점에서 기인한다.[17] 이를 계기로 조선족 동요 동시는 시적 형상화에 관심을 기울이면서 예술적으로 고양시키게 되었다.

이 시기에 디아스포라적 시선과 상상력이 돋보이는 작품으로는 대표적으로 허흥식의 작품을 들 수 있다. 1993년에 쓰여진 「룡드레 우물」과 「일송정」은 우리 민족 전통의 설화적 상상력이 돋보이는 작품이며, 「해란강」, 「윤동주 시인과 룡정 아이들」은 우리 민족의 역사와 정기를 얘기해 주는 작품이라고 볼 수 있다.

은구슬 물고 날아오른 룡은
어디로 갔을까
불구름되여 암흑을 불사르고
하얀 기념비로 숨쉬며 살고있대

맑은 물 휘움히 푸던 드레박은
어디로 갔나
반달이 되어 은하수 건너
옥토끼네 집 계수나무에 걸려있대

엿장사아이의 헌 초신짝은
어디로 갔을가

---

17 정덕준, 앞의 책, 2006.

쪽배되여 눈물 한짐을 싣고
먼곳에 사라진 뒤 다시 오지 않는대

그네 뛰던 소녀의 갑사댕기는
어디로 갔을가/나비되여 꽃동산 날아들어
우리 명절 함께 즐기며 춤춘대

버들가지에 매달려 울던 밤새는
어디로 갔을가
봄바람되여 금빛해살을 뽑아다
아동공원 놀이터에 보금자리 틀었대

—「롱드레 우물」 전문

　이밖에 김응룡의 「백두산의 만병초」는 백두산과 단군 할아버지로 대표되는 한민족의 얼과 이에 대한 자부심을 담고 있다. 또, 한석윤은 「38선의 덩굴풀」(1996)에서 남북 분단의 조국 현실에서 덩굴풀도 서로 손을 잡고 함께 하려고 하지만, '악을 쓰며 덮쳐들며', 이를 막으려는 세력[18]이 존재한다는 사실을 말하면서 이에 대한 분노를 표현하였다.

　이러한 시선은 한국 전쟁을 소재로 한 동요, 동시에서 표현된 것처럼 이 시기에도 여전히 모국에 대한 연민과 근심이 지속되고 있다는 것을 의미하는데, 38선 양쪽에서 손을 맞잡고 있는 남한과 북한의 형제들을 '덩굴 풀'로 묘사하면서 그 연대의 의미와 통일에 대한 염원을 절실하게 표현하였다. 이러한 시의 등장은 1990년대에 접어선 시점에서도 한국이 남의 나라가 아니라 같은 피를 나눈 모국이라는 의식이 유효하며, 조

---

18 문맥상 '미국'으로 생각할 수 있다.

선적 정체성의 뿌리를 다시 한 번 확인시켜주는 것이다.

사람들이 손 아잡으면
우리라도 잡아야지

철조망우로
앙금앙금
줄기를 뻗는
38선 량쪽의 덩굴풀들

깍지걸이할 때처럼
순과 순을 꼭 걸고
고우에
곤두곤두
매미울음도 세우고 싶은데

어디라구 감히

앙앙/악을 쓰며 덮쳐드는
괘씸한 마웰[19]

—「38선의 덩굴풀」 전문

조선족 아동문학의 디아스포라 의식은 1999년 김학송의 「사람과 나무」에 이르면 커다란 의식의 반전을 가져오게 되는 데, 바로 우리 모두

---

19 마웰: 풀깍는 기계

가 지구촌의 같은 '촌민'이라는 의식이다. 이는 지금까지 보여 온 조선족 특유한 협소한 의식에서 벗어나 보다 넓은 의미의 범주로 조선족의 디아스포라적 정체성을 확장시키는 것으로 볼 수 있으며, 조선족 동요·동시에 본격적으로 등장하는 생태주의적 시선을 감지할 수 있다. 이 시에서는 '나무'를 같은 지구촌의 촌민으로 묘사하고 있으며 나무가 상징하는바, 온갖 생명을 소중히 여기라는 생태주의적 시각을 담고 있다.

나무의 옷을
찢지마!

나무의
팔을
함부로
꺽지마!

나무의
잔등에
락서를
하지마…

나무들도
사람들과 똑같이
지구촌의 촌민이라는 걸 넌 아니?

나무는
우리들의

푸른 꿈친구

손잡고
함께
크자꾸나!

—「사람과 나무」 전문

3. 나가며—중국 조선족 디아스포라 동요, 동시의 본질

기존 조선족 문학 연구가 한국 문학 내지 민족 문학에 귀속되느냐 여부라든가, 이들 문학에 나타난 민족 문학적 성격이나 성취가 어느 정도이냐 등에 집중되었으나, 이제는 이들 문학에 나타나고 있는 탈민족적 상상력, 요컨대 이산적 상상력에 대한 더욱 깊이 있는 연구가 필요하다. 조선족은 민족적인 정체성의 공유라는 틀을 넘어서서 그 정신적 지향 역시 이산해 가고 있는 중이다. 이들이 보여주는 이산의 정신적 지향도 는 그러나 아직은 끊임없이 민족적 상상력 즉, 민족으로 회귀하고자 하는 정신과의 길항관계 속에서 전개되고 있다.[20]

조선족 아동문학의 디아스포라적 양상 역시 일제 강점기, 해방기, 사회주의 건설기, 개혁 개방기를 거치면서 시대별로 다양한 양상을 보이고 있다. 조선족 아동문학의 정신적 지향 역시 중국내 소수민족으로 끊임없이 적응해 가면서 한편으로는 모국에 대한 향수와 그리움을 품어내고 있었다. 따라서 조선족 아동문학의 본질을 어느 한 쪽으로 방향 지우려 하는 고찰보다는 보다 넓은 범주로 뻗어나가려는 가능성에 주목하는

---

[20] 박진숙, 「중국 조선족 문학의 디아스포라적 상상력을 통해 본 디아스포라의 의미」, 『민족문학사연구』, 2009.

것이 옳을 것이다. 조선족 아동문학을 시대별로 고찰해 보면서 그 특징을 정리해 보면 아래와 같다.

일제 강점기에는 일제의 수탈을 피해 중국으로 건너온 조선인들이 디아스포라 이주민으로 겪어야 했던 고통이 동요, 동시 속에 자주 표현되는데, 그 곳은 정주할래야 할 수 없는 절망의 땅이지만, 어쩔 수 없이 연명을 위해 살아가야 하는 공간으로 인식되었다. 그러나 광복을 맞이한 후에는 모택동 공산당이 소수민족 정책을 유지하면서 조선족에게 베풀어준 은덕에 감사하면서 중국을 새로운 조국으로 받아들이고 그 곳에서 살아갈 미래를 꿈꾸게 된다. 이러한 점은 조선족 아동문학의 역사에서 디아스포라적 의식의 대반전이 이루어지고 있다는 것을 보여주는 역사적 국면이다.

건국 후 1950년대에는 새로운 인민 정권을 찬양하는 풍조가 드러나며 어린이들은 사회주의 공화국의 후계자로서 자리매김되며, 새로운 세상에 대한 기대감을 강하게 표출하고 있다. 1960년대에는 반우파 투쟁으로 예술 활동이 축소되는 상황에서도 아동문학 분야에서는 아동서사시를 창작하는 등 일반 문학과 비교하여 상대적으로 문학 세계를 넓혀 갈 수 있었다.

개혁 개방기 이후에는 문화혁명에 따라 소수 민족 정책을 부정하는 국면으로 정세가 변화되는 상황을 극복하고, 예술성 높은 시가의 창작을 고민하였으며 '중화인민공화국'을 조국으로 인식하면서 그 안에서 소수민족으로 살아가야하는 조선족의 처지를 긍정적으로 희망적으로 묘사하는 시들이 창작되었다.

그러면서도 1980년대 시점에서 우리말과 백두산을 소재로 하는 작품들을 꾸준히 창작함으로써 조선족의 정체성을 확인하려는 의지를 보여주고 있으며 1992년 한중 수교 이후에는 한국의 영향을 받아 보다 세련되고 예술적인 작품에 대한 관심이 높아졌다.

1990년대 말에 이르면 이러한 코리안 디아스포라 의식은 지구촌의 촌민이라는 탈민족적 상상력과 생태주의적 관점으로 확대되고 있으며, 협소한 민족의식을 넘어서서 조선족 아동문학이 보다 넓은 범주로 뻗어 나가고 있다는 것을 확인할 수 있다.

즉, 조선족 아동문학은 코리아 디아스포라로서 중국에서 생존해 온 조선족의 정서를 가장 근접하게 포착해 내고 있는데, 초기에는 조국을 그리워하면서 자신의 민족적 정체성을 잃지 않으려 하는 조선족 아동들의 감성을 동시 속에서 형상화 해내려 했고, 이후에는 중국 사회에 적응하기 위해 감내해야 했던 여러 정서들의 변화가 잘 표출되었으며, 현재는 세계의 한 일원으로서 살아가는 조선족 디아스포라의 삶을 생태주의적 시선으로 묘사함으로써 조선족 아동문학의 가능성을 넓혀가고 있다고 볼 수 있다.

조선족 아동문학은 1910년대부터 현재에 이르기까지 근 100년이라는 장구한 역사를 가진 문학으로서 코리안 디아스포라로서의 아동들의 정서를 표현해 내는 방편이 되었고, 변화하는 중국의 사회 정치적 정세에 대응하며 살아가야 했던 조선족 아동들의 삶의 궤적을 잘 드러내 주는 한 편의 역사와 같다고 볼 수 있다.

2000년대에 들어서면서 조선족 사회는 예전과 같은 자치족의 면모를 잃어가고 있다. 개방화, 자본주의화의 물결 속에서 중국의 다른 지역으로 이주하거나 한국으로 삶의 터전을 바꾸는 이들이 늘어나면서 인구의 감소와 공동체의 해체가 진행되고 있다. "특별히 한국과의 교류가 빈번해지면서 한국의 문화가 여과 없이 그대로 유입되고 한국식 소비 패턴이 정착되어서 자칫 조선족의 문화적 특징들이 소실될 우려가 생겨나고 있다."[21]

---

21 김석주, 「연변조선자치주의 문화적 변화에 관한 연구」, 『한국지역지리학』 12(1), 2006, 27~28쪽.

이러한 점은 조선족 아동문학 특히, 동요 동시 부분에도 부정적인 영향을 나타낼 수 있다. 조선족 고유의 특성이 사라지고 한국과 엇비슷한 내용과 형식을 갖는 동요, 동시들이 양산될 수 있기 때문이다.

　따라서 조선족 아동문학은 조선족 특유의 지역성과 정체성을 잘 드러내는 장르 양식과 내용들에 대한 고민을 더해 가야 할 것이며 적극적으로 자신들의 미래적 방향성에 대해 고민을 거듭해 나가야 할 것이다. 또 품격 있고 미학적으로 뛰어난 아동문학 창작에 대한 고민과 함께 현재 조선족이 당면하고 있는 복잡한 현실의 문제들을 포착해 내어 새로운 담론 창출에 이바지 할 수 있어야 한다. 이런 고민들 속에서 조선족 아동문학의 정신적 지향은 중국과 한국, 나아가 세계와의 길항 속에서 끊임없이 변화해 가면서, 보다 넓은 범주로 뻗어나갈 수 있을 것이라고 전망한다.

(『어린이문학교육연구』, 14권 4호. 2013. 12.)

제3부 아동문학과 교육

1910년대 잡지『새별』

1. 들어가는 말

『새별』(통권 16호, 1913. 9 ~1915. 1)은 약 2년여에 걸쳐 신문관에서 간행된 잡지이다. 현재 15, 16호 두 권만을 확인할 수 있으므로 이 잡지의 전면모를 밝히는 일은 사실상 어렵다고 볼 수 있다.[1]『새별』은 같은 신문관 발행 잡지인『붉은 져고리』가 폐간된 후 3개월 후에 발간된다.『아이들보이』와 '제삼 종 우편물 인가' 날짜가 1913년 9월 5일로 동일하고 창간호 발행 일자가 같은 날인 것으로 보아『새별』의 창간 일자 역시 1913년 9월 5일일 가능성이 높다.[2] 폐간 일자로 보고 있는 1915년 1월은 확인되는 마지막호 16호가 발행된 날짜이며 정확한 폐간일이라고 단언할 수 없다. 16호에「허생전」상(上)편이 수록되어 있는 것은 17호 이후 하(下)편을 기약하고 있는 것으로 판단할 수 있고, '잡지 보시는 이

---

1 『새별』은 서울대 중앙도서관에 15호, 국회도서관에 16호가 소장되어 있는 것으로 확인된다. (구인서,「1910년대 미성년 독서물의 한글 글쓰기 양상 연구— 신문관 발행 정기 간행물을 중심으로」,『우리문학연구』33집, 2011. 6. 255쪽 각주 1번 참고) 본고는 원종찬 편의『한국아동문학총서』(역락, 2010)에 실린 영인본『새별』을 기본 텍스트로 하였다.
2 박진영,「어린이 잡지 아이들보이의 총목차와 폐간호」,『민족문학사연구』, 2010. 432쪽.

지키실 일'에서 여전히 구독에 관한 광고를 내고 있다는 점을 미루어보아 적어도 16호 발행시 폐간을 예정하고 있었던 것은 아니라고 볼 수 있다.

『새별』은 이러한 자료상의 한계로 인해 본격적인 논의가 이루어진 바가 없다. 다만 이 잡지의 여러 면모를 확인하는 작업이 당시 신문관에서 발행되었던 다른 잡지, 신문과의 면밀한 비교와 분석 속에서 비로소 가능하다는 인식하에 『소년』, 『붉은 져고리』, 『아이들보이』, 『청춘』 등과의 계기성 속에서 의미를 찾는 논의들이 진행되었다. 『새별』에 대해 유의미한 의견을 개진하고 있는 논문들은 다음과 같다.

이재철, 『한국아동문학연구』, 개문사, 1992.

조은숙, 「1910년대 아동 신문 『붉은 져고리』 연구」, 『한국근대문학연구』 8호, 2003.

박숙경, 「신문관의 소년용 잡지가 한국 근대 아동문학에 끼친 영향」, 『아동청소년문학연구』 1집, 2007.

정혜원, 「1910년대 아동잡지의 계몽성 변화양상」, 『돈암어문학』 20집, 2007.

구인서, 「1910년대 아이들 독서물 연구—〈신문관〉 발행 정기 간행물을 중심으로」, 연세대학교 석사학위 논문, 2008. 12.

박영기, 『한국근대아동문학교육사』, 한국문화사, 2009.

박진영, 앞의 논문.

권보드래, 「1910년대 이중어 상황과 문학언어」, 『한국어문학연구』 54집, 2010.

권두연, 「신문관 출판 활동의 구조적 측면 연구(2)—서적 목록과 광고를 중심으로」, 『민족문학사연구』, 2010.

구인서(2011), 앞의 논문.

강정구, 김종회, 「근대적 교육 주객의 분화와 아동의 발견—신문『붉은 져고리』를 중심으로」, 『국제어문』제 52집, 2011. 8.

　선행 연구를 간단히 살펴보면, 이재철은 한국아동문학사라는 큰 흐름 속에서『새별』이 가진 위상을 간단하게 언급하였고, 조은숙은 최남선의 『소년』과『붉은 져고리』에서 각각 구상했던 독자가 연령과 균질성의 측면에서 차별성을 가지고 있었다는 전제하에『붉은 져고리』폐간 이후 동시에 간행된 신문관의『아이들보이』와『새별』, 『청춘』의 독자 연령적 위계에 대해 살펴보았다. 박숙경은 문예란을 담당하였던 이광수가 아동문학의 자장 속에서 사유하고 활동했던 측면을 고찰해 보고 의미를 찾았고, 구인서는 1910년대 아이들의 독서물의 번역적 양상과 기획과 전략을 논구하는 일환으로『새별』에 관해 언급하였다. 권보드래는 1910년대의 문학 언어를 연구하면서『새별』의 한자 혼용 측면에 대해 논의하였고, 구인서는『새별』과『시문독본』과의 관계, 문장유형에 관해 논의하였다.

　이상의 기존 연구를 검토해 보면 많은 연구자들이『새별』에 관심을 갖고 있었으나 자료상의 제약으로 인해 본격적 연구의 대상으로 삼지 않고 열외로 미루어 놓은 감이 있으며, 다른 잡지와 관련된 측면만을 언급하는 등 단편적인 논의에 그치고 만 것을 확인할 수 있다. 본 연구에서는『새별』의 독자 연령과 문체, 체제와 구성의 특질을 종합적으로 살펴봄으로써 전체적인 본질과 위상을 밝히는 작업에 한발 다가서고자 한다. 대상이 된 15, 16호는 폐간되기 직전의 것들이므로 창간호부터 14호에 걸쳐 구성이나 체제 등에서 어떤 변화가 있었는지 짐작할 수 없고, 잡지 전체를 아우르는 총체적인 분석과 평가가 이루어질 수 없다는 한계가 있겠지만 가능한 범위 내에서 논의를 진행하려고 한다.

2. 독자 연령과 국한문 혼용체의 문제

『새별』의 표지 그림은 교복을 입은
생도 두 명이 어깨를 짚고 다정하게 대
화를 나누고 있는 모습이다. 한 명은
친구를 바라보고 한 명은 앞을 보고 있
는 것으로 보아 함께 걸어가고 있는 듯
여겨진다. 잡지의 표지 그림이 반드시
그 잡지의 독자를 상기한다고는 볼 수
는 없지만 겉표지 속 교복을 입은 두
생도의 모습은 이 잡지의 독자가 당시
교복을 착용했던 중학생 이상의 독자
라는 것을 자연스레 상상하게 만든다.

이러한 측면은 선행 연구자들의 논의 속에서 확인되는데 신문관 발행
의 『아이들보이』(1913. 9~1914. 10), 『새별』(1913. 9 ~1915. 1), 『청춘』(1914.
10~1918. 9)의 간행물이 같은 시기에 동시에 발행된 것으로 보아 『새별』
이 이들 두 잡지와 같은 연령대를 겨냥했다기보다는 학제상의 차이에
따라 차별화된 독자를 대상으로 삼았다고 보는 것이다.[3] 즉, 『아이들보
이』—초등학교(보통학교) / 『새별』—중등학교(고등보통학교, 실업학
교) / 『청춘』—고등학교(전문학교)라는 위계 속에서 미성년 독자를 분절
한 기획이 이들 잡지의 간행 배경에 자리 잡고 있었다는 것이다.[4] 이를
종합해 보면 『새별』은 중등학교 정도의 독자를 대상으로 하였음을 알
수 있는데, 구체적으로 이 잡지의 독자층에 대해 밝혀진 것은 『청춘』(3
호. 1914.11)에 실린 『새별』 광고를 통해서이다. "本誌에 連載하는 〈읽어

---

3 구인서(2011), 앞의 논문, 255쪽.
4 조은숙, 앞의 논문, 125쪽.

리〉는 이미 京城 各 私立高等程度 學校의 必須參考書로 採用을 蒙하얏스며 地方에서도 점차로 採用함"이라는 대목은 독자 연령이 '사립고등정도의 학교'에 다니는 생도임을 확인할 수 있게 해 준다.

무엇보다『붉은 져고리』나『아이들보이』에서는 찾아 볼 수 없는 국한문체의 한자 혼용 방식은 이 잡지가 여타 아동잡지보다 다소 높은 연령의 독자를 상정하고 있음을 말해 준다.[5] 『붉은 져고리』의 경우 본문은 한글로 표기하고 필요시 괄호 속에 한자를 병기하는 방식을 사용하였고,『아이들보이』역시 같은 방식이었지만 이 잡지의 경우 본문에서 한자를 거의 찾아볼 수가 없어서 한자의 사용을 극도로 최소화하려는 의지가 엿보인다. 반면『새별』은 다소 어려운 한자를 한글과 자유롭게 혼용함으로써 초등 수준의 아동보다는 중등학교 학생 독자를 대상으로 하였다는 것을 알 수 있다.

넷날에 한 궁벽흔 시골에 농군 한사람이 사랏슴니다. 집이 매오 구차하야 밧한 쏘야기 제것이 업시 쌀 한 아만 다리고 쓸쓸흐게 살님흐고 지냇슴니다

한번은 그곳 원님게 발괄하야 쌍을 얼마 주소셔 흐얏더니 원님게서도 불상히 넉이사 사루갈이쯤 되는 묵은 쌍을 주셧슴니다. (계집아이 슬긔 – 아이들보이)[6]

어느해 섣달 금음날이라. 눈 오고 바람 부러 酷毒히 치운 이 날이 漸漸 저무러 간다. 밤이 되엿다. 한금음 밤이라 咫尺을 분별할수 업도록 캄캄하다. 이러한 날 이러한 밤에 엇던 可憐한 어린 處女가 머리에 아모것도 쓰지 안코 맨 발로 街路上으로 거러간다. 집에서 쩌날 째에는 勿論 신을 신고 쩌낫석지마는 불상하다. (성냥팔이 處女 – 새별)[7]

---

5 『새별』의 한자 어휘 표기 방식에 대해서는 구인서(앞의 논문)와 권보드래(앞의 논문)를 참고하길 바란다.
6 『아이들보이』제 2호, 대정 2년(1913) 10월 5일. 1쪽.

문장의 종결체도 『아이들보이』에서는 '~흡늬다.', '~하얏습늬다.' 등의 객체 존대법의 문장을 구사하는 데 반해 『세별』에서는 '~한듯하다.', '~하다.', '되엇다.' 등의 평서형 문장을 사용하여 두 잡지의 독자가 다르다는 것을 간접적으로 보여주고 있다. 즉, 전자는 객체 존대법을 사용하여 상대적으로 어린 아동들에게 부드럽게 다가갈 수 있도록 배려한 것이며, 후자는 이러한 의도 없이 직접적으로 의미를 전달하는 데 주력한 것이다.[8] 결과적으로 이러한 종결형의 차이는 독자의 연령에 따라 문장을 의도적으로 변형시켜 구사한 것으로 두 잡지의 독자가 차별되어 인식되었다는 것을 알 수 있다.

이밖에 이 두 잡지에 함께 수록되었던 동화요를 보아도 『아이들보이』에는 「흥부 놀부」, 「옷나거라 뚝짝」 등의 전래동화가 수록되어 있고, 『새별』에는 박지원의 한문 소설 「허생전」을 각색한 동화요 「許生傳」이 수록되어 있어서 미약하나마 두 잡지의 독자 수준의 차이를 엿볼 수 있다.

3. 체제와 구성의 특질

15호 목차 (대정 3년 12월, 1914. 12.)

굽은다리 것흐로서

물나라의 배판

---

7 『새별』 16호, 대정 4년(1915) 1월 14일. 6쪽.
8 『붉은 져고리』와 『아이들보이』의 종결어미에 대해서는 1. 어린이 독자에 대한 어른 화자의 존중의 표현이다 2. 새로운 구술 양식인 구연동화의 확산과 관련된다. 3. 이 잡지의 발신자가 수신자로 상정한 아이들을 '동무'로 여긴다면 다른 수신자인 어른들에게도 존대의 말을 사용해야 하는 것이 일반적이다 등의 견해가 제기되었다. 구인서(2008), 앞의 논문. 57쪽.

16호 목차 (대정 4년 1월, 1915. 1.)

목차를 살펴보면 잡지의 체제는 크게 본문과 부록으로 이루어져 있다. 본문은 권두에 편집자의 논설이 자리 잡았고 나머지는 다양한 이야기와 노래, 기타로 구성되어 있다. 인물이야기, 동화, 우화, 과학 이야기, 만화, 유머, 옛이야기, 기념일 행사 후기가 장르 구분 없이 뒤섞여

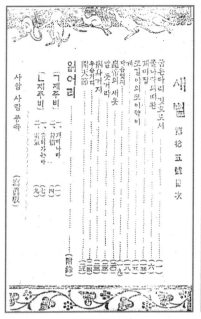
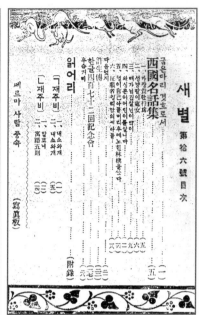

수록되어 있다. 16호의 경우 '서국명화담'이라는 항목에 6가지 이야기가 들어 있는데 여기에도 역시 안데르센 동화, 옛이야기, 인물 이야기가 별 구별 없이 함께 수록되어 있다. 이러한 점은 1910년대 당시 명확한 장르 인식 없이 '이야기'라는 큰 범주 속에 여러 형태의 이야기가 분화되지 않은 채로 수용되고 있었다는 사실을 보여준다.

부록인 '읽어리'에는 과학 이야기, 교훈담, 사실담, 위인 이야기 등이 수록되었고, 본문과 다르게 독본의 형태를 갖추어서 과외 교과서와 같은 느낌이 들도록 편집하였다.

1) 논설과 기념일 행사 후기
―굽은 다리 겻흐로서, 開天節, 한글 四百七十二回記念會

「굽은 다리 겻흐로서는」 15, 16호 모두 첫 머리를 장식하며 최남선이 직접 쓴 논설이다. '한샘'이라는 필명을 사용하고 있는데 고정란이었을 가능성이 크다. 공교롭게도 15호는 1914년의 마지막호이고 16호는 1915년의 신년호이므로 한 해를 마무리하는 소회와 신년을 맞이하여 학생들에게 당부하는 내용을 담고 있다. 15호에서는 흐르는 시간을 토막지어 놓은 것은 질주하는 인생에 발을 멈추고 자신을 성찰할 필요 때문인데, 최남선 자신이 이제 25세가 되었지만 이룬 것이 없어 이를 부끄럽게 여긴다는 내용과 올해에 돌아가신 김덕기, 주시경, 유길준, 황필수 네 명의 어른의 고되지만 의미 있는 삶을 소개하면서 이들을 여읜 슬픔을 적고 있다. 16호에서는 한 해가 오는 것을 당연하게 느낀다는 것은 옳지 못한 것이며, 사람에게 시간은 생명과 같은 것이므로 시간을 낭비하지 말 것을 당부하였다.

최남선은 『붉은 져고리』에서 「깨우쳐 들일 말슴」이라는 고정 코너를 통해 매호 훌륭한 위인들의 삶과 이것을 통해 깨우쳐야 될 교훈을 아동들에게 간곡하게 전했고, 『아이들보이』에서는 「애씀」(2호)이라는 논설문을 쓴 바 있다. 『아이들보이』에 오면 논설이 줄어들고 상대적으로 더 풍부한 문학 제재들이 수록되게 되지만 『새별』의 권두에 실린 논설들은 최남선이 이들 잡지를 통해 미성년 독자들에게 전하고자 했던 교훈과 수양의 덕목들을 고스란히 보여주고 있다.

「開天節」은 '기념일 행사 후기'로 지난 11월 20일 거행된 개천절 행사에 대해 적고 있다. 이 날은 '우리 한배―배달 임금'이 임금 자리에 오르신 지 4247재 기념일임을 알리고 이를 축하하며, 한배의 가르침을 이제 크게 울릴 때이며 한배의 바라심이 더욱 크다는 것을 밝히며 개천절

의식을 마친다고 쓰고 있다.

「한글 四百七十二回記念會」역시 한글의 날 기념식을 마친 행사 후기로 지난 12월 24일 일요일 보성학교 강당에서 열린 조선어 강습원의 한글 472회 기념식을 보고 하였다. 매년 무정기로 열던 것을 올해부터는 고 주시경 선생의 생신기념을 겸하는 뜻에서 행사를 날짜에 맞추어 거행했다는 것과[9], 이 때 한샘이 연설한 '한글과 주시경 선생'이란 발표문의 대략적인 내용을 소개하였다.

이처럼 한일 합병 이후 암흑기라고 불리는 1910년대에 기념일 행사 후기로 개천절, 한글날을 언급하고 있는 것은 아동 독자들에게 우린 민족의 기원과 언어를 기억하게 하려는 중요한 의미를 지닌다고 할 수 있다.

2) 안데르센 동화
　　　—벌거숭이 임금님(15호), 성냥팔이 처녀(16호)

안데르센 동화는 방정환의 번안 동화집 『사랑의 선물』(1922, 개벽사)에 수록되어 있는데[10], 1920년 『학생계』에 실린 「어린 성냥파리처녀」가 한국에 소개된 최초의 안데르센 동화라는 논의가 있다.[11] 그러나 1910년대의 『새별』에 이미 안데르센 동화가 수록되었다는 사실이 밝혀졌으며[12], 『붉은 져고리』에 「밧고아 패」(9호), 『아이들보이』에 「네 절긔 이약이」(10호)라는 안데르센 동화가 수록되었다는 의견이 추가로 제기되었다.[13] 이 중에서 「밧고아 패」는 안데르센 동화라고 확언할 수 없는 측면

---

9 주시경은 최남선과 밀접한 관계였다고 알려져 있다. 한기형, 『최남선의 잡지 발간과 초기 근대 문학의 재편』, 『대동문화연구』제 45집, 2004. 248쪽.
10 이재철, 『세계아동문학사전』, 계몽사, 1989. 135쪽.
11 김병철, 『세계문학 번역서지 목록 총람』, 국학자료원, 2002.(구인서(2008), 앞의 논문, 31쪽. 재인용)
12 박영기, 「한국아동문학교육의 형성과 전개과정 연구」, 한국외국어대학교 박사학위 논문, 2008. 7.
13 구인서, 위의 논문, 31쪽.

이 있지만,[14]「네 절긔 이약이」는 안데르센의「한 해의 이야기」를 원본으로 한 작품이 확실하고 무엇보다 글의 말미에 '안더쎈'이라고 구체적으로 저자의 이름을 밝히고 있으므로 원작자에 대한 추가 논의는 불필요한 상황이다.

결과적으로 안데르센 동화는『아이들보이』와『새별』에 본격적으로 소개된 것으로 추정해 볼 수 있는데,『새별』의 경우 15, 16호에 각 한 편씩 실려 있으므로 본문을 확인할 수 없는 1~14호에도 몇 편 더 수록되었을 가능성이 있다. 당시에 안데르센 동화는 이솝우화[15]에 비해 낯선 이야기였지만 최남선은 당시 유행했던 이솝우화를 재수록하기보다는 한발 앞서 서양의 문호인 안데르센 동화를『아이들보이』와『새별』에 소개하는 방식을 선택했다. 여기에는 '서구의 좋은 것'을 우리 어린이들에게 소개하고자 한 최남선의 남다른 뜻이 있었다.

兒童의 世紀라는 二十世紀는 그대로 朝鮮人 又 朝鮮兒童의 世紀이게 할지니, 이리함에는 세계의 모든 것을 스러다가 朝鮮의 生命을 북도들 것이오 그 一部分으로는 世界가 當來時代의 繼嗣者인 小國民 培育을 爲하야 調製貯蓄한 一切 肥料를 그대로 옴겨다가 우리 어린이의 心田에 施給하기에 아모 遲擬와 謙讓을 가질 必要가 업는 것이다. 西洋의 棉種이 우리의 衣料를 살지게 하고 西歐의 豚種이 우리의 胃壁을 기름지게 하는 것처럼 「안더쎈」이고 「하우프」이고 「그림」이고 「뻬른손」이고 모다 들어다가 우리 次代 主人의 健啖大養에 提供하기를 한껏 노력함이 可할 것이다.[16]

---

14 구인서는「밧고아 패」가 안데르센의「영감이 하는 일은 언제나 옳다」의 번역물 간주하였지만, 스스로 스토리와 주제가 원작과 꽤 차이가 있다고 밝히고 있다는 점을 보았을 때 이를 안데르센의 작품으로 인정할 수 있을지에 대해서는 추가의 논의가 필요하다고 볼 수 있다.

15 당시 신문관 발행 잡지 외에 아동문학 작품을 소개하였던 잡지가『신문계』인데 이 잡지에는 '愚意談'이라는 코너에 이솝우화가 대거 수록되어 있다. 당시『소년』등의 잡지와 교과서에서 이솝우화를 소개하였고, 청년학생을 대상으로 하는『신문계』에서조차 이솝우화가 수록된 것을 보면, 1910년대에 이솝우화는 이미 대중적인 이야기였다는 것을 알 수 있다.

최남선은 「童話와 文化」라는 글에서 세계의 모든 것을 끌어와서 조선의 생명을 북돋을 것이며, 그중에서 일부분으로 소국민을 배양하기 위하여 일체의 '비료'를 옮겨와 우리 어린이의 마음에 베풀어 공급하기에 아무런 의심과 겸양을 가질 필요가 없다고 히였다. 안데르센, 하우프, 그림, 뼈른손 등의 동화가 우리 어린이들의 정서를 살찌게 하고 기름지게 한다면 아무런 거리낌 없이 제공하는 것이 필요하다는 것이다.

안데르센 동화는 1910년대 최남선이 작품을 소개한 이후 1920년대에 들어서서 더욱 많은 관심의 대상이 되며 각종 잡지마다 안데르센 동화와 함께 그의 전기를 소개하기 시작한다. 『어린이』 31호(1925. 8.)에 「가난한 집 아들로 세계 학자가 된 안더센 선생」, 8년 4호(1927. 4)에 「영원의 어린이 안더~슨 선생—그의 소년시대」, 『아희생활』 2권 1호에 「니야기 할아버지 안델센」, 1931년 1월에는 「세계 어린이의 동무 안더 ~센 선생」이 수록된다.[17] 안데르센은 어려움을 딛고 세계적인 동화작가가 된 전기적 사실 때문에 동화와 함께 주목받았고 그의 삶이 일제 강점기를 사는 어린이들에게 본보기가 된다는 측면에서 전기문 형식의 글로 널리 소개되기에 이른 것이다.

『새별』에서 「벌거숭이 임금님」(15호)은 아무런 지시 사항 없이 다양한 이야기 속에 끼어 있고, 「성냥팔이 처녀」(16호)는 '서양 명화집'이라는 코너 안에 배열되어 있다. 저자 안데르센을 명시하고 있긴 않지만 현재까지 안데르센의 대표작으로 널리 알려진 두 작품임은 재론할 여지가 없다. 「벌거숭이 임금님」에는 임금님과 사람들의 허위의식을 비웃는 정직한 어린이가 등장하여, 타인의 시선에 얽매이기보다 자신감과 소신을 가진 건강한 아동상을 보여주며, 「성냥팔이 처녀」에는 가난한 소녀가 등장하여 식민지 가난한 어린이들에게 공감과 동정심을 자극할 수 있는

---

16 최남선, 「童話와 文化」, 『동아일보』, 1925년. 8. 12.
17 박영기, 『한국근대아동문학교육사』, 한국문화사, 237쪽.

내용으로 되어 있어서 독자들에게 큰 반응을 불러일으킬 만하였을 것으로 보인다. 다만 이 두 작품의 경우 안데르센의 대표작으로 인지도가 높았던 까닭에 수록된 것인지 아니면 『새별』 등에 소개된 이후 널리 알려져서 한국에서 외국동화로서 정전(canon)의 위치에 오르게 된 것인지는 규명할 필요가 있다.

이후 안데르센 동화는 『어린이』 창간호(1923년 3월)에 「성냥팔이 소녀」가 수록되며, 34호(1925년 11월)에는 유명한 이야기라고 하면서 「부싯돌」이, 8년 4호(1927. 4)에는 「날느는 가방」이 실리는 등 1920년대에 들어서면 여러 잡지에 등장하는 동화로 자리잡게 된다. 이에 따라 최남선은 한국에 안데르센을 가장 빠르게 소개하고 널리 알리게 한 숨은 공로자가 되는 셈이다.

3) 우화와 위인전, 기타 이야기
　—물나라의 배판, 개미집, 코길이의 코이약이 (15호)
　　서국명화집 : 가장 貴한 行爲, 매가 님검 살닌 이약이, 와싱톤이 어린이를 살니다,
　　텔이 自己 아들 머리 우에 노힌 능금을 쏘다, 征服者 윌리암의 세 아들 (16호)

15호의 「물나라의 배판」은 외배 이광수가 쓴 것으로 되어 있다. 이광수는 『새별』의 편집을 담당하였고 최남선이 없는 사이 잡지를 혼자서 만들어 내었을 정도로 잡지에 깊이 관여하였던 것으로 보인다.[18] 「물나라의 배판」은 우화이자 옛 이야기의 형식을 갖추고 있는데, 육지와 물이 두 나라로 갈라져 서로 적대하게 된 연유를 담고 있는 일종의 유래담이다. 줄거리는 대략 다음과 같다.

옛적에 한검(大神)이 세상을 만들고 물검(水神)으로 물에 사는 동물을 다스

---

18 조용만, 『육당 최남선』, 삼중당. 1964. 205~206쪽.

리게 하였다. 이에 물검님은 잔치를 베풀고 물 속 동물들에게 부족한 점이 있으면 무엇이라도 말하라고 명령하였다. 그러자 고래가 나와서 자기보다 못한 범과 사자는 육지에 살게 하고 자기는 어찌하여 물속에만 살게 하는 지 물었다. 이에 물검은 물 속 나라가 육지에 뒤지지 않음을 말씀하셨다. 이처럼 물소, 물아기, 수달, 물도야지, 오징어, 빙어 등이 나와 자신의 불만을 얘기하고 물검님이 이러한 불만을 해결해 주었고 있는데 갑자기 물 속 친구 하나가 육지로 끌려가는 일이 일어났다. 그 때 여러 짐승들은 지상으로 올라간 새우에게는 이상한 끈이 달려 있는 것을 보고, 지상의 사람들이 슬기를 가지고 있지만 이를 잘못 이용하여 물 속 짐승들을 속인 것을 괘씸히 여기고 육지 사람을 같은 동족에서 제외시키기로 한다. 그리고는 맥자구, 자라, 남생이, 거북이 게 등을 시켜 사람의 행동을 관찰하기 시작하였다.

이 이야기는 이광수가 창작한 것으로 보이는데 전체 세상의 신인 한검(大神)이 물검(水神)에게 물을 다스리게 한 후 일어난 사건을 주내용으로 하고 있으면 각 물고기들의 종별 특성을 이용하여 개성을 표현할 수 있게 하였다. 미약하나마 1920년대 본격적으로 나타나는 '동화'의 형식에 한 발 다가섰다고 볼 수 있는 작품이다.

「개미집」은 '科學 短話'라고 소개되어 있으며 동화의 형식을 가진 글이다. 「코길이의 코이야기」는 코끼리의 출신지와 생태, 코가 길어진 이유 등을 설명해 주는 설명문 형식의 글이다. 「개미집」은 개미는 어쩐 일인지 손님을 많이 치르는데 어느 날 일을 마치고 집으로 돌아오는데 다 쓰러져 가는 소리로 우는 이가 있어서 보니 메뚜기였다. 메뚜기가 개미집에 같이 살자고 사정을 하여서 같이 살게 되는데 메뚜기는 개미의 몸을 핥아서 먹고 살았다. 그러다 개미 세상에 싸움이 나서 주인 개미가 죽자 다른 개미를 찾아갈 생각도 안 하고 개미집 속에서 굶어 죽었다는 이야기이다. 개미의 부지런함과 메뚜기의 게으름을 대비시켜 메뚜기의 어리석음을 풍자하고 있는 이야기이다.「코길이의 코이약이」는 코를 물총으로 대용하여 더위를 이기는 것, 코끼리의 원래 소임과 장난치는 소임, 육지동물 가운데 첫째가는 수영선수라는 내용 등을 소개하였다.

이러한 과학 이야기는 당시 교과서와『소년』이하 기타 아동잡지들이 지향했던 과학입국의 근대적 기획이 표출되는 방식의 하나로서 아동들에게 보다 쉽게 과학적 지식을 전하고자 하는 방편으로 기획되고 쓰여졌다.

16호의 서국 명화집은「성냥팔이 처녀」를 제외하면 저자가 없는 교훈담이나 인물이야기로 이루어져 있다.「가장 貴한 行爲」는 1895년에 발간된『국민소학독본』제 9과에「以德報怨」이라는 제목으로 수록되어 있으며 내용 또한 거의 같다. 한 부자가 연로하여 약간의 생계비만 남기고 세 아들에게 재산을 분배하고, 마지막 남은 금강석은 여행 중 가장 귀한 행위를 한 아들에게 물려주겠다고 하였다. 첫째는 남이 맡긴 자루 속의 보석에 손을 대지 않았고, 둘째는 연못 가의 아이를 구하였다. 셋째는 원수가 위험한 길에서 자고 있는 것을 보고 그를 깨우고 무사히 집에 돌아갈 수 있도록 일러 주었다. 그러자 부자는 첫째에게 단순한 정직은 귀하다 할 수 없다고, 둘째에게는 마땅히 해야 할 일을 했다고, 셋째에게는 敵을 구원하고 惡을 善으로 갚은 것은 神다운 귀한 행위라고 하면서 금강석을 주었다는 내용이다. 이 이야기에 등장하는 노인은 재물보다는 지혜를 표상하는 인물로서 자손들이나 어린 사람들을 바름과 지혜의 길로 견인해 내는 삶의 스승과 같은 위상을 지니는 인물이다. 이어서 수록되는 동, 서양 위인들의 일화와 함께 아동들의 자주적 역량을 높이는데 기여하도록 기획된 것이다.

「매가 님검 살닌 이약이」는 成吉斯汗(징기스칸)의 일화를 적은 인물이야기이다. 징기스칸은 사냥할 때마다 사랑하는 매를 손목에 얹고 다녔다. 하루는 날이 몹시 더워서 임금이 물을 마시려 하였는데 매는 그릇을

쳐서 넘어 뜨렸다. 바위 사이로 졸졸 흐르는 물을 받아먹기도 힘든 데 번번히 매는 그릇을 내리쳤다. 화가 난 임금님은 칼로 매를 내리쳤고 주인 발아래에 떨어져 죽었다. 임금은 화가 나서 샘의 근원을 찾아가 물을 마시려고 하였는데 가보니 못 가운에 독사가 죽어 있었다. 이에 임금이 슬퍼하면서 이후로 어떠한 일이 있어도 성내지 않겠다고 다짐했다는 이야기이다. 징기스칸의 이야기는 개화기 교과서중 서사를 최초로 수록한 교과서 『국민소학독본』에도 나오는데, 동양의 영웅으로 칭송받고 서양에까지 이름을 떨친 면에서 그의 업적을 높이 사고 있다.

「와싱톤이 어린이를 살니다」는 미국의 초대 대통령인 워싱턴의 일화를 적은 인물이야기이다. 버지니아도 북편 삼림의 나무 그늘에서 남자 수명이 앉아 있는데 그 곁에 측량기계가 놓였다. 그 중 한 청년은 결단성 있는 장부다운 용모로 얼굴은 18세 정도 되어 보였다. 그 때 한 아이가 물에 빠져서 그 어머니가 울부짖고 있었다. 이때 청년에 물에 뛰어들어 아이 곁으로 다가서려고 하지만 물살 때문에 구할 수가 없었다. 그러나 혼신의 힘을 다해 아이를 구해 내었다. 그가 한 나라의 운명을 총괄하게 된 조지 와싱톤이었다.

「텔이 自己 아들 머리 우에 노힌 능금을 쏘다」는 실러의 희곡 〈빌헬름 텔〉을 원작으로 삼고 있는 이야기로, 스위스를 지배하던 오스트리아에게 저항하는 텔의 이야기를 담고 있다. 瑞西 로이쓰 강가에 사는 윌리암 텔(Wilhelm Tell, 빌헬름 텔)은 가축을 치는 사람이었다. 텔에게는 어린 아들이 있었는데 아버지가 치는 양이 모두 아이의 동무였다. 瑞西은 그때까지 자유로운 나라가 아니었는데 주국 오스트리아에서 사납고 거만한 께스텔이라 하는 사람을 보내어 다스리게 되었다. 께스텔은 자신의 모자에 절하라는 명령을 하고 이를 거역하면 죽이겠다고 하였다. 텔은 자신이 절할 수 있는 분은 하나님뿐이라고 말하면서 이를 거부하였다. 그러자 텔의 아들을 벗나무 숲에 동여 매 놓고 머리에 능금 한 알을 올려

놓으며 이를 쏘아 맞히면 텔을 용서하겠다고 하였다. 천사의 보호를 받는 듯한 살이 시위를 떠나 능금은 반으로 쪼개어 나무 아래 떨어졌다. 이에 께스텔은 명을 내려 텔을 놓아주고 양을 치게 하였다.

「征服者 윌리암의 세 아들」은 11세기 영국의 정복자 윌리암과 세 아들의 이야기이다. 옛날 영국에 정복자라는 별명을 가진 윌리엄 임금님이 세 아들을 두었다. 임금은 세 아들 가운데 누구에게 지위를 줄지 몰라서 고민하였는데 한 신하가 세 아들이 어떤 것을 좋아하는지 알면 그들이 누군지 알 수 있다고 하였다. 이에 신하들과 세 왕자에게 질문을 하기로 하였다. 로버트 왕자에게 만약 새가 되면 무슨 새가 되겠느냐고 묻자 왕자는 매가 되기를 원한다고 하였다. 윌리암 왕자는 솔개가 되겠다고 하였고, 헨리 왕자는 멧비둘기가 되겠다고 하였다. 이에 여러 신하들이 판단하여 말하기를 맏아들 로버트는 담대하고 용기가 있어 사업을 성취하겠지만 최후에는 적에게 패하여 죽을 것이고, 둘째 윌리암은 솔개와 같이 담대하고 굳센 이지만 가혹한 일을 많이 하여 미움을 받겠고 악한 일을 해서 부끄러이 죽게 될 것이다. 막내아들은 어질어서 적과 싸울 때도 피치 못한 경우에만 하고 남에게 존경받고 큰 영토를 가지고 평화로운 일생을 보낼 수 있다고 하였다. 이들이 모두 성인이 되었는데 로버트는 그가 물려받은 토지를 다 잃고 옥귀신이 되고 말았다. 윌리암은 사냥 갔던 길에 신하의 손에 죽고 말았다. 헨리는 영국의 임금이 되어 아버지가 얻은 프랑스 영지도 아울러 총섭하게 되었다.

서국 명화집에 실린 교훈담과 인물이야기는 주로 외국의 훌륭한 위인의 일화를 통해 배워야 할 인내, 결단성, 저항 등의 덕목을 제시하고 있으며, 「가장 貴한 行爲」와 「征服者 윌리암의 세 아들」은 모두 아버지가 가장 훌륭한 아들을 가려내는 이야기로 다음 세대의 자손들이 반드시 가져야 할 덕목으로 선함과 어진 성품을 제시하였다. 본문 표기 방식에서는 서양의 지명이나 특정 이름을 표기할 때, 예를 들어 미국의 지명인

'버지니아 주'를 그대로 쓰지 않고 '버지니아 도' 등으로 표기함으로써 아동들인 친근하게 이야기에 빠져들 수 있도록 배려하였다.

4) 순우리말 창가와 부곡, 시
—게, 말 듯거라, 病身거지, 許生傳

「게」는 순우리말 창가로 묘사가 뛰어나다. '게'를 무쇠 갑옷을 입은 장수로 비유하여 두 눈을 부릅뜨고 적을 향해 뛰어가는 장면을 잘 포착해 내었다. 지면 하단에 부곡을 함께 수록하여서 독자들이 가창할 수 있도록 하였다. 순우리말 창가는 최남선에 의해 『붉은 져고리』에도 수록되었지만 악보는 『보통교육창가집』의 악보를 사용하도록 하였다.[19]

순우리말 창가를 실제로 가창하려면 서양식 악곡 형태의 곡조가 필요했는데 당시에는 이러한 곡을 작곡할 수 있는 작곡자가 거의 없는 실정이어서 대부분 가사와 함께 부곡을 수록하지는 못했다. 창가에 부곡이 붙어 있는 형태는 앞서 『소년』지에 수록된 '단군절'의 경우가 있지만 이것은 송축가로 쓰인 경우였고 계몽적 창가의 모습에서 벗어나서 '게'처럼 일상 속에서 가창할 수 있도록 한 예는 전무했다. 따라서 『새별』에 수록된 「게」는 독자들이 순우리말 창가를 쉽게 가창할 수 있도록 하는 계기가 되었을 것으로 추측할 수 있다.

등과발엔 무쇠갑옷　배가슴엔 백금방패
발슷마다 굽은갈퀴　쇠투겁한 둔한쟝슈
성이나면 집게발을　쩍벌여서 둘러메고
무릅학을 곤두세고　붉어진눈 뒤룩뒤룩

---

19 박영기, 「일제 초기 일본식 창가교육과 최남선의 순우리말 창가교육」, 『청람어문교육연구』, 2008. 7.

모다귀눈 부릅쓰고 거품물고 모로닷네 (「게」전문)

　외배의 「말 듯거라」는 4음보격으로 창가의 형식에는 다소 흐트러진
자수율을 갖고 있다. 님이 부재한 상황에서 웃음을 웃는 산, 노래하는
물, 단장하는 꽃의 아쉽고 부질없음을 노래하였다. 놀메의 「病身거지」
는 8.5조의 창가로 길에서 만난 거지 부부가 멸시 당하는 모습을 보고
답답해 하는 마음을 표현하였다.

　이밖에 「허생전(상)」은 외배 이광수의 동화요로, 본문의 말미에 "이
허생의 事蹟은 일즉 「아이들보이」때에 散文으로 한번 揭載한 일이 잇스
나 이번에는 韻文으로 다시 지어 여러분의 感興을 닐히키고져 하얏노
라."로 게재 이유를 밝히고 있다. 전술한 바와 같이 한문 소설을 동화요

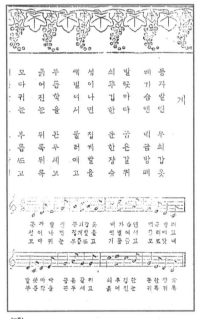

〈게〉

〈단군절〉

로 개작한 것은 중학생 이상의 수준을 염두에 둔 것이라고 볼 수 있다.

> 서울이라 下南村에 선배한분 살더니라
> 음막사리 단간草屋 食口라고 다만內外
> 집웅에는 풀엉킈고 섬밋헤는 삵이잔다
> 五更쇠북 萬戶長安 꿈인듯이 고요한데
> 가믈가믈 가는쵸불 그린듯이 도도안저
> 외오나니 聖經賢傳 글소리만 들리더라 (허생전 도입부)

5) 과외 독본, 부록
─읽어리

『새별』중에서 가장 주목받는 코너가 바로 '읽어리'란이다. 여기에는 '읽어리'가 각급 고등학교의 작문교재로 쓰였다는 사실과 독본 형태의 〈시문독본〉에 15, 16호의 '읽어리' 본문이 거의 대부분이 재수록되어 널리 읽혀졌다는 점이 원인으로 작용하였다. "1916년 신문관이 초판 발행한 『시문독본』은 당시 '文章之 指針'으로 널리 읽힌 문장독본으로, 총 4권으로 구성되어 있다. 『시문독본』에는 조선광문회에서 수집하거나 출간한 한문 번역문이나 최남선, 이광수, 현상윤 등 신문관과 관련된 인사들이 직접 쓴 문장 등 다양한 내용과 문종의 글이 실렸다. 더불어 신문관 미성년 독서물의 게재문 수편도 문체를 변형하여 재수록된다."[20] 무엇보다 '읽어리 란'은 문예지로서 『새별』의 면모를 잘 드러내 준다고 평가되고 있다.[21]

---

20 구인서(2011), 앞의 논문, 271쪽.
21 "새별은 앞서 소개한 잡지들에 비해 보다 「읽어리」란 등 문예면에 역점을 두어, 뒷날 소년문학의 선구라고 『청춘』제 3호 (1914.12) 광고문에서 자부까지 했던 것이다." 이재철, 앞의 책, 52쪽.

읽어리는 「ㄱ 재주비」와 「ㄴ 재주비」로 구성되었는데 15호를 보면 「ㄱ 재주비」의 하위 항목으로 「ㅁ재 개미나라」[22], 「ㅂ재 - 습관」이 있고, 다시 「ㄴ 제주비」에는 「ㅁ재 물의 가는 바」, 「ㅂ재 電氣」가 수록되어 있다. 16호에 다시 「ㄱ 재주비」, 「ㄴ 재주비」 항목이 있고 그 밑에 ㅅ, ㅇ 재가 수록되어 있는 것으로 보아 전호의 ㄱ재부터 ㅅ, ㅇ까지 지속적으로 이어온 연속 기획물이라는 것을 알 수 있다.

15호의 「ㅁ재 개미나라」[23]는 설명문 형식으로 개미에 대한 과학 정보를 주고 있는 글이다. 개미에게는 상전개미와 종개미가 있는데 이들에겐 사람과 비슷한 일이 많다. 다만 사람은 노복을 먹여 살리지만 상전개미는 노복에 의지하여 산다. 한 사람이 유리로 상자를 만들어서 상전 개미 몇 마리를 넣었더니 무능하기 이를 데 없고 종개미는 보모와 같이 행동하고 부서진 집까지 금새 고쳐준다. 군사개미는 사납고 용맹하여서 결투가 붙으면 가끔 목숨을 잃기도 한다. 또한 어떤 개미는 건축가처럼 집을 잘 지어 전문가와 같은데 집 짓는 이와 나르는 이가 소임을 나눈 것 같다. 또 어떤 개미는 젖버레(乳蟲)을 치고 간수하기를 하고, 수확할 때가 되면 창고에 간수하기를 한다. 개미 중에는 꿀을 빚고 이를 저축하는 이가 있다. 「ㅂ재 - 습관」은 사람이 유소년부터 선한 관습에서 자라나야 한다는 내용을 담고 있는 교훈담이다. 일생의 도로는 發軔할 때에 이미 방향이 정해져 운명이 결정된다. 롤드코린우드가 소년을 계유하여 말하기를 25세 되기 전에 종신의 품행을 건립하여야 한다고 하였다. 진실로 구습을 없애기는 생 이를 빼는 것보다 어렵다. 옛 사람이 이르기를 선한 습관을 만들 양으로 힘과 마음을 쓰는 습관이 가장 현명한 습관이라고 하였다.

「ㄴ 재주비」의 「ㅁ재 물의 가는 바」[24] 물의 흐름을 보여주는 설명문이

---

22 ㅁ 재란 'ㅁ 번째'란 뜻일 것으로 여겨진다.
23 『시문독본』 2권 수록.

다. 딱딱하지 않고 섬세하게 사물을 묘사하고 있다. 산 밑으로 올라가는 행인 옆으로 물이 흐른다. 그러다 골짜기를 지나 부채가 펼쳐진 듯 풀이 푸르고 집이 드문드문 있는 넓은 들로 나간다. 복사꽃 핀 마을 얼마와 버들잎 드리운 다리를 지나 냇물은 물을 모아 폭이 넓어진다. 도회처의 정중으로 번연히 걸어서, 수없는 선박을 바다로 나른다. 도시로 들어온 다음에는 물빛과 크기가 골짜기에 있을 때와 비교할 수 없다. 이처럼 왕양히 대양으로 들어가면 큰 선박도 그 속에 아주 작은 것이 된다.

「ㅂ재 電氣」는 전기를 응용하여 발명품을 만들어낸 과학자의 사례를 소개한 과학 이야기이다. 한 나라나 한 도시의 물질적 문명의 척도는 전기 응용의 다소를 보면 안다. 18세기 깔바니아 이탈리아 국의원이 학문의 소용으로 개구리를 죽여서 동선에 매달아 두었는데 마침 바람이 지나가 개구리 시신이 흔들려서 쇠관에 닿자마자 다리를 뻗으며 뛰는데 이 또한 전기의 조화로 생긴 줄 알았다. 아메리카의 프랭클린은 피전침의 발명을 하였고, 파라데이는 근세 쁘리텐국의 대학자인데 당시 새로 발전기를 만든 이가 이는 파라데이의 학설을 응용한 것으로 이를 들은 파라데이가 '내가 만든 어린애가 이제 어른이 되었더라'고 기뻐하였다. 이처럼 작은 의심으로 궁구하여 驚天動地의 사업을 이루게 되었다.

16호의 「ㄱ 재주비」의 「ㅅ재 내 소와 개(ㄱ)」, 「ㅇ재 내 소와 개(ㄴ)」[25]는 이광수가 쓴 글이다. 어린 시절 자신이 길렀던 소와 개에 얽힌 이야기를 적어 놓았는데 "그 소는 그 후 내가 어버이를 여의고 동서로 돌아다니는 동안에 팔았는지 잡아먹었는지 알 수 없다."고 후기를 밝히고 있어서 사실담이라고 볼 수 있는 글이다. 줄거리를 정리해 보면 아래와 같다.

---

24 『시문독본』 2권 수록.
25 『시문독본』 2권 수록.

벌써 십수 년 전의 일이다. 내 집은 시골 조그만 강가에 있었다. 이느 장마날 정들인 소를 강가에 내다 놓고 글방에 갔다. 글방에서 책을 읽는데 강가에 물이 불어 소를 맨 언덕이 물로 가득 싸이고 있었다. 소는 어린 송아지를 곁에 세우고 어찌할 바를 몰라 영각을 한다. 나는 물에 뛰어 들어 소가 있는 곳으로 가려고 했지만 물살이 세어서 떠내려갈 뿐이다. 나는 물에 휩쓸려 내려가다 '나는 죽는구나' 하고 정신을 잃었다. 얼마 후 무엇이 옆구리를 찌르는 듯하기에 눈을 떠 보니 소는 머리로 나의 몸을 밀고 우리 개는 나의 오른쪽 손목을 물어 언덕으로 끌어내리려고 애를 쓰고 있었다. 그 힘이 얼마나 센 지 혼미한 정신을 가지고도 두 짐승의 헌신적 사랑에 감격하여 눈물을 흘리었다. 나는 뱃속의 물을 토해내려고 나무에 매달려 한 동이가 넘는 물을 토해냈다. 곁에서 보고 있었던 소와 개는 안심한 듯 꼬리를 두른다. 개는 외가에서 강아지로 얻어온 것인데 평생 나와 동무로 지내어 친하였는데 그제 중복날 이후 집을 나가 숨어 있다가 '소 살려주오' 라는 나의 외침을 듣고 반갑게 보고 있다가 내가 위급해짐을 보고 따라온 모양이었다. 며칠 뒤 동네에서 미친 개를 잡았다는 소리를 듣고 가보니 나의 개가 피를 토하고 죽어 있었다. 나는 주먹으로 얼굴을 가리고 울면서 달아났다. 그 소는 내가 어버이를 여의고 동서로 돌아다니는 동안 팔았는지 잡았는지 알 수 없다.

박숙경은 그의 논문에서 이 작품에 대해 "우리가 지금 생각하는 창작동화에 가깝다."고 하기도 하고, 이광수가 이 이야기는 '徐春군이 당한 일'이라고 말한 점을 들어 "체험담의 형식을 빈 허구, 나아가 한 편이 온전한 창작동화(소년소설)라 할 수 있다"[26]고 다소 애매한 평가를 한 바 있다. 그 근거로 줄거리, 주제, 문체 등이 창작동화로서 손색이 없다는 측면을 제시하였다.

---

[26] 박숙경, 앞의 논문, 132쪽.

그러나 이광수전집에 이 글이 '수필'로 수록된 바처럼, 이러한 종류의 글은 일종의 체험담으로 교술장르에 포함되기에 손색이 없어 보이며 당시 이광수가 『소년』에 '寫實 小說'「獻身者」를 발표한 것과 관련지어 생각해 볼 때 이 작품을 명백한 동화(소년소설)로 보기는 어렵다고 판단된다. 이광수는 「獻身者」에서 명백하게 주인공과 성격을 창조하고 있으며, 대화와 묘사를 통해 소설의 형식을 갖추고 있다. 그러나 「내 소와 개」는 1인칭으로 서술자가 자신의 이야기를 회고하는 형식으로 쓰고 있다. 똑같이 사실을 적고 있지만 「獻身者」에는 사실을 가공하여 만든 것임을 밝혔고 「내 소와 개」에서는 그렇게 하지 않았다. 즉, 이광수는 이 글을 동화로 가공할 의도가 없었다고 할 수 있는데, 그것은 동화의 기본 요소인 인물 간 대화, 묘사 등이 없이 수필에서 보여주는 서술체의 형식을 주로 사용하고 있기 때문이다. 무엇보다 『새별』의 편집자로서 이미 서양의 동화를 접하고 수록했던 이광수가 동화의 형식과 문법을 몰랐다고 볼 수는 없을 것 같고, 박숙경의 견해대로 '남이 겪은 일을 듣고 이를 적은 글'을 모두 '동화'로 볼 수 있는지에 대해서도 여전히 의문점이 남는다.

　1910년대에는 '동화'라는 용어도 널리 통용되지 않았고 범박하게 '이야기'라는 용어로 수용되고 있었으며 당시 동화라 하면 민담과 신화의 형식(일종의 옛이야기)에서 창작동화로의 이행과정에서 드러나는 특정 요소가 보이는 것이 당연한데 「내 소와 개」에서는 이러한 점이 드러나지 않는다. 또, 1910년대 동화라 할 것의 대부분 우화에 머무르고 있었던 상황에서 엄밀하게 동화도 아닌 '소년 소설'의 형식이 혜성처럼 등장하기는 어렵다고 볼 수 있다. 오히려 이광수가 15호에 쓴 「물나라의 배판」이 당시 유행하던 동화의 형식, 즉 우화에 가깝다고 볼 수 있는데, 이는 최초의 창작동화로 알려져 있는 마해송의 「바위나리와 아기별」도 일종의 우화 형식을 띠고 있다는 점을 보면 쉽게 확인할 수 있다. 결국

「내 소와 개」가 수필이 아니고 동화임을 증명해 내기에는 더 많은 근거들이 제시되어야 할 것 같다.

「ㄴ 재주비」의 「ㅅ새 말코니」[27]는 무선전신을 발명한 말코니에 관한 인물이야기이고, 「ㅇ재 寓語五則」[28]은 다섯 개의 짧은 이야기로 구성된 교훈담이다. 「ㅅ재 말코니」는 지난 甲午 乙未年間 동양에 풍운이 한창일 때 이탈리아국에 있었던 말코니라는 청년에 대한 내용이다. 말코니는 대학에서 공부하던 지식을 응용하여 전선을 중간에 매달지 않고 통신을 전달할 방법을 시험하였다. 간두에 양철궤를 달아 용전기라 이름하였는데 소용하는 기계도 장난감 같고 성적도 보잘 것 없었지만 장래의 발달에 대해선 스스로 믿는 바가 있어 쁘리텐국 통신원에서 중요한 지위를 차지한 전기학자 윌리엄 푸리쓰에게 글을 보내어 성적을 보고하였다. 처음 을미년 7월 말코니가 런던에 왔을 때에는 그가 가지고 온 기계가 괴상스러운 양철궤여서 사람들이 이상한 기구로 생각하여 파괴하여 버렸지만, 未幾에 말코니가 윌리엄을 면회하여 초발명의 원리 기계의 성질, 기득의 성적을 진술하고, 이에 황립학술협회에서 말코니식 무선전신을 세상에 공포하니 여러 학자들에게 큰 감동을 주었다. 말코니의 사업을 의심하는 이들도 있었는데 그 사이에 말코니의 사업이 착착 진취하여 공상이 드디어 사실이 되고 수년이 되지 못하여 세계가 온통 은택을 입게 되었다는 내용이다.

「ㅇ재 寓語五則」은 1. 사슴의 새끼가 어미의 말을 듣지 않고 화살이 날아오는 데 비키지 아니하여 화살에 맞아서 죽었다.―가르치는 대로 들을 줄 몰라서 이런 화를 만나는 이가 있다. 2. 작은 잔나비가 사람이 나룻을 깎는 것을 보고 칼을 훔쳐 흉내 냈다가 코를 다치었다. 세상에 익히지 않고 화를 만나는 이가 드문 있더라. 3. 한 구차한 이가 버섯을

---

27 『시문독분』 2권 수록.
28 시문독본 2권 수록.

캐서 자신의 버섯이 아름다운 것을 자랑하자 어머니는 아름다운 것은 그 속에 흔히 독이 많이 있다고 하였다. 4. 다람쥐가 나무에 올라가서 호도를 따서 껍질을 물고 몹시 쓰다고 하더니 조금 있다 속을 맛보고 먼저 그 씀을 씹지 않으면 어찌 재미를 얻을 수 있으리오 하더라. 5. 한 여름꾼이 아들을 데리고 밭에 나가서 보리가 익고 안 익음을 살피더니 아들이 물어 가로되 이 보리들 가운데 어떠한 것은 쳐들려 있고 어떠한 것은 숙이었으니 어떤 것이 낫습니까? 아비가 그 싹을 따다 보이면서 일러 가로되 속이 꽉 차면 반드시 숙이나니 번쩍 쳐 들어 굽힐 줄 모르는 것은 다 잘 익지 못한 까닭이라고 하였다는 등의 내용으로 되어 있다.

'읽어리'는 설명문, 과학이야기, 수필, 교훈담으로 이루어져 다양한 읽을거리를 제공하고 있어서 아동들이 과외독본으로 흥미롭게 읽었던 코너였을 것으로 추측해 볼 수 있다.

6) 만화와 유머 이야기
—다음엇지, 우슴거리

「다음엇지」와 「우슴거리」는 『붉은 져고리』에도 같은 형식으로 수록되었던 것이 『새별』에 그대로 이어졌다. 「다음엇지」는 세 컷 정도의 만화로 이루어지는데, 장면이 전환됨에 따라 재미있는 내용이 펼쳐지는 코너이다. 「우슴거리」는 대화체 형식에 재미있는 이야기를 담고 있는 코너로 1906년

『소년한반도』이래 아동잡지에 꾸준하게 등장하며 1920년대 『어린이』에
도 이어진다. 당시 아동잡지에서 문학이야기, 과학이야기, 인물이야기,
교훈담 등을 통해 꾸준히 아동들을 계몽하였던 한 편으로 이러한 코너
를 통해 재미와 흥미 또한 전해주려 했다는 점을 확인할 수 있다.

4. 마무리

『새별』은 중등학생을 위한 잡지로서 최초이자 일제 강점기 내내 유일
한 잡지였다. 1910년대 아동독자가 초등, 중등, 고등으로 분화되는 양
상이 이 잡지를 통해 확인되며 미약하나만 당시 중학교 생도들의 독자
수준을 엿볼 수 있다는 점에서 의미가 큰 잡지이다.

논설과 기념일 행사 후기, 안데르센 동화, 우화와 위인전, 기타 이야
기, 순우리말 창가와 시, 읽어리, 만화와 유머 이야기를 통해 미성년 독
자들에게 다양한 이야기들을 접할 수 있게 했고, 교훈과 수양의 덕목,
재미와 흥미 또한 함께 전해주고자 기획되었다. 특별히 한일 합병이라
는 암흑기에 매호 논설과 행사 후기를 실어 민족의 기원과 언어에 대해
되새기는 기회를 준 점은 높이 평가해야 할 부분이다.

앞으로 15, 16호 외에 다른 호가 추가로 발굴되어 『새별』의 전 면모
가 드러날 수 있기를 기대하며, 본문에 대한 보다 정치한 분석과 평가는
추후에 보충할 것이다.

(『한국아동문학연구』 22호, 2012. 5.)

한국 다문화주의 동화와 혼종적 주체

1. 들어가는 말

현재 아동문학 분야에서 다문화 관련 논의들이 점차 늘어나고 있는 추세이고, 그 내용 또한 세분화되는 양상을 보이고 있다. 주로 한국 사회에서 벌어지는 인종적 차별을 바탕에 두고 이주 여성과 노동자, 그들의 자녀(아동)를 형상화 한 작품이 주요 대상이 된다.

주요 논의들로 박상재, 「한국동화에 나타난 다문화의 양상」, 『한국아동문학연구』, 2008.; 김종헌, 「동화에 나타난 다문화 가정의 표상연구」, 『현대문학이론연구』 제35집, 2008.; 유영진, 「경계인 사이의 대화」, 『몸의 상상력과 동화』, 문학동네, 2008.; 류찬열, 「다문화 동화의 현황과 전망」, 『어문논집』 제40집, 2009.; 황정현, 「다문화 사회의 아동문학 수용과 창작 방향」, 『한국아동문학연구』, 2008.; 박정애, 「한국아동청소년소설에 나타난 다문화 갈등과 그 해결 양상 연구」, 『현대문학의 연구』 41, 2010.; 김상욱, 「다문화시대, 동화의 서사」, 『아동청소년문학연구』, 2010. 6.이 있다. 초창기 논의에 해당하는 박상재, 김종헌, 유영진, 류찬열의 경우에는 주로 다문화 동화의 양상과 이에 나타난 표상을 분석하고 이에 대한 비판점을 내보이는데 주력하였고, 황정현의 경우는 다문화 사회 속에서 아동문학의 수용과 창작 방향성에 대해 언급하였다. 최근 들이 박정애는 갈등양상과 해결양상을 분석하였고, 김상욱은 다문화주의 동화의 한계와 가능성을 점검하였다.

그런데 젠더, 계급, 인종, 민족, 아동의 서사에 대한 관심으로 환원될 수 있는 이들 논의에서 정작 아동문학의 중핵을 이루는 아동의 정체성에 관한 문제에 대해서는 소홀히 한 감이 없지 않다. 다문화 사회에서 벌어지는 여러 갈등 속에서 직접적으로 상처받고 정체성의 혼란을 겪고 있는 다문화 가정[1] 아동들의 환경과 정서를 문학 속에 조명해 내고 바람직한 전망을 보여주는 것이 시급하다고 여겨진다. 순혈주의적 정서가 강한 한국사회에서 이질적인 피부색이나 언어를 사용하는 다문화 가정 어린이들이 사회적 타자로서 편견 속에서 성장하는 것은 다문화 가정 어린이들뿐만 아니라 본의 아니게 타인에 대해 왜곡된 시선을 갖게 되고 자신조차 소외시키게 되는 비다문화 가정 어린이들에게도 부정적인 영향을 줄 것이 분명하기 때문이다.

그간 '다문화'의 개념에 대한 논의는 다양하게 이루어졌다. 황정현은 이를 협의와 광의로 나누어 국제 결혼에 따라 유입된 외국인의 증가로 발생하는 사회, 문화적 현상을 협의의 개념으로 보았고, 지금까지 우리 사회에 있어 온 문화적 관점 차이에서 비롯된 다문화적 현상을 예컨대, 이념, 지역, 세대, 계층 등의 문화적 가치에 따른 다문화를 모두 포괄하여 광의의 개념으로 보았다.[2] 박정애는 다문화란 하나의 고유명사적인 문화에 대응하는 여러 가지 문화를 가리키는 말이며, 다문화주의란 백인/남성/서구/이성애자 중심의 편협한 문화주의에서 탈피하여 주변부

---

1 다문화 가정이란 용어는 국제 가족(김란주, 「내 이름은 유경민이야」, 황복실외, 『까만달걀』, 샘터, 2006.), 복합 민족 가정(임정진, 「엄마와 오까상」, 고정욱외, 『편견』, 뜨인돌어린이, 2007.)으로 대체되기도 한다.
2 황정현, 위의 논문, 205쪽 참고.

문화를 제도권 안으로 받아들이자는 입장으로 보았다.[3]

위의 개념을 정리해 보면 '다문화'란 드러난 현상으로 접근 가능한 개념이고, '다문화주의'란 주류 문화에 대해 소수민족이나 이민자의 문화를 동등하게 인정하자는 관점으로 하나의 세계관이나 이념으로 볼 수 있을 것이다. 따라서 이를 구별하여 사용하는 것이 필요한데, 김상욱이 기존 논의들에서 사용하였던 '다문화 동화'나 '다문화 문학'과 의식적으로 차별하며 '다문화주의를 표방하는 문학'이나 '다문화주의 동화'[4]란 용어를 사용한 것은 시사하는 바가 크다고 여겨진다. 즉, 다문화 현상을 그대로 드러내어 펼쳐 보이는 작품과 구별하여 다문화주의적 관점을 보여주는 작품을 연구 대상으로 한정하겠다는 입장이라고 볼 수 있다.류찬열의 경우에는 '다문화 동화'란 용어를 쓰고 있지만 '소재적 차원에서는 이주노동자와 결혼 이민자 그리고 그들의 2세를 주로 다룬 동화, 주제적 차원에서는 그들에 대한 편견과 차별을 극복하기 위한 의도와 목적으로 담은 동화를 지칭한다'[5]고 의미를 제한하고 있어서 그가 사용한 '다문화 동화'는 '다문화주의 동화'와 같은 의미로 사용되었다는 것을 알 수 있다.

본고에서는 이런 입장과 궤를 같이할 것이며, 다문화 사회에서 일상적으로 일어나는 혼종(hybridity)의 양상에 주목하여 다문화 상황에서 자신이 처한 혼종의 상황을 인식하고 이를 자기만의 개성과 에너지로 바꿀 수 있는 '혼종적 주체'로서의 어린이에 주목하고자 한다. 먼저 호미 바바(Homi K. Bhabha)의 '혼종성' 이론—혼종성의 경계 문화는 새로움이 세계에 진입하는 강력하고 창조적인 제 3의 공간이며 여기에서 지배담론의 권위는 전복된다.[6]에서 이끌어낸 '혼종적 주체'의 모습을 설정하

---

3 박정애, 위의 논문, 421쪽 참고.
4 김상욱, 앞의 논문, 207쪽 참고.
5 류찬열, 앞의 논문, 273쪽.
6 피터 차일즈, 패트릭 윌리엄스, 김문환 옮김, 『탈식민주의 이론』, 문예출판사, 2004, 292쪽 참고.

고, 이러한 면모를 드러내 보이고 있는 몇 편의 동화를 소개하면서 한국 사회에서 주체로 성장해 가는 다문화 어린이의 상을 제시해 볼 것이다.

바바의 혼종성 이론은 식민자와 피식민자가 인종적, 문화적으로 뒤섞여지면서 식민자가 피식민자에게 '모방'을 강요하게 되는데 이때 피식민자들이 내는 엉터리 '흉내'는 식민자의 의도에 어긋나게 식민담론의 전복의 계기로 작용하게 된다는 것이다. 본고에서 논의하려는 한국의 다문화 상황은 엄밀하게 식민과 피식민의 상황과 일치하지는 않지만 주류 아동과 비주류 아동의 관계와 신경증적 분열 상황이 이와 유사한 지점을 형성하고 있다고 보고, 바바의 혼종성이라는 탈식민주의적 방법론을 원용하여 논의를 전개하고자 한다.

2. 시선화 된 '몸'과 소외

현재 한국 사회에는 이주 노동자, 여성 결혼 이주민, 북한이탈주민 등이 이주해 오면서 문화적인 혼종화(hybridity)가 이루어지고 있으며[7], 부가적으로 다문화 가정 혼혈아동으로 인한 인종적 혼종화도 진행되고 있다. 이러한 혼종화의 양상 속에서 이주민과 이들의 자녀인 다문화 가정 아동들은 심각한 문화적, 인종적 갈등을 경험하게 되는데 다수의 아동 문학 작품 속에서 서사적으로 재현되어 한국의 다문화 상황을 점검하게 만들어 준다.

한국 사회에서 혼혈의 문제는 현재적 시점에서 갑자기 등장한 것이 아니라 한국 전쟁의 상흔으로 남겨진 미군 혼혈아들과 이들을 냉대하던 사회적 분위기 속에서 이미 부각되었던 문제였다. 그러나 시대가 바뀌

---

7 강정구, 「다문화사회에 대한 시적 구현 양상」, 『어문학』, 2009. 참고.

어 혼혈이 다양한 사회, 문화적 배경을 갖게 되었음에도 불구하고 이들을 소수자, 타자로 배척하고 이질적인 존재로 외면하는 방식은 별로 나아진 것이 없다. 베트남, 중국, 태국, 방글라데시 등지에서 온 이주민과 한국인 사이에서 태어난 다문화 가정 자녀들을 대하는 차가운 시선은 『김찰턴 순자를 찾아줘!』[8]에서 보여준 흑인 혼혈아 '순자'의 수난사에 비해 그리 가벼워진 것 같지 않다. 작가는 흑인 혼혈아와 다문화 가정 자녀들이 함께 살아가는 현재의 혼종적 사회상을 그려내면서, 질기도록 변하지 않는 한국인의 순혈의식과 배타성에 대해 비판적 태도를 견지한다. 결국 흑인 혼혈의 문제나 아시아계 혼혈의 문제나 한국 사회가 근원적으로 풀어내야 할 과제로 바라본 것이다.

다문화주의 동화에 등장하는 최초 갈등은 대개 다문화 가정 자녀의 피부색과 인종의 차이에 의해 촉발된다. 이는 파농(Fanon)[9]이 한 백인 소녀에게 듣게 되는 '엄마, 저기 검둥이 좀 보세요! 무서워요!'[10]라는 인종적, 문화적 전형의 상황과 별반 다를 게 없다. 다문화 가정 어린이들에게 쏟아지는 차가운 시선은 백인/흑인, 서양/동양이라는 이분법적 정체성이 한국사회에서 '우리/너희'라는 유의미한 대립쌍으로 존재하고 있다는 사실을 보여준다. 우리와 다른 '너'라고 지목된 다문화 가정의 어린이는 자신을 바라보는 타인의 '시선'을 느끼게 되고 이러한 시선이 고착화되는 과정으로서 '응시'의 대상이 된다.

응시는 "대상을 동일화 시키는 시선으로 볼 수 없는 (즉 대상의 타자성을 나타내는) 부재의 위치에서 되돌아오는 비동일성의 의식"[11]으로,

---

8 원유순, 『김찰턴 순자를 찾아줘유』, 주니어랜덤, 2010.
9 바바가 정신분석학을 논의할 때 프로이트나 라캉만큼이나 많이 거론하는 인물은 파농이다. 바바가 자신의 정신분석학적 탈식민주의 이론의 모델로 삼은 인물이 바로 파농이며 따라서 바바의 이론을 논의하기 위해서는 파농에 대한 논의가 반드시 선행되어야 한다. 양석원, 「탈식민주의와 정신분석학」, 고부응 엮음, 『탈식민주의 - 이론과 쟁점』, 문학과 지성사, 2003.
10 프란츠 파농, 이석호 옮김, 「흑인성이라는 사실」, 『검은 피부 흰 가면』, 인간사랑, 1998. 142쪽.
11 호미 바바, 나병철 옮김, 『문화의 위치』, 소명출판, 2002, 108쪽 각주 34 참고.

파농이 "백인이라는 타자의 행동과 눈초리가 자신을 붙박아 버리고 염색약에 섞여진 화학용해제처럼 굳어지게 만든다."[12]고 고백한 것처럼 다문화 가정 어린이들을 '존재하지만 부재하는' 존재로, 존재론적 소외를 경험하게 만든다. 이러한 경험은 파농이 "백인과의 상상적 동일시를 통해 오인해 왔던 자기 정체성이 분열되고 파편화되는 충격적 경험을 하게 되는 과정"[13] 즉, 흰 가면이 벗겨지는 상황이며 비혼혈 아동과 상상적 동일시를 해 왔던 혼혈 아동들이 자신이 그들과 다르다는 현실을 자각하고 충격에 빠지게 과정 속에 되풀이 된다. 다문화주의 동화 속에서 타자로서 응시되는 어린이의 '몸'은 특정 언어로 고착되어 재현되고, 반복적인 언술 속에 매순간 재생된다. 어린이들의 몸은 빈 라덴, 니그로, 깜둥이, 아프리카 튀기, 원주민, 부시맨, 잡종, 가짜, 블랑카라고 호명되며 아이들의 존재와 인격을 대체한다.

"아줌마, 얘 꼭 빈 라덴처럼 생겼죠? 눈도 크고 까맣고.("김중미, 「반두비」)

"엄마를 본 애들은 '헤이, 니그로!' '헤이, 아프리카 튀기!' 하면서 놀립니다."(황복실, 「사르헤! 사르헤!」)

"재현이 얼굴은 까맣잖아요. 머리도 꼬불꼬불 파마한 것 같고요. 그런데 그림에서는 우리랑 똑같은 살색에, 머리도 생머리로 그렸잖아요." (강민경, 「까만 달걀」)

"아이들은 까만 피부색에 곱슬머리만 보고 아프리카 원주민이라는 둥, 부시맨이라는 둥 놀리기 일쑤입니다."(강민경, 「까만 달걀」)

"튀기! 맞지? 튀기?", "맞네, 잡종!" (김란주, 「내 이름은 유경민이야」)

"얘는 한국 애가 아니에요. 몽골 애라구요. 우리는 진짜 한국 사람이지만 얘는 가짜예요. 얘네 집 식구들은 그냥 잠깐 돈 벌러 한국에 온거라고요."(박채

---

12 프란츠 파농, 위의 책, 140쪽 참고.
13 양석원, 위의 책, 83쪽 참고.

란, 「새로 사귄 친구」)

"내가 덥다는데 니가 무슨 참견이야. 넌 까매서 안 더운지 몰라도 난 더워!
그러니까 조용히 해!(박채란, 「새로 사귄 친구」)

"애, 쟤네 엄마가 여자 블랑카래."(원유순, 『우리엄마는 여자 블랑카』)

이때, 모욕적으로 호명된 어린이들에게 상투형(stereotype)[14]이라는 거
짓 이미지가 부여되면서 이러한 명칭은 지배적인 힘을 발휘하게 되는
데, 상투형을 통해 타자는 불변하는, 이미 알려진, 예상할 수 있는 것으
로 고정된다.[15] 혼혈아는 재수가 없다든지, 혼혈아는 냄새가 난다든지,
몸에 닿으면 병균이 옮아 손이 썩는다든지, 튀기가 먹는 음식은 먹을 게
못 된다든지, 바보일 것이라는 식의 상투화는 이러한 모순되고 불안한
믿음의 표현이며, "낯설고 불안한 타자의 성적, 인종적 차이를 익숙하
고 용인된 것 상투형으로 연결지어"[16] 고정관념을 부여하는 것이다. 결
국 상투화는 감시와 낙인 속에서 타자를 대상성에 함몰시키고, 인격적
으로 소외시키며, "백인의 응시가 흑인을 정형화하는 문화적 스크린을
통과하여 자동적으로 흑인을 추악한 검둥이로 낙인찍히게"[17] 만드는 것
과 같은 방식으로 다문화 가정 어린이들을 왜곡된 이미지로 고착시키고
통제한다. 개별 주체는 사라지고 모욕받은 '집단'의 한 일원으로서 호출
된 어린이만 남게 된다.

"얼굴도 시커멓게 생겨가지고, 퉤, 재수 없으니까 너희 나라로빨리 꺼져 버

---

14 바바는 논문 〈다른 문제 : 상투형, 차별과 식민담론〉에서 고착(fixity)의 중요성을 이야기하며
논문을 시작하는데 고착이라는 개념의 주요한 담론적 전략은 상투형이다. 피터 차일즈, 패트
릭 윌리엄스, 앞의 책, 260쪽 참고.
15 피터 차일즈, 패트릭 윌리엄스, 앞의 책, 260쪽.
16 위의 책, 262쪽.
17 양석원, 앞의 책, 2003. 84쪽 참고.

려."(박상률,「혼자 먹는 밥」)

"윽, 냄새. 야, 냄새 옮겠다. 가자."(김란주,「내 이름은 유경민이야」)

"야, 경민이 책상엔 손도 대지 마. 손 썩는다, 썩어!"(김란주,「내 이름은 유경민이야」)

"에이, 앞으로 김밥도 못 먹겠네. 튀기가 먹는 음식을 어떻게 먹냐?"(김란주,「내 이름은 유경민이야」)

"쟤, 바보 아니야?"(김란주,「내 이름은 유경민이야」)

「내 이름은 유경민이야」에서 친구들의 냉대와 모욕을 체념하듯 받아들이며 자신을 '유명한 튀기'라고 자조적으로 호명하는 유경민의 모습은 스스로에 대한 자존감을 모두 잃어버리고 고립되어서 무내면성의 상태로 변해가는 혼혈 아동의 의식을 잘 보여준다. 본래 정체성이란 내가 다른 어떤 사람과 같지 않다는 것을 증명하는 것으로 유일하고 특별한 존재라는 것을 말하지만, 지배/피지배의 상황에서 "인간본성 안에서 자기 반영을 깨닫거나 문화와 자연의 구분 속에서 자아를 위한 자리를 지각하는 것이 아니라 타자와의 관련 속에 존재"[18] 하게 되므로, 유경민처럼 인종적 혐오에 기반한 응시와 부재를 경험한 어린이들은 자신의 정체성과 거짓 이미지와 사이에서 심한 갈등을 겪고 정체성의 혼돈, 분열과 자기 비하의 과정을 겪게 된다.

결국 나는 아이들을 무시하기로 했습니다. 그래야 오히려 편할 것 같았습니다. 하지만 그럴수록 나는 점점 혼자가 되어 갔습니다. 고학년이 되니, 이제는 말다툼할 친구조차 없습니다. '튀기', '잡종'에 이어 '왕따'라는 이름까지 하나 더 얻게 됐을 뿐입니다. 튀지 않으려고 아무래 애써도 나는 이미 유명한 '튀기'

---

18 피터 차일즈, 앞의 책, 58쪽.

가 되어 있었습니다. (김란주, 「내 이름은 유경민이야」)

문제는 이러한 과정에서 타자의 정체성을 위협하는 자, 위협받는 자 모두 일종의 신경증적 분열의 상황에 처하게 된다는 것에 있다. 대상을 타자화 시켜 부재의 위치로 전락시키는 시선은 "서구인이 자기 내부의 낯설고 혐오스러운 것을 외적으로 흑인에게 투영한 결과와 같은 집단적 카타르시스의 개념으로 설명될 수 있으며"[19], "모든 사회, 집단 내에 공격적 형태로 축적된 어떤 힘을 해소해 내는 통로나 출구가 되는 것이다."[20]. 별다른 이유 없이 혼혈 친구를 '튀기'와 '왕따'라고 부르거나 일종의 집단적 테러라고 부를 수 있을 법한 가혹 행위를 저지르는 유경민의 반 친구들 모두 이러한 분열적 상황에 처해 있는 것이며, 혼혈 친구를 싫어하지는 않지만 왠지 가까이 하기를 꺼려하는 민영이와 윤서 또한 이러한 집단의식에 암묵적으로 동조하는 것이라고 볼 수 있다.

내가 반가워하지 않자 민망했는지 티나는 곧 내게서 눈을 거두었다. 내 눈은 양 갈래로 땋아 내린 티나의 검은 머리칼과 그 사이의 구릿빛 목덜미에 한참 동안 머물렀다. (박채란, 「새로 사귄 친구」)

반 아이들 대부분이 동규는 재미있고 좋은 애라고 생각한다. 윤서 역시 동규가 보통 한국 아이들과 하나도 다를 게 없다고 생각한다. 평소에는 다 같이 잘 지낸다. 하지만 전교 아이들이 다 보고, 엄마 아빠도 오시는 학예발표회에서 동규랑 같이 뭘 하는 건 싫다. 정준이랑 한 조가 되는 행운까지 얻었는데, 왠지 동규 때문에 모든 걸 망치게 될 것만 같았다. 윤서는 마음이 꼬깃꼬깃해지는 것 같았다. (박채란, 「새로 사귄 친구」)

---

19 양석원, 앞의 책, 80쪽.
20 프란츠 파농, 이석호 옮김, 「흑인과 정신병리」, 앞의 책, 183쪽.

「티나, 기다려 줘」의 민영이는 필리핀계 혼혈아 티나를 안쓰럽게 생각하기도 하면서 때론 짜증스럽게 여기고, 「까매서 안 더워?」의 윤서 역시 필리핀계 혼혈아인 동규를 재미있고 좋은 애라고 생각하지만 연극 파트너가 되는 것은 꺼려하는 이중적 시선을 견지하고 있다. 자신들과 피부색이 다른 친구들을 대하면서 호기심을 갖기도 하고 때로는 약간의 자아도취에 빠져서 그들을 경멸하거나 무시하는 태도를 취하는 것은 이들 또한 내면적 분열을 겪고 있다는 것을 보여주는 것이다. 인종적 편견과 사이드식의 오리엔탈리즘이 어린이들에게도 예외 없이 작동하고 있다는 사실을 말해 준다. 결국 이러한 분열적 상황은 다문화 가정 아이들과 비다문화 가정 아이들 모두를 이중적으로 소외시키는 결과를 불러오게 된다. 빠르게 성장하면서 자신의 정체성을 확립해 나아가는 어린이들 모두가 이러한 혼돈과 상처를 입지 않도록 하기 위해서 다문화 가정 어린이들의 올바른 정체성 확립이 필요하고 이에 대해 좀 더 섬세하게 접근해야 한다.

3. 혼혈의 두 양상과 정체성

그간의 다문화주의 동화들 가운데 몇 작품에서는 피해자로 전락한 아동들의 모습이나 수동적인 모습으로 전형화 된 아동들이 묘사되어 있어서 아쉬움을 주기도 하였다. 예컨대, "「내 이름은 유경민이야」, 『우리 엄마는 여자 블랑카』 등에 등장하는 아이들은 정확한 현실 인식을 바탕으로 문제에 대응하는 것이 아니라 무조건적으로 놀림에서 벗어나고 싶어 자기 방어적 태도를 갖는 경우가 대부분이다. 그들은 사회적 차별에 대한 문제의식을 느끼고 자신이 정체성을 찾으려는 것에 아니라 먼저 친구들의 놀림과 무시에서 벗어나야겠다는 생각 뿐"[21]이다. 또, "다문화 가정 아이들의 시선으로 이주민을 관찰한 『지붕위의 꾸마라 아저씨』의 경우에는 관찰의 서사로 새로운 인식과 감성으로 성장하기는 하나 공명을 자아내는 작품이라기보다 이념적 도식에 갇혀 당위를 제시하는 작품들일 따름이다. 관찰은 연민을 자아내고, 연민에 바탕을 둔 도움이라는 설정은 이주 노동자라는 또 다른 주체들을 엄밀하게 타자화 한다는 점에서 바람직하지만은 않다."[22]는 선행 연구자들의 평가가 있었다.

그러나 『어린 까망이의 눈물』[23]과 『김찰턴 순자를 찾아줘유!』, 「까만 달걀」, 「내 이름은 유경민이야」, 「까매서 안 더워?」 등에 등장하는 다문화 가정 아동들은 자신의 정체성을 인식하고 주체적으로 자신을 변화시켜 나가는 역동적 모습을 보여 주고 있어서 다문화주의 동화의 좋은 예이다.

1) 『어린 까망이의 눈물』과 『김찰턴 순자를 찾아줘유!』, 「까만 달걀」

한국 전쟁과 그 이후 한국에 주둔하게 된 미군 혼혈아의 문제는 전후 문학 속에 자주 등장하는 주제였다. 일제 강점기를 지나면서 한·일 혼혈아들이 생겨나고 전쟁 후에는 한국인과 피부색이 다른 미군 혼혈아들이 급격히 증가하게 되면서 한국사회에도 혼혈의 문제가 사회 문제로 부각되기 시작했다. 이러한 배경에는 1960년대 이후 박정희 정권이 근대화의 담론을 민족과 국가라는 집단적 표상으로 수렴시키면서 집단주의를 강조하고, 이것을 단일 민족의 신화와 결합하며 강력한 자기 동일성의 신화로 발전시키려 했던 이데올로기가 깔려 있다. 이 때 한국 여성

---

21 김종헌, 앞의 논문, 281쪽 참고.
22 김상욱, 앞의 논문, 209쪽 참고.
23 강원희, 『어린 까망이의 눈물』, 영림카디널, 2007.

과 미군 사이에서 태어난 혼혈아들은 한국인의 범주에서 벗어난 타자로서 주변인으로 전락해 가는 과정을 겪는다.[24] 이들 혼혈아의 처지를 조명한 작품들은 이른바 '기지촌 문학'이라는 일컬어지는 작품군에서 종종 등장하는데 작품 속에 등장하는 혼혈아들이 사회적 냉대 속에서 파멸하거나 제 목소리조차 제대로 내지 못하는 한계적 인물로 묘사되곤 했다.

아동문학에서 미군과의 혼혈을 조명한 작품을 다룬 것이 흔하지 않지만 대표적인 것으로 『어린 까망이의 눈물』과 『김찰턴 순자를 찾아줘유!』가 있다. 이들 두 작품은 흑인 혼혈아들의 수난을 눈물겹게 묘사하면서도 스스로 정체성을 찾아가는 여정을 보여주고 있다. 『어린 까망이의 눈물』은 1994년 세종아동문학상 수상작인 『잿빛느티나무』를 개작하여 2007년 출간한 것으로[25] 혼혈의 문제를 다룬 작품으로 선구적인 작품이다. 흑인계 혼혈 2세 까망이(브레드)의 성장기를 다루고 있다.

까망이는 한국전쟁에 참전한 흑인병사 톰과 한국인 어머니(순희) 사이에서 태어나 먼산댁을 친어머니인 줄 알고 자란다. 탄광촌에서 자란 까망이는 장래 희망을 하얀 눈사람으로 삼을 정도로 까만 자신의 모습을 싫어하지만 T. K.가 새겨진 하모니카를 부는 것을 유일한 즐거움으로 삼는다. 친구들에게 크게 놀림을 받고 싸우고 온 날 한국 전쟁 참전용사였던 아버지에 대해 듣게 되고 어머니마저 친 어머니가 아니란 것을 알게 되자 고향을 떠난다. 이후 구두닦이를 하던 까망이는 한 미국인 선교사의 도움으로 미국에서 공부하게 되면서 그곳에서 아빠 Tom의 소식을 듣게 된다. Tom은 엄마(순희)를 잊지 못해 전쟁고아를 돕는 '순희' 재단을 설립하여 활동하다 돌아가셨다는 것이다. 성인이 된 까망이(브레

---

24 최강민, 「1950, 60년대 한국 소설에 나타난 한국인과 미국인의 관계성」, 『한국문예비평 연구』, 2009. 8. 46~48쪽 참고.
25 박상재, 앞의 논문, 226쪽.

드)는 참전하여 전쟁의 참상을 사진으로 알리는 일을 하고 30년 만에 한국에 돌아와서 장애인을 돌보는 '느티나무' 재단을 만들어 어려운 이들을 돕는다.

전반부에서 까망이가 겪었던 수난은 미국에 가면서 극복되는데 이러한 과정은 한국에서의 따가운 시선을 피해 미국이란 낯선 땅으로 아버지를 찾아 떠나갔던 수많은 혼혈아들의 현실을 잘 보여주는 것이다. 해외로 송출되어야 할 외국인처럼 미국으로 떠났던 까망이는 검둥이라 불리며 '너의 나라로 돌아가라'는 친구들의 말을 들을 때에도 자신의 몸에 흐르는 붉은 한국인의 피를 생각했고, 미국에서 성장할 때에는 한국인 어머니에 대한 사랑과 감사에 대한 보답으로 한국의 평화를 위해 헌신해야 한다고 다짐하면서 자신의 정체성을 세워간다.

『김찰턴 순자를 찾아줘유!』에는 증조할아버지가 흑인 병사인, 흑인계 혼혈 3세 김민정이 주인공으로 등장한다. 아시안계 혼혈아들도 섞여 있는 학교에서 민정이의 위치는 색다르다. 민정이는 고아 출신 엄마와 흑인 혼혈 2세 아버지를 두었지만 매력적인 외모와 노래 실력으로 학교에서 인기가 많고, 노래하고 춤추는 것이 즐겁기만 하다. 그러던 어느 날 집에 병든 증조할머니가 오시게 되고 할머니가 혼돈 속에서 찾고 있는 '순자' 할머니를 통해 자신의 정체성에 대해 생각하게 된다.

민정이는 흑인 병사의 '혼혈아'라는 이유로 사회의 차가운 냉대를 받다가 집을 나가버린 순자 할머니의 일기장을 읽으면서 할머니의 마음을 이해하게 되고 아빠에 대한 연민도 느끼게 된다. 순자 할머니는 일기장 속에 '벤허'에 출현한 배우 찰턴 헤스턴을 아버지처럼 느끼며 자기의 이름을 '김찰턴순자'라고 지어 부르고 있었다. 민정이는 이러한 할머니의 순수한 마음을 가슴으로 만나게 되고 혼혈 가족인 자신의 삶을 더욱 긍정적으로 받아들이게 된다. 「까만 달걀」의 재현이는 할아버지가 흑인 병사인 다문화 3세 어린이이다. 재현이 할아버지에 대한 정보는 드러나 있지 않으며, 아시아계 혼혈 아동의 경우와 마찬가지로 '피부색'이 문제가 된다. 미술 시간에 까만 피부에 곱슬머리를 가진 재현이가 살구색으로 얼굴을 칠하고 생머리로 자신을 그리자, 아이들에게 심한 놀림을 받게 된다. 재현이는 울면서 이태리 타월로 살갗을 문지르고, 이를 본 재현이 아빠는 삶은 달걀을 검게 칠해서 재현이네 반 아이들에게 나눠준다. 아빠는 겉모습이 달라도 재현이가 친구들과 같은 한국 사람이라는 것을 말해 주고, 재현이는 아빠에게 달려가 안긴다. 재현이의 모습은 작품 속에서 초등학교 저학년의 어린 아이로 묘사되어 있다. 아직 어린 재현이가 자신의 정체성을 쉽게 자각하기는 어렵겠지만 적어도 아버지를 부끄러워하지 않게 되었고, 친구들 앞에서 당당해진 모습으로 확실하게 변하게 되었다는 점을 알 수 있다.

2) 「까매서 안 더워?」, 「내 이름은 유경민이야」

예전의 다문화주의 동화에서 주로 흑인 혼혈의 문제를 다루었다면 최근 들어서는 아시아계 혼혈아인 다문화 가정 자녀들을 주인공으로, 그들의 문제를 다루고 있는 경우가 대부분이라고 할 수 있다. 이러한 점은 최근 들어 동남아 여성과 한국인 남성의 결혼이 급격히 늘고, 외국인 노동자가 한국에 체류하게 되면서 가정을 이루게 된 사회적 추세를 반영하는 것이다. 2009년 현재 우리나라에 거주하는 외국인 수는 110만 6천명으로 전체 인구 4천 959만 명의 2.2%이며, 이중 1세 아동은 약 1만 3천 명으로 우리나라 1세 아동 전체 44만 3천 명의 약 3%에 해당한다.(행정안전부, 2009)[26] 동화 속에 등장하는 인물의 외국계 혈통은 인종적 특성이 외모에서 확연히 드러나는 베트남, 필리핀, 방글라데시 등 동남

---

26 심우협, 앞의 논문, 44쪽.

아 쪽이 압도적이다. 인종적 유사성이 높은 몽골이나 일본계 혈통일 경우 인종주의적 갈등은 거의 드러나지 않으며, 이들의 경우는 불법체류나 민족 갈등이 우세하다.[27]

「까매서 안 더워?」에는 아빠가 한국사람, 엄마는 필리핀 사람인 '코시안' 동규가 등장한다. 동규는 밝고 명랑한 성격에 친구들과 잘 지내는 편이지만 학예 발표회를 계기로 친구들과 갈등을 겪게 된다. 친구들이 혼혈아인 동규와 같은 팀이 된 것을 왠지 싫어했기 때문이다. 그러나 적극적인 동규의 태도로 이러한 어색함은 무마되고 '잠자는 학교의 공주'라는 패러디 연극을 하기로 한다. 윤서네 팀은 반대표로 뽑혀 강당에서 공연을 하게 되는데 왕자 역할 정준이가 배탈이 나게 되자 동규가 대신 나서서 '아라비아의 왕자'로 연극을 완벽하게 소화해 낸다. 동규는 친구들에게 많은 박수를 받게 되고 평소 좋아하던 윤서의 호감을 받아내는 데도 성공하게 된다. 동규는 솔직한 성격에 자신의 처지를 긍정하면서 현명하게 대처할 줄 아는 소년이며 보다 적극적으로 자신의 정체성을 인식하고 이를 좋은 방향으로 발휘할 수 있는 지혜로움을 가지고 있는 인물이다.

「내 이름은 유경민이야」에서 유경민은 한국인 아빠와 태국인 엄마 사이에서 태어난 아시아계 혼혈아로서 잡종, 튀기라고 불리며 친구들에게 놀림을 받는다. 소풍을 가서도 김밥을 먹을 수 없을 정도로 심한 놀림을 받고 결국 놀이동산을 뛰쳐나오고 만다. 유일한 친구인 태권도 사범님의 말씀으로 위로를 받지만 점점 자기만의 세계만으로 빠져들게 되고 자신을 왕따라고 생각한다. 축구 경기에서 진 날 친구들이 모든 책임을 경민에게 떠넘기며 일제히 경민이의 발등에 오줌을 누려하자, 화가 난 경민이는 패거리의 우두머리 두현이를 향해 뒤돌려 차기를 하고 '내 이

---

27 박정애, 앞의 논문, 423쪽.

름은 유경민이야'를 외친다.

이 장면은 유경민이 소극적인 피해자의 입장에서 벗어나 타인에게 자신의 입장을 거침없이 표현하는 주체로 변화되는 극적인 모습을 보여주고 있다. 자신의 이름 세 글자를 자각하는 유경민은 비로소 자신의 정체성에 대해 의식하게 된 것이다. 주인공 '유경민'을 바라보는 연구들의 시선은 "경민이의 태도는 매우 절망적이며 소극적으로 그려지고 있다."[28]거나 "이 동화의 결말이 물리적 폭력을 동반하고 있다는 점은 문제가 있어 보인다."[29]는 식으로 부정적이지만, 경민이가 폭력을 당하는 피해자의 입장에서 일종의 저항적 수단으로 '폭력'을 행사하는 것—여기서는 경민이가 평소 배워 둔 태권도로 친구를 제압하는 것—은 자기의 정체성을 인식해 나가는 중요한 사건이라고 생각할 수 있다.

4. 차이와 분열의 공간에서 초월하는 혼종적 주체

바바의 혼종성은 이분법적 정체성에 도전하는 개념이며, 인종적 우월주의의 기반인 본질주의를 비판하는 점에서 중요한 개념이다.[30] 19세기의 식민담론에서 "서양의 인종적 우월성을 강조하기 위해 인종을 본질적으로 혼합될 수 없는 다른 종으로 주장하는 '복수기원론(polygenism)'이 득세한다. 특히 '복수기원론'의 일종인 '복원론(reversion theory)'은 인종을 서로 다른 혼합될 수 없는 본질적 '정형'으로 나누고 일시적인 혼합도 궁극적으로 본래의 종으로 복원된다고 주장함으로써 서양의 인종차별주의의 기초를 제공한다. 이런 의미에서 '혼종성'은 인종차별주

---

28 김종헌, 앞의 논문, 278쪽.
29 류찬열, 앞의 논문, 280쪽.
30 박상기, 앞의 책, 243쪽.

의의 근간인 '인종적 순수성'의 반대 개념으로 식민주의 논쟁에서 긍정적인 역할을 한다.[31]

바바에 따르면 '혼성성'이란 상징을 차이의 기호로 전환시키는 가치의 치환을 일컫는다. 즉, 담론의 대표성과 권위성을 얻으려는 권력의 축을 따라서 지배담론이 분열되는 만드는, 상징에서 기호로의 가치의 치환을 말한다. 혼성성은 차별받는 주체가 편집증적인 분류에서 궤도를 이탈한 두려운 대상으로 양가적으로 전환됨을 나타내는 것으로서, 권위의 이미지와 현존에 대한 방해적인 문제제기를 드러낸다 . 여기에서의 상징이란 예컨대 영국이 가지는 국가적 권위의 친숙한 상징이 소원화되고 차이의 기호로 전환되는 것을 의미하며, 차별받는 주체는 예측 불가능한 존재로 '차별적 동일화'에서 벗어나게 된다.

이때 이러한 차이가 교섭하는 공간 즉, '제3의 공간'의 불리는 "상호의 공간(전이와 교섭의 첨예한 가장자리, '사이에 낀[in between]공간)"[32]이 상정되며, 문화적 차이들이 가변적이고 갈등적으로 접촉하는 혼성성의 한계영역은 동질적으로 양극화된 정치적 의식들인 인종적, 문화적 집단들의 이항대립에 저항한다.

바바는 제3의 공간을 설명하기 위해 지젝의 『이데올로기의 숭엄한 목적』의 한 부분 "우리는 닮음을 벗어난 위치에서 즉 타자가 흉내낼 수 없는 독특함을 지니는 바로 그 지점에서 스스로 타자와 제휴한다."를 인용하고 있는데 본 논의의 3장에서 제시한 주인공들은 자신이 가진 혼종성을 독특한 개성과 장점으로 승화시킬 수 있는 주체적 인물들로, 바바가 제시한 혼종적 주체 개념에 부합되는 인물들이다.

세수를 하고 나서 거울 속을 들여다봤다. 가무잡잡하게 빛나는 피부, 굵은

---

31 위의 책, 239쪽.
32 호미 바바, 앞의 책, 93쪽.

쌍꺼풀 끝에 달린 길고 숱 많은 속눈썹, 그 속에 영근 포도알처럼 까만 눈, 매직 파마 덕분에 반짝반짝 윤이 나는 까만 머릿결, 두툼하고 넙데데한 코만 제외하면 아주 완벽한 얼굴이다. (원유순, 『김찰턴 순자를 찾아줘유!』)

흑인 특유의 곱슬한 머리는 매직 파마로 풀면 되고, 그렇게 하지 않더라도 곱슬곱슬한 머리의 장점을 최대로 살려서 멋을 내면 된다. 그 방법 중에 하나가 레게 머리다. 돈이 들어서 그렇지 레게 머리는 참으로 멋지다. 애들도 엄청나게 부러워한다. 아니면 인순이 아줌마처럼 머리를 솜사탕같이 한껏 부풀리면 된다. 그게 또 다른 장정이 될 거라고 나는 믿는다. (원유순, 『김찰턴 순자를 찾아줘유!』)

『김찰턴 순자를 찾아줘유!』에서 주인공 김민정이 거울을 보면서 자신의 외모를 묘사한 부분을 보면 검은 피부나 곱슬한 머리에 열등감을 느끼거나 자신 없어 하는 것이 아니라 오히려 자신의 얼굴을 '완벽하다'고 느끼고 있다는 것을 알 수 있다. 이는 작가가 사회적 소수자로서 차별과 고통을 받는 다문화 가정 어린이의 모습에 주목하기보다 자신을 긍정하며 건강한 주체로 우뚝 서는 어린이의 모습을 드러내고자 하였다는 것을 잘 보여 준다. 이러한 관점은 다문화 가정 어린이들을 소수자로서 동정하거나 무조건 배려하려는 우리의 의식에 무엇인가 전환을 요구하고 있다는 것을 의미한다. 지금은 예전과 상황이 다르며, 설령 이들의 어려움이 현재 진행형일지라도 앞으로는 다를 것이라는 기대가 표출되어 있다.[33]

민정이는 곱슬곱슬한 머리카락을 한껏 강조하면 모든 아이들이 부러워할 '레게' 머리가 된다는 것을 알고 있다. 이는 민정이가 처한 혼종적

---

[33] 박영기, 앞의 글, 29~31쪽.

상황에서 민정이만이 누릴 수 있는 혜택이 될 수 있으며 이원적 정체성에 도전장을 내밀 수 있는 독특한 문화적 코드로 작용할 수 있다. 이것은 "혼성성이 두 가지 문화들이나 책에 대한 두 가지 장면들 사이의 긴장을, '인식'의 변증법적 놀이를 통해 해소하려는 제 3항이 아니며"[34] 전혀 다른 새로움이 개입되는 초월적 창조의 한 국면이라는 것을 말해준다. 「까매서 안 더워?」에서 친구들의 편견을 깨고 '아라비아 왕자'로 거듭 난 동규도 자신만의 혼종적 정체성을 드러내어 결국 친구들로부터 인기를 얻게 된다.

> 동규는 까맣다. 하지만 상관없다.
> 동규는 아라비아 왕자니까.
> 모두들 동규를 좋아하니까. (박채란, 「새로 사귄 친구」)

이처럼 『김찰턴 순자를 찾아줘유!』와 「까매서 안 더워?」는 여타의 다문화주의 동화에서 볼 수 없는 낙천적이고 건강한 어린이상을 보여주어서 앞으로 두 어린이가 또 다른 어려움에 직면하더라도 잘 견뎌낼 것이라는 미더움을 갖게 한다. 비록 『어린 까망이의 눈물』처럼 성인이 된 주인공의 모습이 나타나지 않지만 타자에 의해 대변되었던 소수자의 모습에서 벗어나서 주체가 스스로의 목소리로 자신의 의견을 말하고 있으므로 타인과 직접적으로 '의사소통'을 할 수 있는 혼종적 주체의 가능성을 보여주었다고 볼 수 있다. 두 어린이상이 실제 현실에서 발현될 수 있을지의 여부를 떠나서 두 작품은 다문화주의 동화의 좋은 예라고 평가할 수 있을 것이다.

반면 「내 이름은 유경민이야」에서는 중반부까지 이끌어 온 왕따의 서

---

34 호미 바바, 앞의 책, 229쪽.

사가 후반부에서 전복되는 반전을 보여주면서 타자에 의해 규정되는 주체가 아니라 스스로 자각에 의해 인식되는 강렬한 주체의 모습을 재현한다. 자신이 튀기가 아니라 '유경민' 이름 세 글자의 주인임을 밝히는 경민이는 자신의 정체성을 인식하고 타자에게 자신을 떳떳하게 드러내는 주체의 모습을 보여 준다. 이러한 면모는 「까만 달걀」에서 정체성의 혼란을 겪고 아빠를 원망했던 어린 재현이가 친구들 앞에서 아빠의 존재를 부정하지 않고 당당하게 달려가 안기는 모습 속에서도 드러난다.

나는 두 손으로 귀를 틀어막고 힘껏 소리쳤습니다.
"튀기가 아니야! 내 이름은 유경민이라고! 유경민!"
울음 같은 소리가 터져 나왔습니다. 아이들은 순식간에 입을 다물었고, 내가 질러 댄 소리만이 복도 끝까지 울렸습니다. 나는 아이들을 뒤로 하고 복도를 걸어 나왔습니다. 몰려들었던 아이들은 나와 두현이의 눈치를 살피며 슬금슬금 자리를 피하고 있었습니다. (김란주, 「내 이름은 유경민이야」)

재현이는 자리에서 벌떡 일어나 교실 뒷문으로 나가 아빠에게 달려갔습니다. 그러고는 아빠를 꼭 껴안고 아빠 품에 얼굴을 마구 부볐습니다. 주책없이 자꾸 눈물이 쏟아졌지만, 아이들이 볼까 봐 신경이 쓰이지 않았습니다. 그런 건 아무래도 좋았습니다. (강민경, 「까만 달걀」)

「내 이름은 유경민이야」, 「까만 달걀」의 주인공들은 아직 타인과 소통할 단계에까지 나가진 못했지만 정체성을 인식하고 변화하는 모습을 드러내고 있으므로 이들 역시 자신을 객체로 응시했던 타자의 시선에 변화를 주고 스스로 역동적이고 초월적인 주체로 성장할 수 있는 가능성을 보여준다고 볼 수 있다.

마지막으로 『어린 까망이의 눈물』은 까망이가 성인으로 성장하는 과

정에서 자기만의 정체성을 찾는 모습을 온전하게 보여주고 있어서 혼종
적 주체의 성장서사를 잘 제시해 주고 있다고 할 수 있다. 브레드(까망
이)는 미국에서 만난 아버지 Tom의 양딸 순미를 만나 미국에서 타자로
서의 삶을 극복해 내었던 그녀의 이야기를 듣고, 자신을 돌아보는 계기
로 삼는다. 순미는 장애를 가진 남자친구 존을 통해 자신의 어려움을 극
복했던 과정을 브레드에게 들려주면서 다른 사람과 닮아가려고 할 게
아니라 '차이'를 인정하고 이를 극복해 내야하며, '내가 나라는 점에서
만큼은 누구도 나를 능가할 수 없다.'는 것을 알아야 한다고 말한다.

"내가 나라는 것은 내가 지닌 최고의 가치야. 내가 나라는 점에 있어서만큼
은 그 누구도 나를 능가할 수 없는 거지. 그런데도 나는 울타리 저편만 보면서
내 인생을 낭비하면서 살고 있었어. 그것은 울타리 안의 꽃들을 짓밟는 짓이나
다름없었지.(강원희, 『어린 까망이의 눈물』)

생각해 보면 전쟁의 참혹함에서 새 생명을 얻은 브레드는 누구보다 평화를
위해 몸과 마음을 바쳐야 하다는 것을 다시금 깨달았다. 참전 용사인 아버지와
어머니는 전쟁의 희생자에 지나지 않았으나 브레드 자신은 희망이고 싶었다.
희망은 제 2의 혼이라고 하지 않던가? … 브레드는 다시 태어나도 아버지의 아
들로 태어나고 싶었다. 그 때는 지나간 전쟁의 절망에 대해 말하지 않고 평화
를 위한 희망에 대해 이야기를 나누리라.(강원희, 『어린 까망이의 눈물』)

브레드는 순미처럼 '차별 대신에 차이'를 존중하는 여러 사람들을 미
국에서 만나면서 자기 소외와 분열에서 벗어나 자신의 혼종적 정체성을
인식하게 된다. 성인이 된 후 전쟁을 반대하는 운동을 전개하거나 한국
에 돌아와 사회적 약자를 돕는데 앞장서는 브레드의 모습은 혼종적 정
체성을 인정하는 주체들이 더 발전할 수 있다는 것을 말해 주는 것이며,

나아가 브레드가 두 나라 혹은 두 문화의 가교 역할을 수행해 가고 있다는 것을 보여준다.

이처럼 혼종적 주체가 자기만의 정체성을 인식하고 회복하는 문제는 비단 개인의 문제일 뿐 아니라 그가 속한 사회의 역사적, 문화적 현실을 변화시키는 것이기도 하다.[35] 아민 말루프가 언급한 "자신의 신분적 다양성을 완전히 인정할 수 있는 사람들은 서로 다른 다양한 공동체와 문화 사이를 '중계'하는 데 봉사할 것이며, 그들이 살고 있는 사회 속에서 일종의 '시멘트(유대)' 역할을 할 것이다. 반면 자신들의 고유한 다양성을 인정할 수 없는 사람들은 때때로 정체성에 관련된 살인자들 중에서도 가장 잔인한 사람들이 될 것이다."[36]라는 말은 브레드의 경우를 잘 설명해 준다고 할 수 있다.

5. 결론

최근 들어 다문화주의를 넘어서 유럽의 '상호문화주의'를 배워야 한다는 주장이 제기되고 있다. 전체나 집단보다는 개인의 다름을 인정하고 상호 소통하는 가운데서 다문화 사회가 지닌 근본적인 문제의 해법을 찾겠다는 것이 주요 논지이다.[37] 이는 파농이 제시한 "흑과 백 사이의 '진정한 의사소통이' 가능한 '새로운 휴머니즘'"[38]의 의미를 넘어서는 것으로, 집단간 문화간의 문제가 아니라 개인대 개인의 '관계'에 더

---

35 양석원, 앞의 책, 85쪽.
36 아민 말루프, 박창호 옮김, 『사람잡는 정체성』, 이론과 실천, 2005. 51쪽.
37 홍종열, 「EU의 다문화교육정책과 글로컬 전략」, 『다문화 담론의 갈래와 함의—2011 한국외대 철학연구소/다문화교육원/연구재단 문체론 용어 사전 연구팀 공동학술대회 자료집』, 2011. 10. 29.
38 양석원, 앞의 책, 85쪽.

욱 주목하는 것이다.

　이러한 움직임들은 레비나스의 '자아'와 '타자'의 관계를 떠올리게 한다. 자아는 타자와의 만남을 통해 내가 세계를 공유하고 있다는 것을, 세계는 나의 유일한 소유물이 아니라는 것을 깨닫게 해 준다.[39] 타인의 고통을 보고 윤리적 주체를 세우는 자아, 타자에 대한 책임을 사유하는 레비나스의 윤리학을 떠올리며 다문화 사회 속에서 바람직한 공존과 상생의 미학을 생각해 보아야 할 것이다.

(『한국아동문학연구』 21권, 2011. 12)

---

39 콜린 데이비스, 김성호 옮김, 『임마누엘 레비나스 - 타자를 향한 욕망』, 다산글방, 2001. 96쪽.

정부수립기 아동문학교육

초등 『국어』 교과서와 아동잡지 수록 제재 분석을 중심으로

1. 들어가는 말

정부수립기 아동문학교육은 "3년간에 걸친 미군정에 의한 교육행정이 1947년 과도정부 체제가 유지되고 있는 상태에서 대한민국 정부 수립과 함께 그 전반적인 질서를 승계하고, 국체과 주권을 내외에 천명한 헌법이 1948년 7월 17일에 제정 공포된 것과 그에 뒤이어 1949년 12월 31일 교육법이 제정, 공포되"[1]는 일련의 역사, 교육적 배경을 기반에 두고 있다. 이 시기는 한국에서 신생정부가 수립되는 역사적 시기이며 아동문학교육사적으로도 제 1차 교육과정기를 준비하는 과도기로서 큰 의미를 지니는 시기이다.

정부수립기는 해방기 아동문학교육의 연속적인 흐름과 파장 속에서 아동문학교육의 맥을 이어가는 시기였다. 해방기에는 일본어에 국어의 지위를 넘겨주었던 국어의 복권이 아동문학교육 분야에서 시급히 해결될 사안이었으며, 역사적 급변기에 아동들에게 문학을 통해 계몽을 하

---

1 이종국, 『한국의 교과서 출판 변천 연구』, 일진사, 2001. 232쪽 참고.

고자 관심을 쏟았던 좌익과 우익 단체들의 발 빠른 대응으로 서로 다른 이념적 기반을 가진 아동문학교육론이 쏟아져 나왔다. 당시의 국어교과서 『초등국어교본』은 미군정이 급조한 교과서로 일제 강점기하의 교과서 제재를 재수록한 경우가 대부분이었으며 여러 면에서 수많은 시행착오를 거듭하면서 해방 후 아동문학교육의 재건에 고심했던 시기였다.[2]

정부수립기는 해방기의 혼란에 못지않게 크나큰 정치적 변화를 경험하는 역사적 격동기로서 아동문학교육 또한 변화를 맞이하는 시기였다. 이 시기 아동문학교육에 관한 그간의 논의를 살펴보면 먼저 학교 교육과정과 교과서를 중심으로 한 제도권 교육 중심의 아동문학교육연구가 있다. 박붕배의 『한국국어교육전사 上, 中, 下』가 대표적인 성과물이라고 할 수 있다. 박붕배는 교과서를 중심으로 아동문학교육의 공식적 측면을 연구하였다. 정부 수립기는 『한국국어교육전사 中』에서 다루고 있는데, 이 시기를 '과도기'[3]라고 칭하면서 당시의 초등국어교과서 『초등국어』(일명 '바둑이와 철수')의 성격을 규명하고 목차를 학년별, 단원별로 정리하였다. 다만 국어교육의 범주 속에서 목차들을 정리하고 있으며 문학제재를 따로 뽑은 것은 아니다.

서울대 국어교육연구소의 윤여탁 외는 『국어교육100년사 Ⅰ, Ⅱ』에서는 근대 100년간을 통해 한국의 어문교육이 어떻게 형성되어 왔는지를 살피고 있는데, 해방기부터 전쟁기 즉, 해방부터 교육과정기 이전까지의 시기를 '건국기'[4]로 규정하였다. 이 연구는 박붕배의 『한국국어교육전사』의 개괄적인 분석을 넘어서서 보다 심도 깊은 논의를 보이고 있으

---

2 박영기, 「해방기 아동문학교육」, 『청람어문교육』, 2010. 6.
3 박붕배는 대한민국 독립정부가 출범하는 1948년 8월 15일부터 제 1차 교육과정이 공표되는 1955년 8월 1일 까지를 과도기로 보았다. 박붕배, 『한국국어교육전사 中』, 대한교과서 주식회사, 1987. 2쪽 참고.
4 "건국기는 교육에 대한 긴급조치기(1945~1946)와 교수요목기(1946~1954)를, 정치적으로는 미군정기와 정부수립기를 포괄하는 시기를 지칭한다." 윤여탁외, 『국어교육100년사 Ⅰ』, 서울대학교 출판부, 2006. 324쪽.

며, 정규 교육과정 내에서 이루어진 아동문학교육의 양상도 알 수 있도록 하였다. 강진호 외는『국어교과서와 국가 이데올로기』에서 국어교과서 정책과 이데올로기의 구현양상 분석 부분에서 교수요목기의 국어교과서 정책을 다루고 있다. 이종국은『한국의 교과서 출판 변천 연구』에서 교수요목기의 교육 과정과 교과용 도서 편찬 현황, 편수 활동의 주변에 관해 비교적 자세하게 서술하였다.[5] 정준섭은『국어과 교육과정의 변천』에서 광복 후 교수요목 제정부터 제6차 교육과정까지 교육과정의 역사적 전개를 살피고 있다. 교수 요목기(1945~1955)를 '태동기'[6]라고 규정하였으며, 이 시기에 대한 개략적이고 소개적인 논의를 진행하였다.

이 시기에 민간 분야 즉, 비제도권에서 이루어진 아동문학교육 논의는 거의 없다. 최근 신문, 잡지 매체를 중심으로 이 시기 아동문학에 대한 연구가 조심스럽게 이루어지고 있는데 이러한 연구를 진행하면서 보조적으로 교육과 연계되는 부분에 관한 논의가 진행되기도 하였지만 본격적으로 아동문학교육을 대상으로 한 경우는 전무하다. 또, 아직까지 정부수립기 아동문학교육의 전모를 파악할 수 있는 학위논문이나 소논문이 쓰여지지 않은 상태이다.

본고에서는 박붕배가 영인한 정부수립기 초등교과서『초등국어』(1946. 10~1949. 12.)를 수집하였고, 당시에 출간되었던 아동잡지『소학생』(1946. 2)을 수집하여 이 시기 아동문학교육 연구를 위한 기본 텍스트로 확정하였다. 먼저 한국에서의 아동문학교육이 남한 단독정부수립이라는 일련의 정치, 사회적 국면을 맞이하여 어떠한 이념적 기반 하에서

---

5 이종국은 미군정기 및 교수 요목기의 시기를 교수요목의 태동기로 보았으며, 이를 다시 네 개의 시기로 나누어 보고 있다. 1) 교육 활동 긴급조치기(1945. 8. 15~1946.9.) 2) 교수요목 제정, 적용기(1946.9~1948.8.), 3) 교수요목 계승기(1948.8.~1950.6.), 4) 전시하 교수요목변화 적용기(1950.6.~1954.4.). 이종국, 앞의 책, 280쪽.
6 정준섭,『국어과 교육과정의 변천』, 대한교과서 주식회사, 1995. 39쪽.

어떤 방식으로 현실적인 대응을 해 나갔는지 그 양상을 살피고, 그 구체적인 성과물은 무엇인지에 관하여 총체적으로 탐색할 것이다.

2. 정부수립기 아동문학교육의 기획과 전개

정부수립기 아동문학교육은 학교에서 국어교육의 범주 속에서 수행되었던 공식적 문학교육과 학교 밖의 민간 아동잡지를 통해 이루어진 비공식적 문학교육으로 크게 나누어 생각할 수 있다. 이 시기는 해방기에서 보여주었던 좌익과 우익의 이원적 문학교육 담론이 남한 단독 정부 수립을 계기로 일원화 되는 시기이며, 해방기에서 보여주었던 치열한 이념 대립에서 벗어나 우익 중심으로 문학교육의 이념성이 확실하게 자리 잡는 시기이다.

이 시기 초대 문교부 장관으로 임명된 안호상 박사는 해방기에 '조선교육연구회'라는 단체를 설립하여 미국식 민주주의 교육 이념에 입각한 미군정의 교육방침에 비판적 의견을 내고, 상대적으로 민족의 우선을 강조하는 입장을 드러냈던 인물이다.[7] 그러나 과거 내력과 달리 이승만에 의해 초대 문교부 장관으로 임명되는데, 여기에는 이승만이 김성수 세력을 견제하기 위해 이범석과 관계하는 상황에서 이범석과 친분을 갖고 있던 안호상을 염두에 두었다는 점과 평소 우익지도자로서 안호상이 보여준 위상, 일민주의 사상이 이승만에게 크게 다가갔을 것이라는 배경이 깔려 있다.[8]

안호상은 미군정기 조선교육심의회에서 채택된 '홍익인간'의 교육

---

7 박영기, 앞의 논문, 428~429쪽 참고.
8 한준상, 정미숙, 「1948~53 문교정책의 이념과 특성」, 『해방전후사의 인식4』, 한길사, 1989. 344~345쪽.

이념에 대폭적으로 찬성하면서 일민주의와 홍익인간 교육이념상의 조화를 역설했으며, 초대 문교 정책의 당면과제를 국내적으로는 이승만의 통치이데올로기로 수입된 자유민주주의를 확고히 하는 것으로 보았고, 국외적으로는 공산주의와 대항하여 국토와 사상의 분열을 통일하는 것으로 보았다.[9] 그가 주장한 '일민주의'는 이후 이승만과 권력에서 유착 관계를 형성하는 좋은 매개가 되어 통치 집단의 정당성 확보에 기여하게 된다.

정부수립기 교육이념의 단초가 된 '홍익인간'의 이념은 조선교육심의회 백낙준이 최초로 제안한 것이었는데, 이에 대해 반대 의견을 표출한 이들도 있었지만 마침내 교육법 제 1조 중 목적을 규정한 내용에 반영되며,[10] 해방기 이후 정부 수립기에 이르기까지 지배적인 교육이념으로 자리 잡게 된다.

교육은 홍익인간의 이념 아래 모든 국민으로 하여금 인격을 완성하고 자주적 생활 능력과 공민으로서의 자질을 구유케 하여 민주 국가 발전에 봉사하며 인류 공영의 이상 실현에 기여하게 함을 목적으로 한다. (교육법 제 1조 중)

'일민주의'는 '민족교육'을 주창하며 나온 사상이었지만, 일관성을 가진 사상이라고 보기 어려우며, 새 정부 수립이라는 특별한 시기에 공산주의나 김구, 김규식의 민족주의에 대항하기 위해서는 부정 일변도의 논리인 반공주의만으로는 안 되고 다른 무언가를 제시해야 한다는 강박감에서 임시대응책으로 나온 이데올로기였다.[11] 안호상은 민주적 민족교육 혹은 일민교육의 취지를 다음과 같이 밝히고 있다.

---

9 위의 논문, 346~348쪽 참고.
10 이종국, 『한국의 교과서 출판 변천 연구』, 일진사, 2001. 232~234쪽 참고.
11 서중석, 『이승만과 제 1 공화국』, 역사비평사, 2007. 54~55쪽 참고.

홍익인간의 이념을 실현하기 위하여 우리는 사람을 의리의 사람·기술의 사람·용기의 사람으로서 온사람(全人)을 만들어 우리의 사상건설·경제건설·무력건설을 빨리 또 튼튼히 하지 않으면 안된다 … 온사람인 낱사람(개인)과 한백성인 한민족과, 또 한백성인 온백성(全民 全人類)을 지향하는 우리 교육을 구미식 개인, 자본주의적 민주교육과 소련식 계급, 공산주의적 민주교육(사실 독재교육임)과 구별하기 위하여 민주적 민족 교육 혹은 일민교육이라 하였다.[12]

이처럼 일민주의는 해방 후 사회 일원에 잠재해 있던 민중의 민족주의적 성향을 고려한 정치적 통합의 수단으로 등장하여 이승만의 지지기반을 획득하기 위한 정치적 이데올로기로 변모하게 되었다.[13] 이러한 '일민주의'의 이념적 기반에 따라, 1948년 발생한 여수, 순천, 제주, 대구의 저항사태는 강경한 탄압을 받게 되고 교육계에서도 좌익교사와 학생에 대한 배제 작업이 전국적 규모로 시행된다. 1949년 1월에는 서울 시내 초, 중등 교장회의에서 불온교사 숙청협회가 이루어지고 3월에는 대대적인 파면, 숙청이 있었다. 이로 인해 학원에서의 사상은 일민주의로 통일되고 전반적인 교육통제 도구로 이용되었다.[14]

일민주의는 미국식 민주교육을 비판하면서 민족 교육을 주장하였지만 반공이데올로기의 확산을 목적으로 한다는 점에서 미군정 이후 지속된 미국 교육의 영향권 내에 있었다.[15] 이러한 정치적 맥락 속에서 보면 정부수립기는 문교부 이념이 친미적 성향과 반공 이데올로기로 구체화되는 시기라고 볼 수 있다.

---

12 한국교육 10년사 간행회편, 『한국교육 10년사』, 풍문사, 1960. 88쪽. (이광호, 「미군정의 교육정책」, 『분단시대의 학교교육』, 푸른나무, 1989. 60쪽. 재인용.)
13 이광호, 위의 논문, 61쪽 참고.
14 정미숙, 「한국 문교정책의 교육이념 구성에 관한 분석」, 『분단시대의 학교교육』, 푸른나무, 1989. 116~117쪽 참고.
15 위의 논문, 122쪽 참고.

이처럼 정부수립기는 우익적이고 반공주의적 성향이 팽배했던 교육 여건 속에서 집필된 국어 교과서를 주매체로 공식적인 아동문학교육이 전개된 시기이며, 아동잡지 『주간소학생』(1946. 2), 『어린이』 복간호 (1948. 5), 『소년』(1948. 8) 등의 매체를 매개로 비공식적 아동문학교육이 함께 수행되었다. 그러나 아직은 교과서나 아동잡지 매체에 반공주의가 전일적으로 관철되어 나타나지 않은 상태이며, 부분적으로 그 모습을 드러내는 양상을 보였다. 반공주의의 양상은 이후 전쟁기 교과서나 잡지 매체에서 적극적으로 발현된다.

비공식적으로 문학교육을 담당했던 아동잡지 매체를 살펴보면 공식 적인 학교 교육의 영역을 뛰어 넘어서 아동문학교육 담론을 선도해 나 가는 적극적인 면모를 보이기보다는, 아동문학 작품을 다양하게 수록하 면서 꾸준히 아동문학과 문화 운동을 이끌어 가고 있음을 알 수 있다. 구체적으로 잡지 매체에서 비공식적 아동문학교육의 이념성과 사상성 을 찾을 수 있는 글을 찾을 수는 없지만 기초적인 아동문학교육 자료를 통해 당시 문학교육의 흐름을 유추해 볼 수 있다.

3. 아동문학교육의 성과 2
―『초등국어』를 중심으로

정부수립기에는 해방기 임시교재의 성격이 짙었던 『초등국어교본』의 조악한 수준을 어느 정도 극복한 『초등국어』 교과서가 등장하게 된다. 『초등국어교본』은 해방기의 급박한 상황에서 민간 재야 단체 '조선어학 회'의 주도로 제작되었지만, 정부수립기의 교과서 『초등국어』는 정부 주도로 문교부에서 제작된다. 1946년 10월 30일 발행된 교과서 가격은 14원, 1948년 10월 5일 발행된 교과서 가격은 '바둑이와 철수' 1학년

1학기 기준으로 85원이며, 발행자는 각각 군정청 문교부와 문교부로 되어 있고, 인쇄 겸 발행소는 조선서적인쇄주식회사로 되어 있다.

『초등국어』는 일명 '바둑이와 철수' 교과서라고 불리는데, 남한 단독 수립으로 새로운 시대를 맞이하고자 하는 의지가 담겨져 있는 교과서이다. "1946년 10월에서 1949년 12월까지 전권이 발간된 것으로 확인되고 있다."[16] '바둑이와 철수'는 1학년 1학기 교과서의 제목으로 명기되어 있으며, 1학년 2학기에는 '학교와 들'이 '초등국어 1-2' 밑에 부제로 제시되어 있어서 제목을 표기하는 데에 체제상의 변화가 보인다. '바둑이와 철수'는 1학년 1학기에 지속적으로 등장하는 철수와 바둑이를 제목으로 삼은 것인데 철수의 누이들인 영이와 순이도 1단원부터 함께 등장하지만, 남아인 '철수'를 제목에 넣음으로써 강인한 인상을 주려고 했던 것으로 짐작해 볼 수 있으며, 한편으로는 남자 어린이를 선호하는 의식이 은연중에 깔려 있다고도 해석할 수 있다.

이 시기의 교육 방침은 해방기 교수요목의 교육 목표를 계승하는[17] 것으로, "1946년에 시행된 '교수요목'은 독립정부 수립 이후 그 효력을 상실함이 원칙이었을 터이나 정부 수립이후에도 6.25 전쟁이 끝나고 안정을 되찾아 제1차 교육과정이 공포된 1955년까지 이 교수요목은 교육과정 형태의 유일한 것으로 존재하였다."

1946년 시행된 교수요목을 살펴보면 초등학교와 중학교가 동일하게 '1. 교수요지, 2 교수 방침, 3. 교수사항, 4. 교수의 주의'로 되어 있으며 끝에 각 학년 교수 시간 배당 표준이 제시되어 있다. 교수 요지를 살펴보면 "국어는 일상생활에 필요한 말과 글을 익혀 바른 말과 맞는 글을 깨쳐 알게 하고, 또 저의 뜻하는 바를 바르고 똑똑하게 나타낼 수 있도록 힘을 길러주고, 아울러 지혜와 도덕을 북돋우어, 국민 된 도리와 책

---

16 윤여탁 외, 『국어교육 100년사 Ⅰ』, 서울대학교 출판부, 2006. 355쪽. 각주 46 참고.
17 이종국, 앞의 책, 280쪽 참고.

임을 깨닫게 하며 우리 국민성의 유다른 바탕과 국민 문화의 오래 쌓아
온 길을 밝히어, 국민정신을 담뿍 길러 내기에 뜻을 둔다."로 되어 있으
며, 국어 교과의 영역은 '읽기, 말하기, 짓기, 듣기, 쓰기'의 5개로 설정
하였다.[18]

　이러한 측면은 새로운 정부가 수립되었음에도 불구하고 교육 정책은
가시적인 측면에선 큰 변화 없이 그 명맥이 유지되었다는 점을 의미한
다.

　정부 수립기 아동문학교육의 성과를 살펴보기 위하여 『초등국어』교
과서의 문학 제재들을 분석해 보면 아래와 같다. 1학년은 독립된 문학
제재가 수록되지 않아서 2~6학년만 목록화하였다. "초등 국어 1-1은
12개의 단원이 하나의 이야기 형식으로 기술되어 있어 매 단원의 내용
이 이어지는 듯한 인상을 준다. 이 책은 미국에서 들어온 경험주의 교육
과정에 기반하여 만들어진 교과서로서 생활 및 아동 중심의 생활 감상
문 장르가 많이 등장한다. 또한 그 이전에 있었던 '익힘 문제'와 같은 학
습 활동은 보이지 않고 독본 위주로 만들어졌다."[19]

『초등국어』 1~3학년 교과서 수록 문학 제재 목록[20]

	2학년	3학년
우화	양먹이는 아이(2-1, 10과), 가재와 굼벵이(2-1, 14), 염소 두마리(2-1, 30), 꼬리잘린 여우(2-1, 32), 준치와 오징어(2-1, 34), 꾀많은 당나귀(2-2, 4), 박쥐(2-2, 12), 농부와 종달새(2-2, 19), 개미와 비둘기(2-2, 21)	바람과 해(3-1, 21), 힘을 합하자(3-2, 2), 말 두 마리(3-2, 10)

---

18 정준섭, 앞의 책 41쪽.
19 윤여탁외, 앞의 책, 355쪽.
20 근대 초등 국어 교과서부터 1940년대 교과서까지 이미 교과서에 수록되었던 문학 제재를 재
　수록한 경우에는 밑줄로 표시하였다.

전래동화	금도끼(2-2, 8), 청개구리(2-2, 22)	의좋은 형제(3-1, 15), 호랑이(3-1, 30), 삼년고개(3-1, 31), 유명한 재판(3-1, 33), 길에 놓인 돌(3-2, 5), 걱정(3-2, 14)
인물동화		윤회(3-1, 29), 홈 패인 우물전(3-2, 7), 부벽루와 김황원(3-2, 16), 솔거(3-1, 27)
창작동화		우체통(3-1, 13), 손가락(3-1, 16), 나의 꽃밭(3-2, 19)
전래동요	아가아가 일어나라(2-1, 2), 어깨동무(2-1, 8), 꼭꼭 숨어라(2-2, 7), 개구리(2-2, 22)	어디만큼 오나(3-1, 28)
동요	설날(2-1, 25), 때때신(2-1, 28), 고드름(2-1, 31), 초생달(2-2, 3), 개나리(2-2, 10 삽입시, 봄나들이), 봄동산(2-2, 11), 제비(2-2, 13 삽입시), 사금파리(2-2, 28), 별노래(2-2, 29 삽입), 우리 동무(2-2, 31)	갈잎배(3-1, 3), 달맞이(3-1, 7), 가을맞이(3-1, 10), 낮에 나온 반달(3-1, 14), 그림자(3-1, 17), 봄편지(3-2, 4), 밤(3-2, 9), 달마중(3-2, 13), 줄넘기(3-2, 17), 나팔꽃(3-2, 20), 달놀이(3-2, 25), 호박꽃(3-2, 28), 고추잠자리(3-2, 31)
동시	밤 한 톨(2-1, 5), 단풍잎(2-1, 13), 눈사람(2-1, 21), 징검다리(2-2, 15)	별(3-1, 23)
동극	개미와 매미(2-1, 12)	동무(3-2, 12), 참새와 파리(3-2, 18)
시조		
신화설화	박혁거세(2-2, 6)	

『초등국어』는 같은 시기 발행된 『중등국어교본』과 달리 필자가 적혀 있지 않다. 동시기 중등 교과서에 '저자'가 명시되어 있는 점과 비교해 보면 아직은 초등국어교육에 대한 인식이 미미했음을 확인할 수 있다.

1학년 1학기 교과서는 문학 제재를 독립적으로 배치하지 않고, 철수네 가족을 주인공으로 삼아서 누이인 영이와 순이, 아버지와 어머니, 할아버지와 할머니가 함께 어울려 지내는 일상을 보여주고, 여러 에피소

드를 배치하여 새로운 단어를 소개하거나 언어 예절을 함께 소개하는 방식을 취하였다. 교과서 끝에는 〈새 낱말〉을 페이지별로 수록하여 학습활동에 도움이 되도록 하였다. 1학년 2학기 교과서는 집을 벗어나 학교에서 선생님, 친구들과 지내는 과정이나 자연 속에서 즐겁게 노는 모습 등을 보여주면서 새로운 단어나 예절 등을 소개하였고, 아이들의 놀이에 어울리는 「달」, 「냇물」, 「비누 방울」, 「여름」 등의 동시를 중간 중간 삽입하여 전체적인 분위기를 살려 주었다.

2학년 교과서 문학 제재를 살펴보면 2-1에 순서상 첫 작품으로 수록되는 문학제재는 전래동요 「아가아가 일어나라」(2-1. 2)이다. 새들의 지저귀는 소리, 방아와 빨래 소리가 들리는 활기찬 아침이 되자 아가들에게 어서 일어나라고 얘기함으로써 '근면과 성실'이라는 학생의 본분을 일깨워주는 동요이다.

처마끝에 참새소리
뒷동산에 까치소리
네머리에 해돋는다.
아가아가 일어나라
어서어서 일어나라
방앗간에 방아소리
앞냇가에 빨래소리
네머리에 해돋는다
아가아가 일어나라
어서어서 일어나라.

이밖에 윤석중의 동시 「밤 한 톨」(2-1. 5), 전래동요 「어깨동무」(2-1. 8)가 앞부분에 배치되어 새로운 학기를 맞이한 어린 학생들의 활기찬 내면세계를 보여주었다. 동요, 동시, 전래동요 등의 운문 분야는 산문 분야보다 새로운 작품을 선보이는 데에 적극적이었던 것으로 여겨지는데, 이러한 경향은 아동들이 운문을 통해 새로운 정서를 수용하는데 큰 도움이 되었을 것으로 보인다. 저자를 확실히 알 수 있는 작품으로 2학년 1학기에는 윤극영의 「설날」(2-1, 25), 유지영의 「고드름」(2-1, 31)이 교과서에 처음으로 수록되었고, 2학년 2학기에는 이원수의 「징검다리」(2-2, 15), 윤석중의 「밤 한 톨」(2-1, 5), 「때때신」(2-1, 28), 「초생달」(2-2, 3), 「봄나들이」(2-2, 10)가 수록되었다.

우화, 동화, 신화 등은 기존 교과서에 이미 수록되었던 것을 재수록하는 비율이 높았다. 신규 수록된 전래동화 「청개구리」(2-2, 22)는 근대 이후 국어 교과서에 처음 소개되는 전래동화이다. 일제 강점기 교과서에 수록되었던 전래동화들 다수가 '정직'과 '선함', '무욕', '분수를 앎'(흥부와 놀부, 금도끼, 욕심많은 개, 소와 개구리 등)을 강조하고 있어서 일제가 피지배국 국민에게 강조하였던 품성을 엿볼 수 있는데, 이 시기에 들어서면 그러한 전래동화 일변도에서 탈피하여 부모에 대한 '효심'을 재미있고 우의적으로 표현한 동화를 수록하여 아동들이 접할 수 있게 하였다.

3학년 교과서 문학 제재를 살펴보면 2학년에 비해 우화의 수가 줄어들고 전래동화, 인물동화, 창작동화의 수가 늘었다. 이는 중등 학년 정도로 접어들면서 우의적으로 주제를 드러내는 우화보다는 직접적으로 의미를 전달하는 동화가 더 적합하다는 측면이 작용한 것으로 보인다. 인물동화는 해방기 『초등국어교본』에는 단 한 편도 수록되지 않았는데, 정부 수립기 교과서에 3학년부터 수록되기 시작하여 고학년이 될수록 비중이 커졌으며, 고학년으로 올라갈수록 신규수록 제재가 상대적으로 많아졌다.

3학년 들어 새롭게 수록된 창작동화 3편 중 「손가락」(3-1, 16)은 다섯 손가락이 서로 자기가 제일 장하다고 뽐내다가 모두 힘을 합쳐 자기 일을 충실히 하는 것이 중요하다는 새끼손가락의 말을 듣고 부끄러워하는 내용으로, 교훈적인 주제를 담고 있다. 「나의 꽃밭」(3-2, 19)은 '나'가 꽃밭에 물을 주고 꽃을 키우는데 이를 잊어버린 어느 날 꽃이 힘없이 고개를 숙이고 나비와 나누는 대화를 듣고 '나'는 실수를 깨닫고 물을 주자, 봉숭아꽃은 고개를 흔들고 나비는 꽃 사이를 너울너울 날아다녔다는 내용이다. 짧지만 어린 동심과 서정이 느껴지는 창작동화이다. 「우체통」(3-1, 13)은 일제 강점기 국어 교과서 『보통학교 조선어독본』(1930~1935년 발간) 3권 26에 수록된 것으로 아직은 새로운 창작동화를 수용하고 이를 교과서에 수록하는데 적극적이지 못했다는 측면을 확인할 수 있다.

동요, 동시는 2학년과 마찬가지로 거의 새로운 작품들이 수록되었으며, 작품 편수도 많았다. 저자가 확인되는 작품은 윤석중의 「낮에 나온 반달」(3-1, 14), 「그림자」(3-1, 17), 「달마중」(3-2, 13), 서덕출의 「봄편지」(3-2, 4), 곽노엽의 「나팔꽃」(3-2, 20), 강소천의 「호박꽃」(3-2, 28) 등이 있다. 『초등국어』에는 해방기 국어 교과서 『초등국어교본』에 윤석중의 동요, 동시가 압도적으로 많았던 것과 비교하여 볼 때, 이원수, 윤극영, 유지영, 서덕출, 강소천, 곽노엽 등으로 다양한 시인들의 작품이 수록되어서 작가 수용의 폭이 커졌음을 알 수 있다.

동극도 신규 제재로 2편이 수록되어 상대적으로 그 비율이 증가한 것을 확인할 수 있다. 「동무」(3-2, 12), 「참새와 파리」(3-2, 18)는 교과서에 처음 수록되는 제재인데 본격적인 아동극의 형식이 아니라 부분적으로 대화체가 섞여 있는 아동대화극 형식을 갖추고 있다.

『초등국어』 4~6학년 교과서 수록 문학 제재 목록

	4학년	5학년	6학년
우화	당나귀(4-1, 21)	사자와 새앙쥐(5-2, 14), 황소와 거미(5-2, 25)	
전래동화	흥부와 놀부(2-1, 11), 샘물(4-2, 21), 샘직이	깨끗한 마음(5-1, 10), 심청(5-2, 10), 그물에	효녀지은(6-1, 22), 종소리(6-1, 29)

		걸린 잎(5-2, 18), 묶은 화살(5-2, 20)	
인물동화	링컨(4-1,29),거북선(4-1, 33), 무훈의 정성(4-2, 4), 서경덕(4-2, 9)	도마스 에디슨(5-1, 3), 김정호(5-1, 5), 주시경(5-1, 6), 월광곡(5-1, 8), 음악가 마리오(5-1,9),한석봉(5-1, 18), 구진천(5-1, 21), 최영장군(5-1, 22), 플로렌스 나이팅게일(5-1, 29), 이노인(5-2,8), 황희(5-2, 12), 골럼버스(5-2, 21), 자동차왕(5-2, 31)	장 속의 새(6-1, 3), 세종대왕(6-1, 9), 율곡 선생(6-1, 14), 백장스님(6-1, 18), 큐리 부인(6-1, 20), 서가모니(6-1, 26), 아르키메데스의 원리(6-1, 31), 등대직이의 딸(6-28, 3), 이윤재(6-2, 6), 퇴계선생(6-2, 14), 공자와 그 제자(6-2, 18), 소년 뻬떼l(6-2, 27)
창작동화	개울물(4-1, 2), 달과소녀(4-1, 5)	새아씨의 꿈(5-2, 7)	크리쓰마스 송가(6-1, 24), 누구의 어머니(6-1, 28), 천거장(6-1, 30), 금시계1(6-2, 12), 금시계2(6-2, 13)
전래동요			
동요	추석(4-1, 4), 저녁달(4-1, 8), 아기의잠(4-1, 13), 나무타령(4-1, 17), 어머니 가슴(4-1, 24), 눈꽃송이(4-1, 28), 학교 가는 길(4-1, 32), 조선의 꽃(4-2, 1), 참새(4-2, 6), 아롱다롱나비야(4-2, 11),어린이날(4-2, 14), 어머니(4-2, 19), 산바람 강바람(4-2, 25),등대(4-2, 28)	소나기(5-1, 7), 반달(5-1, 13), 기러기(5-1, 19), 백두산(5-1, 32), 이순신 장군(5-2, 1), 봄이 왔어요(5-2, 5), 미음드레(5-2, 9), 제비남매(5-2, 13), 부여(5-2, 16), 거미줄(5-2, 22), 저녁바다(5-2, 30)	별(6-1, 7), 토함산 고개(6-1, 27), 앉은뱅이(6-1, 32), 나의 조국(6-1, 35), 개나리(6-2, 7)
동시		새해맞이(5-1, 24 삽입시), 고기잡이(5-2, 27)	자유종(6-1,1),봄빛(6-2, 1)
동극	돼지의 재판(4-2, 3)		
시조 (옛시조,		옛시조(5-1, 25)	가을(6-1, 11), 어린이 시절(6-2, 23), 병아리

현대시조)			(6-2, 16), 대성암(6-2, 29), 옛시조(6-1, 16), 옛시조(6-2, 10)
신화설화	유리태자(4-1, 35), 소년 조각가(4-2, 17)		금을 사랑하는 왕(6-1, 10)

4학년 교과서 문학제재를 살펴보면 우화, 전래동화, 인물동화, 창작 동화가 절절하게 배분되어 있고, 동요는 역시 많은 수가 수록되어 있으며, 동극도 한 편 수록되어 있다.

창작동화 「개울물」(4-1, 2)은 일제 강점기 교과서 『보통학교 조선어독본』(1923~1924) 6권 5과 「水의 旅行」, 『보통학교 국어독본』(1930~1935년 발간, 일본어) 6권 4 「水ノ 旅」(물의 여행)과 유사한 구성이며 내용상의 변화가 있다. 「달과 소녀」(4-1, 5)는 달이 지난 밤 본 것을 이야기하는 형식으로 되어 있는데, 조그만 소녀가 병아리들과 어울리며 생긴 에피소드를 말해주는 잔잔한 동화이다.

동극 「돼지의 재판」(4-2, 3)는 완전한 동극의 형식을 갖춘 것이 아니라 부분적으로 대화체가 섞여 있는 아동대화극이다.

동요에서 저자가 확인되는 작품은 서덕출의 「눈꽃송이」(4-1, 28), 이은상의 「조선의 꽃」(4-2, 1), 목일신의 「아롱다롱나비야」(4-2, 11), 윤석중의 「어린이날」(4-2, 14), 「산바람 강바람」(4-2, 25), 이원수의 「어머니」(4-2, 19)가 있다. 이원수는 『아동문화』(창간호 1948. 11)에서 「어머니」가 교과서에 실리면서 '샀바느질'의 '샀'이 삭제되고 바느질로 무단 변경되었던 사정을 밝히고, 이는 바느질을 하여 생계를 꾸려가는 현실의 삶을 무시하고 안일한 생활만이 시의 내용이 될 수 있다는 그릇된 인식에서 나온 것이라고 비판한 바 있다.

5학년 교과서 문학제재를 살펴보면 전래동화는 네 편이 수록되어 있는데 이 중에서 「깨끗한 마음」(5-1, 10)은 일제 강점기 국어 교과서 『普

通學校 國語讀本』(1930~1935년 발간, 일본어) 10권 21「心の 洗濯(마음의 세탁)」의 것을 번역하여 재수록한 경우인데 일제의 잔재를 확인할 수 있는 부분이다. 「그물에 걸린 잎」(5-2. 18)은 어린 어부의 효성에 왕이 감동하여 금전을 보상으로 주는 이야기이다. 「묶은 화살」(5-2. 20)은 여러 형제를 거느린 한 노인이 아들을 불러 모아서 화살 한 개씩을 주고 이를 부러뜨리라고 하였다. 모두 쉽게 부러뜨렸는데 화살을 묶어서 해보라고 하자 아무도 할 수 없었다. 이에 노인은 형제들에게 묶은 화살처럼 합심하여 의좋게 지내라고 훈계하였고, 이 가정은 평화로운 가정이 되었다는 이야기이다.

인물동화는 4학년에 비해 제재의 수가 대폭적으로 늘어나며, 과학자, 음악가, 정치가, 탐험가, 학자, 간호사, 사업가, 무사 등 다양한 국가의 다양한 인물들의 이야기가 동화로 엮어져서 풍부한 인물들의 이야기를 접할 수 있게 하였다. 이 인물들은 에디슨, 주시경, 최영, 나이팅게일, 베토벤, 포드 등 정치적 배경이나 특정 이념을 드러낼 만한 인물들이 아니라 각 분야에서 두각을 나타낸 위인들이라는 점에서 그간의 교과서 수록 인물동화와 차별성을 갖고 있다.

창작동화 「새아씨의 꿈」(5-2. 7)은 조선 시대 고전 문학 작품인 「규중칠우쟁론기」와 흡사한 구성으로 어느 날 새아씨가 꿈을 꾸었는데, 양복장, 화류장, 그릇, 수저, 불집개, 부삽, 그릇들이 서로 요긴하다면서 싸우는 모습을 보고 웃다가 꿈에서 깨었다는 내용이다. 도구들을 의인화하여 각자의 역할과 그 소중함에 대해 이야기해 주었다.

운문 분야에서는 옛시조가 5학년에 들어서서 처음으로 수록되며, 동요는 4학년에 비해서는 그 수가 줄었지만 여전히 많은 수가 실렸다. 이 중에서 동요 「백두산」(5-1. 32), 「이순신 장군」(5-2. 1)은 일제 강점기 동안 일종의 금기어였던 것이 해방기 교과서에 수록되고, 이 시기 교과서에 재수록 된 제재이다. 저자가 확인되는 작품은 윤극영의 「반달」(5-1.

13), 윤석중의 「제비 남매」(5-2, 13), 박청남의 「봄이 왔어요」(5-2, 5)가 있다.

동시 「고기잡이」(5-2, 27)는 『조선어독본』(1930~1935년 발간) 5권 9과에 「漁夫歌」로 수록되었던 것을 제목만 바꾸어 해방기 교과서 『초등국어교본』에 재수록한 후 다시 『초등국어』에 수록한 것인데, 섬나라 일본의 정서가 물씬 풍기는 『普通學校 國語讀本』(일본어 교과서, 1920~1935년 발간) 11권 제 16과의 일본 동시 「我は海の子(나는 바다의 아이)」를 번역한 수준으로 보이는 동시이다.[21] 이러한 점을 보면 이 시기 교과서에 아직도 일제의 잔재가 남아 있음을 알 수 있는데, 이는 '이승만 정부의 내각 중 34. 4%가 대일 협력층'[22]으로 정부수립시에 친일 세력에 대한 철저한 응징과 절연이 이루어지지 않았다는 사실을 보여주는 것이다.

6학년 교과서 문학제재를 살펴보면 우화는 수록되지 않았으며, 인물동화는 5학년보다 제재수가 늘고 5학년과 마찬가지로 다양한 인물의 이야기를 실었다. 창작동화 「크리쓰마스 송가」(6-1, 24), 「누구의 어머니」(6-1, 28), 「천거장」(6-1, 30), 「금시계1」(6-2, 12), 「금시계2」(6-2, 13)는 모두 네 편으로 신규제재가 늘었다. 「크리쓰마스 송가」는 찰스 디킨스의 소설 「크리스마스 캐럴」을 동화로 개작한 것으로 교과서에 처음 수록되었다. 「누구의 어머니」와 「천거장」은 모두 삶 속에서 정직과 친절을 베푸는 소년들의 모습을 담은 생활동화류이다. 「금시계」는 교과서에 수록되는 방정환의 첫 동화 작품으로 의미가 있다. 효남이과 수남이의 우정과 정직이 주제인 작품이다.

신화는 한국, 일본 등 동양의 신화 일변도에서 벗어나 그리스 · 로마신화 「금을 사랑하는 왕」(6-1, 10)이 처음 수록되었다.

운문 분야에서는 가람 이병기의 현대시조가 처음으로 소개되는 점이

---

21 박영기, 앞의 논문, 434~435쪽.
22 임종국, 「제1공화국과 친일세력」, 『해방전후사의 인식 2』, 한길사, 2009. 177쪽.

주목해야 할 부분이다. 이병기의 작품은 「별」(6-1. 7), 「가을」(6-1. 11), 「어린이 시절」(6-2. 23), 「병아리」(6-2. 16), 「대성암」(6-2. 29)이 실리는데 이 중 후자 네 편이 시조이다. 6학년이 되어서 옛시조 외에 현대시조를 소개하면서 대표적인 시조 작가 이병기의 작품을 다섯 편 이상 실었다는 점이 특이하다. 동시 「자유종」(6-1. 1)은 조선의 독립을 기뻐하는 내용의 시로서 정부수립기에 들어서면서 교과서에 일제 강점기에 대해 비판적 시선을 견지하고 평가하는 동시들이 등장하기 시작했다는 점을 알 수 있다.

이상을 정리해 보면 『초등국어』는 해방기 임시교재로 만들어졌던 『초등국어교본』에 비해 신규 수록 제재가 대폭 늘었고, 운문분야에서는 여러 동요, 동시 작가들의 작품을 수용하였으며 옛시조와 함께 현대시조 수편을 수록하기도 하였다. 전래동화는 일제 강점기 교과서에 수록된 제재를 어느 정도 탈피하여 새로운 제재들이 실렸으며, 창작 동화도 짧지만 아동의 정서에 부합되는 작품들이 선별되어 새롭게 수록되었다. 인물동화는 이념성을 드러내는 인물보다는 다양한 분야에서 자신의 분야를 개척한 이들의 일화를 소개하여 그간 교과서 소재 인물동화와 차별성을 드러냈다. 그러나 아직도 일제의 잔재가 남아있는 제재가 재수록되기도 하고, 동극의 경우에는 본격적인 동극이 아니라 아동대화극 수준의 불완전한 동극이 수록되는 한계를 가지고 있었다. 결국 『초등국어』의 문학 제재는 해방기 국어 교과서보다 질적으로 양적으로 풍부하였다고 볼 수 있으나, 아직은 친미나 반공주의 이념의 흔적이 드러나지 않은 상태로 우익적 성향 정도를 보여주고 있다.

4. 아동문학교육의 성과 2

　—『소학생』을 중심으로

　　정부수립기 아동잡지 매체는 국어 교과서를 보조, 보완하는 기능을 가졌다. '아협'의 기관지격으로 발간된『소학생』[23]을 보면 '국민학교 어린이의 과외 교재'라고 소개되어 있을 정도였다. 실제 이 잡지를 주도한 윤석중은 당시 우익을 대변하는 인물로 꼽을 수 있지만 초기『주간 소학생』[24]의 필자를 살펴보면 좌, 우익을 망라하여 다양하게 분포되어 있는 것을 확인할 수 있다. 그러나 이러한 경향은 오래 지속되지 못하고 새롭게 남한만의 정부가 수립되자 우익 편향의 잡지로 변모하게 된다. 또, "이 시기 지면을 폭넓게 차지한 과학과 오락에 대한 기사는 이 잡지가 상업적, 대중적 성격으로 기우는데 큰 몫을 차지했다."[25] 71호(1949. 10.)호에 실린 좌담회 내용에 따르면 당시 독자가 20만에 달했다는 것을 알 수 있는데, 이를 통해 당시 이 잡지가 대중적 인기를 얻고 있다는 사실을 확인할 수 있다.

　　『소학생』을 통해 정부수립기 아동문학교육 담론을 살펴보면, 해방기에 좌·우 대립 속에서도 다양한 아동잡지 매체를 중심으로 치열한 아동문학교육담론이 형성되고, 이를 통해 학교제도나 혹은 공식적 아동문학교육을 선도하였던 것과 큰 차이를 보이는 것을 알 수 있다.[26] 이 시기의 아동잡지 매체는 해방기에 비해 다소 수동적으로 문학교육을 이끌어 나가고 있음을 알 수 있다. 『소학생』 소재 아동문학교육관련 논의를 목록화 하면 아래와 같다.

---

23 본고는 2010년 원종찬 편의『소학생』영인본 (역락)을 주요 텍스트로 하였다.
24 『주간 소학생』은 1947년 5월 1일부터 월간으로 변경되어『소학생』으로 명칭이 바뀐다.
25 김효진, 「소학생지 연구」, 단국대학교 석사학위논문, 1992. 15쪽.
26 박영기, 앞의 논문 참고.

이영철 어린이 한글 역사―우리 문화와 한글 (50호, 4280[27])(1947. 9.)

박영종, 동요 맛보기 1 (60호, 4281. 9.)

박영종, 동요 맛보기 2 (61호, 4281. 10.)

박영종, 동요 맛보기 3 (63호, 4281. 12.)

박영종, 동요 맛보기 4 (64호, 4282. 1, 2.)

박영종, 동요 맛보기 5 (65호, 4282. 3.)[28]

박영종, 동요 맛보기 6 (66호, 4282. 4.)

박영종, 동요 맛보기 7―프랑스의 어린이 (67호, 4282. 5.)

박영종, 동요 맛보기 8―수수께끼 동요 (68호, 4282. 6.)

애독자 여러분이 좋아하는 시인 소설가 화가 좌담 (71호, 4282. 10.)

어린이날 기념 현상 〈동요와 작문〉 모집 (66호, 4282. 4. 22쪽)―동요 9,007
편, 작문 7,523이 응모. (68호, 4282. 6. 21쪽)

『소학생』에는 어린이 한글 역사라는 코너가 연재되는데, 1947년 9월
호에는 〈우리 문화와 한글〉이라는 주제가 실렸다. 한국의 자랑인 '한글
로 좋은 글을 써서 우리 겨레에게 큰 감명을 주고 문화를 향상시키자'
는 논지로서 아동들에게 한글의 알리고 이러한 글자로 좋은 글을 많이
쓰자는 문학교육의 취지가 담겨 있다.

박영종[29]의 「동요 맛보기」는 1948년 9월부터 1949년 4월까지 8회 연
재되었는데, 잡지명이 『주간 소학생』이었던 창간 초기에 13회에 걸쳐
연재된 「동요짓는 법」(1945~1946)과 맥을 같이 한다. 박영종은 일제 강
점기 1930년대 말부터 '아동자유시 운동'으로 동시교육에 지대한 관심

---

27 잡지에 발행일이 단기로 표기되어 있어서 그대로 표기하였다. 단기 4280은 서기 1947년이다.
28 2010년 원종찬 편의 &#56194;&#56404;소학생&#56194;&#56405; 영인본(역락)에는 65
호가 누락되어 있어서 「동요 맛보기 5」는 미처 살펴보지 못했다.
29 박목월의 본명.

을 쏟았으며, 『아희생활』(1940년)에도 「동시 독본」을 연재한 바 있는데, 해방기 『소학생』에는 다시 동요 교육으로 회귀하여 「동요짓는 법」을 연재하였다. "「동요 짓는 법」은 「동시 독본」과 유사한 형식으로 동요를 쉽게 쓰는 법을 세밀하게 안내해 주는 동요창작방법 이론문과 같다. 동요의 정의, 재미있고 감동 있는 동요의 조건, 우수 동요 소개와 해제, 전래동요의 사적 고찰, 동요의 제재를 찾는 법, 시어 선택법, 동요로 쓸 것과 쓰지 말아야 할 것 등을 주 내용으로 삼았다."[30]

1948년에 연재되기 시작하는 「동요 맛보기 1」에서는 「꼭꼭 숨어라」라는 구전동요를 먼저 소개하고 이러한 숨바꼭질 노래가 전양봉, 윤복진, 윤석중, 박영종, 강소천에 와서는 같은 제목을 사용하지만 어떻게 다르게 표현되었는지 그 느낌을 비교 감상할 수 있도록 하였다. 「동요 맛보기 2」에는 '꼬꼬' 즉, 병아리, 수탉, 암탉 모두를 호칭하는 꼬꼬에 대해 쓴 동요들, 예컨대 윤복진, 강소천의 동요를 소개하는데 딱딱한 해설로서가 아니라 그들의 움직이나 행동을 통해 상상할 수 있는 것들을 유도해 내면서 동요를 지도하였다. 「동요 맛보기 3」에서는 '귀여운 동요'를 뽑아 보아서 소개하고 있는데 윤복진의 「잠방울 꿈방울」, 「꽃초롱 별초롱」, 윤석중의 「새앙쥐」를 소개하였다.

박영종은 '동요를 뽑고 나서'란 코너에서 어린이들이 보내는 작품들을 뽑아서 잡지에 싣기도 하고 직접 편지를 주겠다고 적고 있다. 좋은 동요 쓰기를 위해 몇 가지 약속을 하는데 1. 남의 것을 흉내내거나 몰래 적어 보내지 말 것. 2. 글씨를 맑게 쓸 것. 3. 미리 선생님께 보여서 간단한 평을 달아 보낼 것. 등 글쓰기의 기본 방법론을 제시하였다.

「동요 맛보기 4」에서는 윤석중의 「자장가」, 윤복진의 「맴맴 맴사리」, 최수복, 윤복진, 박영종의 「자장가」, 박영종의 「토끼의 잠」 등 다양한

---

30 박영기, 앞의 논문, 427쪽.

동요시인들의 자장가들을 소개하면서 어린이들이 쉽게 이해하고 감상할 수 있도록 서정적이면서도 쉬운 언어로 해설을 해 주었다. 박영종의 「토끼의 잠」을 해설한 부분을 보면 다음과 같다.

토끼 귀 소록소록
잠이 들고
엄마 토끼 소오록
잠이 들고
애기 토끼 꼬오박
잠이 들지요.   (토끼의 잠 · 박영종)

엄마 토끼가 아기 토끼를 재웁니다. 엄마 토끼는 오늘 낮에 도토리를 줍네, 물을 길어 나르시네, 여간 고단하시지 않지. 그래서 아기를 재우신다면서 도리어 자리가 먼첨 잠이 드셨습니다. 잠 오는 데는 세 가지가 있습니다. 소록소록, 소오록, 꼬박이지. 왜 소록소록이냐 하면 토끼의 그 긴 귀 끝까지 졸음이 올려면 상당한 더딘 시간이 걸리게 되지. 허니 소록 소록 소록 … 이렇게 한참 동안 잠이 오게 됩니다. 허지만 엄마 토끼는 자기도 모르게 그만 소오록, 이렇게 잠이 옵니다. 그리고 아기 토끼는 두 눈이 초롱초롱하니 놀다가 잠이 들려면, 금시에 꼬박, 한꺼번에 답삭 들어 버리니 꼬박이지.

「동요 맛보기 6」은 투고한 어린이들의 작품을 살펴보았다. 내용을 보면 『소학생』에는 매달 500편이 넘는 동요가 들어오는데, 잘 된 것은 잡지에 싣고 이 중에서 남은 것 몇 편을 가지고 잘못된 점과 좋은 점을 살펴보았다. 먼저, 참된 느낌을 노래하지 않은 작품은 좋지 않다. 둘째, 뜻보다는 그 동요가 얼마나 분위기나 기분을 잘 나타냈는지가 더 큰 내용이 된다. 셋째, 눈에 보일 때 금방 느끼는 것(直感)을 얼른 잡아야 한다. 넷째, 사생(寫生)을 하듯 적어보는 것이 가장 쉽고 바른 동요의 길이라고 하였다.

이밖에 서양의 동요를 소개히는 코너를 마련하기도 하였는데, 「동요 맛보기 7—프랑스의 어린이」에서는 배를 한 척 띄워 동요의 깃발을 달고 세계를 한 바퀴 돌려는 생각임을 밝히고 장 콕토, 맑스 쟈콥, 리히얄드 데멜, 스티븐슨의 시와 프랑스 동요 「셈」, 「저녁」을 소개하면서 우리 어린이들의 놀이와 생각이 별반 다르지 않다는 것을 보여주었다. 「동요 맛보기 8—수수께끼 동요」에서는 먼 나라의 수수께끼 동요를 소개하였는데, 영국 수수께끼 동요 두 편, 윤석중의 수수께끼 동요들, 로젯티의 「무엇」, 알마 타데마의 「종달새와 굼붕어」, 싸야샤 초오르누이의 「코끼리」, 「크리스마스의 노래」를 소개하였다.

또, 어린이들의 문학 작품을 모집하여 상금을 수상하는 행사를 마련하여 문학교육을 위한 기초를 마련하였다. 66호에는 「어린이날 기념 현상 〈동요와 작문〉 모집—상금은 모두 50,000원」이라는 기사가 실렸는데 '상금은 모두 50,000원으로 특등 2명에게 상품과 상금 5,000원, 우등, 입선 등으로 차등 지급하는 것으로 되어 있다. 그 결과 68호에는 동요 9,007편, 작문 7,523이 응모한 것으로 보고되었는데 이를 보면 이 잡지의 현상모집이 수많은 아동들에게 글을 쓰게 만들고 문학적으로 고양시키는 문학교육의 역할을 톡톡히 담당했던 것으로 보인다.

71호에는 「애독자 여러분이 좋아하는 시인 소설가 화가 좌담」이 실렸다. 좌담에는 화가 김규택, 김의환, 정현웅, 조병덕, 소설가 정인택, 이성표, 시인 박영종과 아협 쪽에서 윤석중, 조풍연, 심은정이 참석한 것으로 되어 있다. 이 좌담회의 내용을 보면 아동들이 점차 만화보다는 이 잡지에 실리는 동화나 소설에 많은 관심을 기울이기 시작했다는 것을 알 수 있으며 윤석중은 '어린이들은 새로운 사고방식을 가지는 데 선생님들 가운데 옛날 생각대로 지도하는 분이 있다는 것'에 대한 우려를 표시하기도 하였다.

　수록 문학제재를 분석해 보면 동요·동시는 윤석중, 이원수, 권태응, 박영종, 박은종, 동화·소설은 김요섭, 동원, 최병화, 정인택, 동극은 유석빈, 신고송, 진우촌 등의 작가가 작품을 다수 낸 것을 알 수 있다. 동요·동시 분야에는 윤석중의 인맥으로 맺어진 많은 시인들이 참여하고 있으며 신인으로 권태응, 박은종의 발굴과 활약이 두드러졌다. 동화는 총 41편, 그 중 창작동화 24편, 생활동화 17편으로 생활동화가 비약적으로 발전하였다는 것을 알 수 있으며, 일반 작가인 박태원 등의 장편소설이 연재되어서 교과서에서 볼 수 없었던 새로운 장르를 선보이며 아동 잡지만이 가질 수 있는 선구적이며 진취적인 면모를 드러내었다. 동극 분야는 진우촌, 박일우가 새로운 스타일의 동극을 창작하여 꾸준히 소개하여서 교과서의 문학제재를 뛰어 넘는 본격 아동극을 선보였다. 이러한 측면은 『소학생』이 제도권내의 문학교육에 대해 보완적 기능을 해내었다는 사실을 말해 준다.

5. 나가는 말
― 정부수립기 아동문학교육의 의의

　이상으로 정부 수립기 아동문학교육의 기획과 전개, 성과를 살펴보았다. 전술한 바와 같이 정부수립기는 한국에서 신생정부가 수립되는 역사적 시기이며 아동문학교육사적으로도 제1차 교육과정기를 준비하는 과도기로서, 해방기의 이념대립에서 벗어나 우익 중심의 이념성이 자리 잡는 시기이다.

　초대 문교부 장관인 안호상 박사는 홍익인간과 일민주의 이념을 바탕으로 공산주의에 대항하여 국토와 사상의 분열을 통일하고자 하였는데,

이는 문교부 이념이 친미적 성향과 반공 이데올로기로 구체화되는 과정을 의미한다. 이 시기에는 『초등국어』 교과서가 등장하였고, 비제도권에서 아동잡지 『소학생』이 대표적 잡지로 문학교육의 역할을 담당했다. 『초등국어』에는 신규 수록 제재가 늘었고 운문분야에서 다양한 작가의 작품을 수용하였으며 새로운 전래동화들과 창작동화가 수록되었다. 아직도 일제의 잔재가 남아 있는 제재가 수록되기도 하고 불완전한 형식의 동극이 수록되는 한계를 보였으나 친미나 반공주의 이념의 흔적이 드러나지 않는 상태로 우익적 성향을 보였다. 『소학생』은 대중적 인기를 바탕으로 학교의 제도권 문학교육을 보완하는 역할을 담당하였다.

정부수립기 아동문학 교육은 해방기의 임시적인 성격에서 벗어나 정부의 주도하에 문학교육이 진행되는 시기였다. 격동의 시기임에도 불구하고 아동문학교육이 스스로의 정체성을 잃지 않으려고 노력했던 증거들을 찾을 수 있었으며, 국어 교과서에는 '바둑이와 철수'라는 제목을 통해 새로운 시대를 맞이하는 의지를 보였으며, 좌파 인사들이 월북하거나 좌초된 상황에서 우익 중심의 새로운 아동문학가들의 작품을 교과서에 수용하고자 노력했다. 문학 제재는 해방기 국어 교과서보다 질적으로나 양적으로나 풍부했으며 일제의 잔재를 탈피하고자 하는 흔적이 역력하였다. 『소학생』은 해방기에 비해 다소 수동적으로 아동문학교육 담론을 이끌어 갔지만 교과서에 수록되지 않은 장편소설, 생활동화, 본격 아동극, 동요, 동시들을 수록하여 아동 잡지만이 가질 수 있는 선구적이며 진취적인 면모로 아동문학교육을 선도해 나갔다.

이처럼 남한 단독 정부를 수립하여 교육체제를 정비하고 새롭게 문학교육을 모색하는 시도는 불과 2년도 지나지 않아 발발한 한국전쟁으로 인해 다시 한 번 좌초되고 말았지만 정부수립기의 아동문학교육은 해방기의 한계를 넘어서서 문학교육을 질적으로 비약시키는 의의를 가지고 있다.

정부수립기 아동문학교육을 연구하는 것은 한국 아동문학교육사를 정립하는 것으로 의미가 있다. 본고에서는 해방기 이후 격동의 역사적 흐름에 편입되어가는 아동문학교육의 기획과 전개, 총체적 양상을 점검해 봄으로써 아동문학교육연구의 질을 한층 높이고 올바른 전망을 수립하고자 하였다. 이러한 연구로 부족하지만 일제 강점기, 해방기로부터 정부 수립기를 거치는 시기를 연계하는 작업이 진행되어서 한국 아동문학교육사의 정통성을 확보하고 바람직한 미래적 기반을 쌓는 기초가 될 것이라 예상한다.

(『청람어문교육』46호, 2012. 12.)

한국전쟁과 아동문학교육

국어 교과서와 아동잡지 수록 문학교육 제재 분석을 중심으로

1. 들어가는 말

본 연구는 한국에서의 아동문학교육이 '한국전쟁'이라는 일련의 정치, 사회적 국면을 맞이하여 어떠한 이념적 기반 하에서 어떤 방식으로 현실적인 대응을 해 나갔는지 그 양상을 살피고, 그 구체적인 성과물은 무엇인지에 관하여 총체적으로 탐색하는 것을 목적으로 삼는다. 즉, 전쟁기(1950. 6. 25.~1955. 7.)의 아동문학교육을 탐색하여 지금까지 체계 있게 논의되지 못한 한국 아동문학교육사를 정립하고, 나아가 올바른 미래의 아동문학교육사를 조망하고자 하는 것이다. 학교교육이라는 제도권과 그외 비제도권의 영역을 통틀어 수행되었던 아동문학교육의 총체적 양상을 통합적으로 논의해 보는 것이 주요 목표가 될 것이다.

전쟁기는 일제 말과 해방기, 정부수립기 아동문학교육의 연속적인 흐름 속에서 아동문학교육의 맥을 이어가는 시기였다. 해방기의 혼란에 못지않게 크나큰 정치적 변화와 처절한 전쟁의 상처를 경험하는 역사적 격동기로서, 아동문학교육 또한 일대 변혁을 맞이하는 시기였다고 할 수 있다.

이 시기에 대한 그간의 논의를 살펴보면 먼저 제도권 학교 교육과정과 교과서를 중심으로 한 아동문학교육연구가 있다. 박붕배[1]는『한국국어교육전사 상, 중, 하』에서 교과서를 중심으로 아동문학교육의 공식적 측면을 연구하였다. 전쟁기는『한국국어교육전사 中』에서 다루고 있는데, 이 시기를 '과도기'[2]라고 칭하면서 당시의 초등국어교과서『국어』(일명 '운크라 교재')의 성격을 규명하고 목차를 학년별, 단원별로 정리하였다. 전쟁기의 경우 편찬년도가 일정치 않아서 여러 판본이 존재하는데 이를 비교적 세심하게 비교하여 수록하였다. 다만 전체 목차를 정리하고 있으며 문학제재만을 따로 뽑은 것은 아니다.

서울대 국어교육연구소의 윤여탁 외[3]는『국어교육100년사 I, II』에서 근대 100년간을 통해 한국 어문교육의 형성을 살피고 있는데, 해방기부터 전쟁기 즉, 해방부터 교육과정기 이전까지의 시기를 '건국기'[4]로 규정하였다. 이 연구는 박붕배의 연구에 비해 심도 깊은 논의를 보이고 있으며, 단편적이지만 아동문학교육에 초점을 맞춘 논의도 있다. 강진호 외는『국어교과서와 국가 이데올로기』에서 국어교과서 정책과 이데올로기의 구현양상 분석 부분에서 교수요목기의 국어교과서 정책을 다루고 있지만 전쟁기의 것은 빠져 있다.

이종국[5]은『한국의 교과서 출판 변천 연구』에서 교수요목기의 교육과정과 교과용 도서 편찬 현황, 편수 활동의 주변에 관해 비교적 자세하게 서술하였다. 이종국은 미군정기 및 교수 요목기의 시기를 교수요목의 태동기로 보았으며, 이를 다시 네 개의 시기로 나누어 보고 있다. 1)

---

1 박붕배,『한국국어교육전사 상, 중, 하』, 대한교과서주식회사, 1987, 2쪽.
2 박붕배는 대한민국 독립정부가 출범하는 1948년 8월 15일부터 제 1차 교육과정이 공표되는 1955년 8월 1일까지를 과도기로 보았다.
3 윤여탁 외,『국어교육100년사 I, II』, 서울대학교 출판부, 2006, 324쪽.
4 건국기는 교육에 대한 긴급조치기(1945~1946)와 교수요목기(1946~1954)를, 정치적으로는 미군정기와 정부수립기를 포괄하는 시기를 지칭한다.
5 이종국,『한국의 교과서 출판 변천 연구』, 일진사, 2001, 280쪽.

교육 활동 긴급조치기(1945. 8. 15~1946. 9.) 2)교수요목 제정, 적용기 (1946. 9~1948. 8.), 3)교수요목 계승기(1948. 8.~1950. 6.), 4)전시하 교수 요목변화 적용기(1950. 6.~1954. 4.)이다.

정준섭[6]은 『국어과 교육과정의 변천』에서 광복 후 교수요목 제정부터 제6차 교육과정까지의 교육과정의 역사적 전개를 살피고 있는데, 교수 요목기(1945~1955)를 '태동기'라고 규정하였다.

이상의 논의 중에서 전쟁기 아동문학교육과 관련한 논의는 비어 있거 나 소략한 편이며, 반공주의와 관련된 논의가 몇 편 있을 뿐이다. 대표 적으로 선안나[7]의 「1950년대 아동문학과 반공주의」는 교과서와 잡지를 아우르며 1950년대 반공주의 문학을 연구하였는데, 교과서에 대한 논 의보다는 잡지 연구에 치중되어 있다. 또, 초점을 반공주의에 맞추고 있 어서 전반적인 아동문학과 문학교육에 대한 조망을 하기 어렵다. 이밖 에 박형준, 민병욱[8]은 「1950년대 문학교육의 지형학」에서 1950년대 문 학교육 제도의 형식과 내용을 해방기, 정부수립기와의 연결선상에서 분 석하였고 이후 당시의 문학교육이 1960년대를 매개하는 의의를 가졌다 는 것을 보여주었다. 중등과 고등문학교육에 한하여 논의를 전개하였 다.

아동문학교육과 직접적으로 관련된 논의는 임성규[9]와 장수경[10]의 논 의가 있다. 임성규는 「아동문학교육에 반영된 반공주의 비판—1950년 대 戰時期 아동문학교육을 중심으로」에서 반공주의가 문학교육 검열의 기제로 사용되었던 것을 당시의 문교부 정책과 연계성 속에서 밝히고 있다. 당시의 초등 국어교과서가 아니라 초등학교 전시교재 「전시생활

---

6 정준섭, 『국어과 교육과정의 변천』, 대한교과서주식회사, 1995.
7 선안나, 「1950년대 아동문학과 반공주의」, 『한국어문학연구』 46, 2006.
8 박형준 · 민병욱, 「1950년대 문학교육의 지형학」, 『문학교육학』 24, 2007.
9 임성규, 「아동문학교육에 반영된 반공주의 비판」, 『국어교육학연구』, 2008.
10 장수경, 「1950년대 소년잡지에 나타난 문학 창작교육과 의의」, 『한민족문화연구』 40, 2012.

1, 2, 3」을 분석하였다. 장수경은 「1950년대 소년잡지에 나타난 문학 창작교육과 의의—『새벗』과 『소년세계』를 중심으로」에서 당시 잡지에 나타난 아동문학창작교육에 대해 연구하였고, 「1950년대 『학원』에 나타난 현실인식과 계몽의 이중성」에서 청소년용 잡지 『학원』이 전쟁으로 혼란한 시기에 청소년을 계몽하기 위한 적절한 매제로 사용된 점과 반공, 친미, 순응하는 국민상을 교육하기 위한 도구가 되었다는 것을 밝히고 있는데 당시 청소년 잡지와 아동잡지가 갖는 유사한 문학교육적 기능을 확인할 수 있는 논문이다.

연관된 연구로 아동문학 분야에서는 이재철[11]이 「한국현대아동문학사의 연구—해방후편」에서 1945~1950년까지를 광복혼미기, 1950~1960년대를 통속 팽창기로 규정하고 각 시기의 아동문학의 특징과 주요 작가들을 고찰하였으며, 선안나[12]는 「문단형성기 아동문학장의 고찰—반공주의를 중심으로」에서 해방 이후 한국 전쟁 직후까지의 문단형성기에 반공주의가 어떻게 작용했는지 의의와 한계를 살펴보았다.

남한의 교과서를 넘어서 북한과 중국의 교과서에 나타난 한국전쟁에 관해 연구한 논문이 있다. 차승주[13]는 「남북한 교과서의 '한국전쟁' 관련 내용 비교 연구」에서 남한과 북한의 도덕, 사회, 국사 교과서를 분석하여 한국 전쟁에 관련된 명칭과 시각 차이 등의 내용을 비교 연구하였고, 박종철[14]은 「중국교과서 속의 한국전쟁—분단에서 중국의 참전까지 (1945~1950)」에서 중국 중, 고등학교 교과서 속의 한국전쟁을 연구하였다. 중국은 한국전쟁이 미국의 유엔 배후 조정과 한반도를 침략하기 위한 전쟁으로 규정하고 있다고 밝히고 있다. 해외 연구자로는 오오타케

---

11 이재철, 「한국현대아동문학사의 연구—해방후편」, 『어문집』 7, 1971.
12 선안나, 「문단형성기 아동문학장의 고찰—반공주의를 중심으로」, 『동화와 번역』 12, 2006.
13 차승주, 「남북한 교과서의 '한국전쟁' 관련 내용 비교 연구」, 『북한학연구』 7, 2011.
14 박종철, 「중국교과서 속의 한국전쟁」, 『현대중국학회 학술대회 자료집』, 2010.

키요미[15]가 「일본의 아동문학교육 실태와 발전과제」에서 1945년 이후의 일본 아동문학교육을 출판산업, 독서운동, 도서관 교육, 시민운동으로 나누어 '아동문화'라는 개념의 틀로 분석하였다. 전후의 아동문화운동을 시작으로 최근의 동향까지 살피고 있다.

그러나 본 연구 과제인 제도권과 비제도권 아동문학교육을 포괄하는 논의는 거의 없는 실정이다. 전쟁기의 국어교과서나 아동잡지 『소년세계』와 『어린이 다이제스트』를 분석하여 여기에 드러난 아동문학교육의 총체적 기획과 그 성취를 다루고 있는 연구는 아직 현저하게 부족한 편이다. 이 분야의 연구가 활발하지 못했던 이유는 한국 전쟁의 시기가 정치적으로 급변하는 시기이며 민감한 이슈들을 품고 있는 시기이므로 아동의 문학교육 부분에서 미처 다루지 못했던 시대적 분위기 때문이며, 전쟁기 국어교과서나 잡지 매체 등의 자료를 입수하는 데 어려움이 있었기 때문이다.

본 연구자는 여러 도서관에 흩어져 있던 전쟁기 초등국어교과서를 수집하였고, 당시에 출간되었던 『소년세계』(1952. 11), 『어린이다이제스트』(1952. 9)를 수집하여 이 시기 아동문학교육 연구를 위한 기본 텍스트로 확정하였다.[16] 본 연구는 기본 텍스트를 중심으로 제도권 초등국어 교과서 외에 동시기 어린이 잡지에 나타난 아동문학교육의 양상을 분석하여 총체적 조망을 해 볼 것이다. 구체적으로 『국어』교과서의 문학제재를 분석하여 당시 교과서를 통한 제도권 교육의 문학교육이 갖는 제도적, 이념적 기반을 탐구해 보고, 제도권 밖의 잡지에 수록된 문학교육관련 제재를 분석해 봄으로써 두 교재간의 간극과 낙차, 각각의 아동문학교

---

15 오오타케 키요미, 「일본의 아동문학교육 실태와 발전과제」, 『문학교육학』 12, 2003.
16 전쟁기 교과서 『국어』는 판본이 다양하고, 유실된 것이 많아서 미처 입수하지 못한 것도 있지만 수집한 자료로 어느 정도 전쟁기 아동문학교육의 양상을 파악하는데 무리가 없을 것으로 기대한다. 『소년세계』(1952. 11), 『어린이다이제스트』(1952. 9)는 자료 활용상의 편의를 위하여 역락 출판사에서 간행한 원종찬 편(2010)을 부분 인용하였음을 밝혀둔다.

육적 의의를 탐색해 볼 것이며, 이를 통해 앞으로 한국 아동문학교육이 나아갈 방향성을 모색해 보고자 한다.

2. 전쟁기 아동문학교육의 기획과 전개

남한 단독 정부를 수립하여 교육체제를 정비하고 새롭게 문학교육을 모색하였던 시도는 불과 2년도 지나지 않은 시점에서 발발한 한국전쟁으로 인하여 다시 한 번 좌초되고 만다. 이 시기 문교부 장관은 백낙준으로, "1대 문교부 장관이었던 안호상이 일민주의와 홍익인간이라는 교육 이념간의 조화를 강조하면서, 수입된 자유민주주의를 확고히 하고 문교부 이념을 친미적 성향과 반공 이데올로기로 구체화 했다면"[17] 전쟁 직전에 문교부 장관으로 임명된 그는 새로운 문교이념을 펼칠 시간도 없이 전시 교육에 임할 수밖에 없었던 비운의 인물이었다. 당시 학교교육은 유엔의 군사 원조와 함께 교육 원조를 받으면서 교육 내용이 상당히 변했고, 교육 이념 역시 변화되었다. 그래서 국가는 교육을 통해 민족주의보다 서구 자본주의 이데올로기와 반공이념을 국민의식으로 내면화하도록 노력했다.[18]

한국은 전쟁의 시기를 거치면서 민족국가 건설을 위한 하부구조적 기반이 없이 경제적으로는 원조에 의한 대외의존성이 강화되었고, 전쟁은 한국사회에서 철저한 반공의식이 형성되는 계기가 되었다. 전쟁으로 인해 반공이라는 이데올로기가 효능을 가질 수 있는 조건이 형성되어 그것이 정당성을 획득했고, 남한만의 이데올기적 동질성을 획득했던 것이다. 분단의식이 대중 속에 내면화되어 정착되었고, 민족주의는 힘을 잃

---

17 박영기, 「정부 수립기 아동문학 교육의 기획 성취」, 『청람어문교육』, 2012.
18 정미숙, 『분단시대의 학교교육』, 푸른나무, 1988.

게 되었는데, 그 공백에 반공이 자리를 차지하게 되었다.[19]

당시 '전시 교육체제'라는 중앙집권적 비상교육행정으로 재개되기 시작한 문교 행정은 교육에 대한 강한 통제를 통한 반공이데올로기 교육과 국방 교육을 내용을 삼을 수밖에 없었다. 백낙준은 반공을 지배 이념으로 하는 일련의 교육내용과 문교 행정을 도입했다. 그는 "싸우는 국가의 교육은 싸우는 교육이어야 하고 싸우는 교육은 싸우는 교사에 의해 추진되는 것이고 정치와 경제의 밑받침이 되는 사상통일교육이 그 내용이어야 한다. 동시에 싸우는 교육자의 교육 지침은 도의 교육에 두어야 한다"고 했는데 도의 교육의 내용이 다름 아닌 반공이념이었다. 따라서 국가적 차원에서 목적의식적으로 반공사상 교육이 강조되었다.[20] 즉, 전쟁기 교육의 중점 목표는 멸공 필승의 신념과 집단 안보 의식에 두어졌고, 교육의 방침으로 도의 교육, 1인 1기 교육, 국방교육이 강조되었다.[21]

전쟁기 초등교육은 전쟁으로 인해 휴교와 개교가 반복되면서 파행을 맞이할 수밖에 없는 상황이었는데, 건물, 교육 시설의 파괴와 인적 피해 또한 엄청 났다. 교육시설의 부족과 교과서, 교원의 부족은 심각한 문제가 되었으며, 이는 원조로 대체 되었는데 이후 원조 경제의 고착화에도 영향을 미치게 된다. 유엔의 지원을 받아서 제작된 『국어』교과서는 교재 뒷면에 적힌 바대로 '원조에 감사'하는 마음을 강요받게 되면서 이른바 원조 경제의 씁쓸한 뒷면을 볼 수 있게 만들었지만, 당시 아동들에게 국어교육, 문학교육의 맥이 끊어지지 않았다는 생생한 증거물이 된다.

이 시기 국어과 교수요목은 1946년 발표된 교육과정 곧 교수요목을 계승하는 것으로 "이 교수요목은 독립 정부 수립 이후 그 효력을 상실

---

19 한준상,『해방전후사의 인식 4』, 한길사, 2004.
20 정미숙, 앞의 책.
21 정준섭, 앞의 책.

함이 원칙이었을 터이나, 정부 수립 이후에도 6. 25전쟁이 끝나고 어느 정도 안정을 되찾아 제 1차 교육과정이 공포된 1955년까지 이 교수요목은 교육과정 형태의 유일한 것으로 존재하였다."²² 즉, 전쟁기에는 해방기와 정부 수립기의 교육 정책이 큰 변화 없이 유지되었다는 것을 의미하며, 전쟁의 틈바구니에서 새로운 기획을 가지고 문학교육이 전개되었다기보다는 국어 교과 영역으로 '읽기, 말하기, 짓기, 듣기, 쓰기'를 가르치면서 문학교육이 병행되는 방식으로 겨우 명맥을 이어갔다고 볼 수 있다.

이와 같이 제도권에서 진행된 문학교육 외에 전쟁 중에 창간된 잡지 『소년세계』(1952. 1), 『어린이 다이제스트』(1952. 9),『새벗』(1952. 1), 『파랑새』(1952. 9), 『학원』(1952. 9) 등에서 꺼지지 않는 문학교육의 열의를 가늠해 볼 수 있다. 본 논의에서는 초등국어 교과서『국어』(운크라 교재)와 문학교육적 요소가 강했던 『소년세계』, 『어린이 다이제스트』를 중심으로 전쟁기 아동문학교육의 양상을 살펴볼 것이다.²³

3. 아동문학교육의 성과 1
—『국어』를 중심으로

국회도서관 소장 『국어』는 전쟁 중에 어린이들이 소지하였던 교과서였으므로, 찢겨나가서 내용이 누락된 부분이 유독 많이 있다. 이전 교육과정기인 정부수립기에는 정부 주도로『초등 국어』가 문교부에서 제작되었는데 일명 '바둑이와 철수'교과서라고 불리는 것이었다. 이 교과

---

22 정준섭, 위의 책.
23 『소년세계』(1952. 1), 『어린이 다이제스트』(1952. 9),『새벗』(1952. 1), 『파랑새』(1952. 9), 『학원』(1952. 9) 중에서 아동문학교육의 흔적을 비교적 많이 찾을 수 있는 『소년세계』(1952. 1), 『어린이 다이제스트』(1952. 9)를 중심으로 본고를 진행할 것이다.

서는 해방기 임시 교재의 성격을 지닌 『초등국어교본』의 조악한 수준을 어느 정도 극복한 것으로, 남한 단독정부 수립의 새로운 시대를 맞이하고자 하는 의지가 담겨져 있는 교과서였다.[24]

그러나 전쟁 중에 제작된 『국어』 교과서는 교과서 종이의 질 자체가 거칠고 인쇄 상태 또한 좋지 않아서 해방기 『초등국어교본』의 경우보다 열악한 정치, 경제적 상황에서 제작된 것임을 알게 한다. 『국어』는 1950년 8월 30일부터 1954년 9월 30일까지 간행된 것으로 6.25전쟁 중에 정규, 비정규로 간행된 것이다. 6.25전쟁 중에 편법적으로 교육이 운영되었고, 따라서 교재도 그 편법에 보조를 맞추거나 아니면 원상을 찾아 편찬하던 시기이다. 즉, 교재의 분량을 전시에 맞게 줄였다가 종전이 되자 다시 원상으로 회복시켰다.[25]

The United Nations Korean Reconstruction Agency donated to the Ministry of Education of the Republic of Korea, 1540tons of paper to print text books for primary and secondary schools in Korea for 1952. The paper of this book is printed out of that donation. Let us be thankful for this assistance, and determine to prepare ourselves better for the rehabilitaion of Korea. <div align="right">L. George Paik Minister of Education Republic of Korea</div>	국제연합 한국 재건 위원단(운끄라)은 한국의 교육을 위하여 4285년도의 국정 교과서 인쇄용지 1,540 돈을 문교부에 기증하였다. 이 책은 그 종이로 박은 것이다. 우리는 이 고마운 원조에 감사하는 마음으로, 한층 더 공부를 열심히 하여 한국을 재건하는 훌륭한 일군이 되자. <div align="right">대한민국 문교부 장관 백낙준</div>

교과서 마지막 페이지의 판권 위쪽에 '이 교과서는 국제연합 한국 재

---

24 박영기, 앞의 책.
25 박붕배, 앞의 책.

건 위원단(운끄라)'이 국정 교과서 인쇄용지를 문교부에 기증하여' 만든 것이라고 적혀 있는데, 이를 통해 당시 원조 경제 체제의 한 단면을 짐작할 수 있으며, 교과서 끝 부분에 적힌 '원조에 감사하자'를 매일 보고 공부했을 아동들을 생각해 보면 당시의 교육 환경의 경제적·정서적 여건을 가늠해 볼 수 있다. 4287년(1954. 9. 10.)이 되면 운끄라의 원조가 유상으로 변경되어, 판권에 아래와 같이 국어교과서가 무상에서 유상으로 변경되었다고 공지되는데, 가격이 20환에서 30환으로 변경 적용된다.

> 6. 25 사변중 국정교과서 용지는 국제 연합 한국 재건 위원단(운끄라)에서 무상으로 원조를 받아왔으나 이번부터는 유상으로 받게 되어 정가에 그 영향이 있음을 밝히는 바이다.
> 대한민국 문교부 장관

『국어』에는 교과서의 끝부분에 '지도하시는 분에게'라는 항목을 두어 간단하지만 교육 지침을 덧붙여 놓고 있었으며, 글짓기 교육을 전면에 내세운 단원(3-2. 2. 「글짓기」)도 있어서 문학교육의 한 양상을 추측할 수 있었다. 또, 문학제재는 아니지만 「부서진 탱크」(2-1. 6)와 「태극기」(3-1. 12)를 통해서 전쟁 교과서의 특수성을 짐작할 수 있으며, 「편지」(2-2. 4)를 보면 육군사관학교에 다니는 아저씨에게 위문편지를 보내는 내용이 수록되어 있어서 이 시기 국어 교과서에 반공주의 이념이 반영되기 시작했음을 알 수 있다.

공산군들이 덜커덩 덜커덩 땅을 울리며 달려들었을 때, 마을 사람들은 이렇게 큰 탱크를 처음 보았습니다. 탱크는 낮에도 몰려오고 밤에도 달려와서, 마을 사람들이 꼼짝도 못하게 하였습니다. 그러나 유엔군 비행기가 날아오기 시작한 다음에는 밤중에만 몰래 몰래 지나고는 하였습니다. 유엔군 비행기는 탱크를 보기만 하면 폭탄을 던졌었습니다... 철수는 밖을 내다보며, "공산군들아

덤벼라!"하고 소리쳤습니다. 용길이는 "중공 오랑캐들아. 모두 다 덤벼라!"하
고 뽐내었습니다.

—「부서진 탱크」(2-1, 6) 중에서

"어머니, 태극기를 들고 만세를 부를 테야요." 영수는 얼른 태극기를 집어
들었습니다. 어머니는 깜짝 놀라시며 영수 손을 잡았습니다. "얘, 가만 있어.
지금 부르다가 공산군한테 큰 일 난다." 영수는 두 팔만 번쩍 들고 만세를 부르
지 않았습니다. "영수야, 국군이 오거든 큰 소리로 불러라." 어머니 눈에는 눈
물이 글썽글썽하였습니다. … 공산군들은 날마다 동네에 와서, 사람들을 붙잡
아 가고 곡식을 빼앗아 가고, 일을 죽도록 시켰습니다.

—「태극기」(3-1, 12) 중에서

이처럼 공산군과 유엔군이 적군과 아군으로 나뉘어져 격전하는 상황
이 묘사된 단원을 공부하면서 어린이들은 자연스럽게 공산군을 증오의
대상으로 여기고 유엔군을 친구와 같이 우호적으로 여기게 됨으로써 자
연스럽게 반공의식에 젖어 들었을 것이다.

『국어』 교과서의 문학제재들을 목록화해 보면 아래와 같다. 1학년은 1
학기엔 독립된 문학제재가 수록되지 않았고, "1학년 2학기엔 모든 단원이
이야기로 이어지며, 동시와 아동극이 나오기 시작하였다."[26]

『국어』(운크라 교재) 1~3학년 교과서 수록 문학 제재 목록[27]

	1학년[28]	2학년[29]	3학년
우화			
전래동화			금고기(3-1, 6), 삼년고개 (3-2, 4)

---

26 박붕배, 앞의 책.
27 단원명에 밑줄이 쳐진 것은 이전 교과서에서 재수록 된 경우이다.

			이순신 장군(3-2, 5), 윤회(3-2, 6), 에이브라함 링컨(3-2, 12)
인물동화			
창작동화		장난꾸러기 토끼(2-2, 9)	물의 여행(3-1, 9), 백조왕자(3-2, 9)
전래동요			
동요		새나라의 어린이(2-1, 1 삽입)	봄편지(3-1, 1), 지겟꾼과 나비(3-1, 1), 꽃밭(3-1, 10), 호박꽃 초롱(3-1, 10), 나팔꽃(3-1, 10), 가을맞이(3-2, 1), 고추잠자리(3-2, 1)
동시	달(1-2, 3), 비누방울(1-2, 12)		유관순(3-2, 11 삽입시)
동극	토끼와 거북(1-2, 10)		재미있는 우리말(3-1, 4), 팔러가는 당나귀(3-2, 7)
시조			
신화			

2학년 1학기 1단원 「새 학년」은 2학년을 맞이한 영길이의 신나는 모습과 1학년으로 새로 입학한 동생 영식이의 기대감이 잘 드러나 있는 생활문으로, 이 단원의 마무리에 윤석중의 「새 나라의 어린이」가 삽입되어 있어서 새 학기를 맞이한 활기찬 분위기를 조성한다.

새 나라의 어린이는

일찍 일어납니다.

잠꾸러기 없는 나라

우리 나라 좋은 나라

---

28 1학년 교과서는 입수하지 못하여 박붕배(1987:66) 목록을 참고 하였다. 박붕배는 1952년 9.30 발행된 교과서를 분석하여 목차를 정리해 놓았다.

29 2학년은 2학년 2학기는 교과서를 입수하지 못하여 박붕배(1987: 67) 목록을 참고 하였다. 박붕배는 1954년 9.10 발행된 교과서를 분석하여 목차를 정리해 놓았다.

(이하 생략)

3학년 교과서 문학 제재를 살펴보면 이전 시기 교과서 단원을 재수록하는 양상이 여전히 보이지만, 동요 부분에서 강소천의 「호박꽃 초롱」과 함께 새로운 동요들이 많이 수록되어서 이 시기에 동요교육의 비중이 높았음을 알 수 있다. 3학년 1학기에는 1단원 〈봄노래〉와 10단원 〈꽃〉에서 각각 2개씩의 동요를 수록하고 있다. '지도하시는 분'에게를 보면 〈봄노래〉는 아름다운 동요의 리듬을 읽는 가운데 맛보게 해야 한다고 되어 있고, 〈꽃〉은 동요를 지도하는 단원이며 동요는 어린이가 느낀 바를 솔직하게 쓰게 할 것이며 형식적인 리듬을 강요하지 말아야 할 것이라고 적혀 있어서 동요 감상과 동요 창작 영역을 모두 아우르면서 동요 교육을 진행했다는 점을 추측할 수 있다. 3학년 2학기에는 1단원 〈가을〉에 2개의 가을 관련 동요를 수록하였고, 동시로 「유관순」(3-2, 11)이 새롭게 수록되었다.

인물동화는 이순신, 윤회, 링컨 등 기존에 수록되었던 인물을 재수록하는 경향이 높았고 창작 동화에는 안데르센의 「백조왕자」(3-2, 9)가, 전래동화에는 「금고기」(3-1, 6)가 새롭게 수록되었다. 아동극은 재수록된 「팔러가는 당나귀」(3-2, 7) 외에 아동대화극 「재미있는 우리말」(3-1, 4)이 수록되어서 다소 빈약한 양상을 보인다.

『국어』(운크라 교재) 4~6학년 교과서 수록 문학 제재 목록

	4학년	5학년[30]	6학년[31]
우화			
전래동화	할미꽃(4-1, 5), 젊어지는 샘물(4-2, 4), 제비와 흥부(4-2, 6)	종소리(5-1, 3), 심청(5-1, 4)	효녀지은(6-2, 5)

인물동화	도마스 에디슨(4-1, 11), 방정환 선생(4-2, 9), 헬렌켈러(4-2, 12)	월광곡(5-1, 8), 플로렌스 나이뎅게일(5-1, 9), 최영장군(5-2, 10), 김정호(5-2, 11), 데임스 강의 지하도(5-2, 12)	퀴리부인(6-1, 11), 베스 딸로쩌(6-1, 12), 슈우벨트의 자장가(6-2, 4), 달가스(6-2, 8)
창작동화	이상한 안경(4-1, 2), 달님 이야기(4-2, 5), 왕자와 제비(4-2, 9 삽입동화)	행복(5-1, 5)	그리스마스 송가(6-2, 7)
전래동요			
동요	자라는 나무(4-1, 1), 할미꽃(4-1, 5), 대한의 소년(4-2,1), 내 조국(4-2, 1), 불조심 노래(4-2, 8 삽입)	땅속엔 누가 있나봐(5-1, 1삽입), 버들피리(5-1, 1 삽입)	한글노래(6-2, 1삽입)
동시		청소를 마치고(5-1, 2 삽입시), 아침까지(5-2,1), 풀피리(5-2, 1), 타 버린 집 터(5-2, 1), 무궁화(5-2, 7)	봄(6-1, 1), 조그만 하늘(6-1, 6),잘 있거라 학교야(6-2, 13)
동극	걸레(4-2, 7)	꽃과 나비(5-1, 6)	봄이 올 때까지(6-1, 2)
시조			시조(6-2, 2)
신화	삼성혈(4-1, 9 삽입신화)		

고학년으로 올라가면 교재 뒷부분에 '학습문제' 항목이 추가되는 등 체제면에 변화를 보인다. 내용상으로는 유엔군에게 보내는 '위문편지'를 통해 원조 경제의 단면을 볼 수 있으며, 「싸우는 일기」(5-1, 11), 「싸우는 우리 공군」(5-1, 12), 「민주주의와 공산주의」(5-1, 13)를 통해 반공주의가 심화되고 있음을 짐작할 수 있다.

4학년 교과서 문학제재를 살펴보면 저학년에 수록되었던 우화는 없

---

30 5학년 2학기 교과서는 입수하지 못하여, 박붕배(1987:71) 목록을 참고하였다. 박붕배는 1953년 8월 31일 발간된 국어 교과서를 분석하여 목차를 정리해 놓았다.

31 6학년은 1학기 교과서는 입수하지 못하여, 박붕배(1987:72) 목록을 참고하였다. 박붕배는 1953년 3월 31일 발간된 국어 교과서를 분석하여 목차를 정리해 놓았다.

어지고, 인물동화, 창작동화가 적절하게 배분되어 있고, 동요, 동시가 풍부하게 수록되어 있으며, 창작동극 3편이 새롭게 수록되어 의미가 깊다. 동요를 보면 1학기의「자라는 나무」(4-1. 1), 「할미꽃」(4-1. 5) 모두 관련 이야기와 함께 수록되어 있어서 삽입시 형식을 취하고 있다. 동시 「대한의 소년」(4-2. 1), 「내 조국」(4-2. 1)은 모두 전쟁이라는 시대적 배경과 관련하여 애국심을 고취하고 민족 국가의 이념을 다지는 내용을 되어 있다.

우리 조상이 여기 사셨고
우리 잔 뼈가 굵어 지는 곳
예가 금수 강산 내 조국이란다

그러나, 보라
때 아닌 비바람 불어쳐
우리 강토는 거칠어 졌나니

겨레여, 일어서자
우리의 힘과 정성 한데 뭉치어
찬란한 내 조국 다시 이룩하자

—「내 조국」(4-2, 1) 중에서

동화 부분에서는 창작동화의 비중이 상대적으로 높아졌다는 것을 알 수 있으며, 「이상한 안경」(4-1. 2), 「달님 이야기」(4-2. 5)처럼 수준 높은 작품과 오스카 와일드의 「행복한 왕자」가 「왕자와 제비」(4-2. 9 삽입동화)로 소개되었다. 인물동화에는 처음으로 「방정환 선생」(4-2. 9)이 수록되었다. 동극 분야에는 교과서 최초로 창작 아동극 「걸레」(4-2. 7)가 수록되는데, 교실에서 친구들 사이에 일어난 일을 소재로 한 생활극이며, 본격 아동극의 형식을 갖추고 있는 작품이다.

5학년 문학 제재를 살펴보면 4학년에 비해서 동시의 비중이 높아졌고 강웅구 어린이의 아동시 「청소를 마치고」(5-1, 2 삽입시)가 '우리 작품'이라며 최초로 교과서에 소개되어 있다. 창작 아동극 「꽃과 나비」(5-1, 6)가 4학년에 이어 수록되어서 수준 높은 아동극을 감상할 수 있게 해주었다.

6학년 문학제재를 보면 인물동화에 교과서에 처음 등장하는 새로운 인물인 퀴리부인, 페스탈로찌, 슈베르트, 달가스 등이 소개되었고, 전 학년 통틀어 처음으로 정몽주, 정철, 양사언, 김천택의 시조 6수가 수록된다. 아동극 「봄이 올 때까지」는 1948년 『소년』에 이촌일이 발표한 것을 수록한 것이다. 이밖에 「시의 세계」(6-2, 3)에서는 다양한 시를 소개하고 이를 감상하는 법을 설명조로 제시하고 있어서 시문학 교육의 한 양상을 살펴볼 수 있다.

이상을 정리해 보면 『국어』는 전쟁기 급조한 교재의 성격이 강했으며, 정부수립기 국어 교과서 『초등국어』에 비해 문학제재의 수가 현저히 줄었다. 창작동화와 아동극 부분에서 신규 수록제재가 늘어나고 질적 수준 또한 높아진 점이 긍정적인 측면이며, 동시 부분에서는 전쟁이라는 상황 논리 속에서 애국심을 고취하고 민족 국가의 이념을 다지는 내용의 동시들이 의도적으로 삽입된 것을 알 수 있다.

4. 아동문학교육의 성과
—「소년세계」, 「어린이 다이제스트」를 중심으로

전쟁기 아동문학교육의 양상을 고찰하기 위해, 피난지 대구에서

4285(1952)년 7월 1일 창간된 잡지『소년세계』와 부산에서 창간된『어린이 다이제스트』를 살펴 보면,『소년세계』의 '피난 학교를 찾아서'— 서울에서 대구 남부 초등학교로 피난 온 어린이들 취재(4285. 7. 1 창간호), '동무 소식 알기'—전쟁 중 흩어진 친구이름과 전 주소를 잡지사로 보내서 소식알기(4285. 7. 1 창간호) 등의 기사를 통해 전쟁의 혼란 속에서 아동잡지가 수행한 소중한 역할을 가늠해 볼 수 있다.『소년세계』[32]와『어린이 다이제스트』[33] 소재 아동문학교육관련 수록 목록은 다음과 같다.

〈소년세계〉

김소운, 소년문장독본 (4285. 7. 1 창간호)—글이란 무엇인가

김소운, 소년문장독본—좋은 글을 쓰려면 (4285. 8.)

이원수, 동요놀이 카아드—부르는 노래 (4285. 8.)

　　　만드는 법, 노는 법(창간호에서 8월 특별부록으로 주기로 예고)

초가을 지상 좌담회—이야기거리—재미있게 읽은 책, 어떤 책이 읽고 싶은가, 소년소녀에게 읽히고 싶은 책은?, 독서력을 높이는 방법은?, 음악 미술 영화 등을 감사시킬 기회를 어떻게 만들 수 있을까, 소년 소녀들이 직업아동이 되는 데 대하여, 선생님과 생도의 사이는 어떻게 되어 가나, 소년들의 세계와 낡은 세계와의 관계에 대하여 , 정서 교육 문제, 소년 문학회 얘기 (학생, 동화작가, 화가, 시인 등)—(4285. 9.)

---

32 "소년 세계는 피난지 대구서 1952년 7월 1일자로 창간되어 1955년 11월 통권 36호로 종간된 문예 중심의 소년소녀 잡지이다. 관권장을 보면 발행인 이상도, 편집겸 인쇄인 오창근, 발행소 고려서적주식회사(대구, 북성로 1가 35, 본사 서울 중구 을지로 2가 17), 인쇄소 대한단식인쇄(주), B5판 50면, 값 3,000원이다." 최덕교(2004: 510)

33 어린이 다이제스트는 1952년 9월 창간된다. 창간호의 뒷면 판 권 부분을 보면 편집겸 발행인은 이춘우이며, 발행소는 부산시 대교로 3가 71로 되어 있으며, 가격은 2,000원이다. 이는 전술한 바와 같이 원종찬 편(2010)을 참고한 것이며 아동문학 관련 수록 목록은 이를 참고하여 정리한 것이다. 목록 작업은 잡지 전 범위에서 진행되었다.

이원수, 작품 선평—우리 작품 페이지 (4285. 10)

정진업, (동극) 병든나무—해설 : 각본을 읽을 때는, 연극하는 법 (4285. 11)

그림자 연극 방법과 그림자 연극 「의좋은 형제」(4286. 3.)—무대장치, 조작하는 방법, 실제 그림자 연극 극본 제시

장만영, 소년시 지도 (4286. 3.)

정비석, 글짓기 이야기 (4286. 9.)

박두진, 소년문학강좌—소년 시의 옳은 방향 (4286. 9.)

이주홍, 소년문학강좌—소설의 내용 (4286. 10.)

박목월, 구름과 꾀꼬리—나의 중학시대의 시 (4286. 9.)

이원수, 창작 동화에 관하여 (4286. 10.)

권하고 싶은 책 (4286. 10.)

권하고 싶은 책 (4286. 11.)

독서의 취미 (4287. 1.)—어릴 때 독서의 필요성

조연현, 문학지도—글과 사람 (4287. 3.)

동화란 것은 (4287. 10.)

홍효민, 가을과 독서 (4287. 11.)

김진수, 연극 강화—어린이와 연극 (4288. 4.)

김진수, (아동극) 진달래꽃이 피는 동네의 아이들—무대 장치 만들기, 무대 평면도

〈어린이 다이제스트〉

백양, 동요 감상 1—마음의 문을 두드리는 노래 (4285(1952). 9. 창간호)

김영일, 동요 감상 2—아동자유시란 무엇인가—나의 시집 『다람쥐』에서 (4285. 10.)

박영종, 동시 맛보기—엄마 목소리 (4285. 11.)

임인수, 동시 이야기—그리운 밤마다 쓰는 노래 (4286. 1.)

이원수, 동시 감상—아름다운 마음 (4286. 2.)

세계 어린이 독본(미국)—린컨의 어렸을 때 (4286. 1.)

세계 어린이 독본(중국)—짧은 이야기 세 편 (4286. 2.)

세계 어린이 독본(이탈리아)—말을 하는 기쁨 (4286. 3.)

세계 어린이 독본(프랑스)—거미의 전화줄 (4286. 4.)

세계 어린이 독본 (스웨덴)—노오벨의 거룩한 업적 (4286. 5.)

세계 어린이 독본 (안델센)—그림 없는 그림책 (4286. 7.)

세계 어린이 독본—오란다의 소년 (4286. 8.)

한정동 편, 그리운 노래집 (4286. 3.)—작가소개, 시적 경향, 대표시 소개

윤석중 편, 그리운 노래집 (4286. 4.)

이원수 편, 그리운 노래집 (4286. 5.)

목일신 편, 그리운 노래집 (4286. 6.)

김영일 편, 그리운 노래집 (4286. 7.)

박영종 편, 그리운 노래집 (4286. 8.)

강소천 편, 그리운 노래집 (4286. 9.)

『소년세계』는 발행인 오창근이 "책상도 없는 교실에서 공부를 하고, 책도 없이 글을 배우고.. 이러한 여러분에게 즐겨 읽을 책을 드리고 싶고, 지식과 함께 바른 길을 가르쳐 줄 마음의 길잡이가 되어 줄 수 있는 좋은 글을 읽게 해 드리고 싶은 마음, 이것이 나의 간절한 욕심이다."[34] 라고 밝힌 바대로, 이 잡지는 피난지에서 제대로 좋은 책 한 권 접해 보지 못한 어린이들에게 좋은 교과서이자 문학교재의 역할을 담당했던 것으로 볼 수 있다. 또, 피난 학교를 탐방하여 여러 지역에 흩어진 학생들

---

34 최덕교, 『한국 잡지 백년 1, 2, 3』, 현암사, 2004.

이 어떻게 생활하고 있는 지를 알려주고, 헤어진 친구들이 서로 연락을 주고받을 수 있도록 하는 의미 깊은 역할을 담당하기도 하였다.

아동문학교육과 관련하여 수록된 기사들을 보면 먼저 김소운, 정비석 등이 「소년문장독본」, 「글짓기 이야기」에서 좋은 글의 요건에 관해 밝히고 있으며, 이원수, 장만영, 박두진이 동시와 소년시의 내용과 방향에 관해, 이주홍, 이원수는 소설과 동화에 관한 글을 썼다. 이밖에 정진업과 김진수는 동극 부분에서 무대장치와 평면도 등을 제시하여서, 시(소년시, 동시), 소설(동화), 동극를 아우르며 다양한 분야에서 아동문학교육과 관련된 기사가 수록된 것을 확인할 수 있다. 또 지상좌담회를 열어 문학교육과 관련된 다양한 이야기를 나누었고, 좋은 책 목록을 제공하는 한편, 이원수는 「작품 선평―우리 작품 페이지」란 코너를 통해 직접적으로 어린이들의 작품을 평해주고 수정해 주는 방식으로 문학교육을 진행하였다.

〈동시 · 문풍지―김종원〉 문풍지 소리에 다정한 동무를 기다리는 마음이 자유로운 형식의 말로서 잘 나타나 있다. 끝절의 자연 묘사는 이 시에다 그림을 붙인 것같이 아름답다. 전체에 있어서 좀더 무리가 없는 말을 골랐더라면. 할 뿐.

〈참새―조성수〉 관찰이 이와 같이 솔직하고 꾸밈 없어야 한다. 조고마해도 귀여운 노래.[35]

『어린이 다이제스트』는 창간호 첫 면에 우리나라에 어른을 위한 다이제스트는 있지만 어린이들을 위한 다이제스트는 이번이 처음이라면서 그 창간이유를 적었는데, '어린이 다이제스트를 내면서' 쓸 데 없이 어

---

35 원종찬 편, 『어린이 다이제스트』, 역락, 2010. 202쪽.

린이를 울리고, 웃기고, 흥분시키는 그런 군것질 같은 글이 아니라, 살이 되고 피가 되고 새로운 힘이 될 수 있는 유익한 글만 싣기로 한다고 밝히고 있다. 이러한 잡지의 창간 의도를 반영하듯 창간호 목록을 보면 '동화와 이야기', '과학사와 과학이야기', '사회생활 이야기', '노래와 노래 이야기', '오락실' 등 다양한 소재의 기사들 가운데 동화와 동요의 소개와 교육 분야가 빠지지 않고 수록되었다. 이밖에 백양, 김영일, 박영종, 임인수, 이원수 등이 감상과 지도에 관한 글을 내었는데, 해방기『주간 소학생』에서 박영종이 담당했던 동요, 동시 감상과 지도를 다양한 시인과 이론가들이 함께 담당하여서 보다 다채로운 동요, 동시 감상이 이루어졌다는 점에서 여타 다른 잡지와 다른 특색으로 볼 수 있다.

해가 지면 성뚝에
부르는 소리

놀러 나간 아이들
부르는 소리

해가 지면 들판에
부르는 소리

들에 나간 송아지
부르는 소리

여러분 이 시는 무엇을 노래한 것인지 아시겠지요. 긴 여름날 해가 저물어 시골 돌담에 하얀 박꽃이 필 무렵 애기를 업은 소녀는 성뚝에서 놀러나간 아이들을 부르는 어머니들의 소리와 송아지를 부르는 소리들을 듣고 고향의 어머니를 생각합니다. 아무래도 남의 집살이를 하며 애기를 봐 주는 소녀를, 왜 하필 나는 이리 가여운 어린이들을 노래했을가요? … 그런 나도 모릅니다.

—이원수, 동시 감상: 아름다운 마음[36]

또, 각 나라별로 세계 어린이 독본이라는 코너를 마련하여 미국, 이탈리아, 프랑스, 스웨덴의 다양한 이야기와 안데르센의 동화 등을 소개하여 다양한 읽을거리를 제공하였다. 특별히 한국의 동시 작가 한정동, 윤석중, 이원수, 목일신, 김영일, 박영종, 강소천의 개인적 이력과 대표시를 「그리운 노래집」시리즈로 소개하였는데, 이는 여타 잡지에서 볼 수 없는 귀한 자료이며 이를 통해 『어린이 다이제스트』가 아동문학의 여러 분야 중에서 동요, 동시 교육 부분에 큰 관심을 가지고 있다는 것을 알 수 있다.

이상의 내용을 통해 보면 전쟁 중에서도 오히려 아동잡지 매체를 중심으로 아동문학교육이 활발하게 전개되었다는 사실을 알 수 있으며, 전쟁기의 현실에서 학교의 제도권 교육이 미처 다루지 못한 독서교육과 문학 교육을 이들 매체가 담당했다는 사실을 확인할 수 있어서, 잡지의 민간 운동적 성격도 짐작할 수 있다.

5. 나가는 말
—전쟁기 아동문학교육의 의의

이상으로 전쟁기 아동문학교육의 기획과 전개, 성과를 살펴보았다. 전술한 바와 같이 전쟁기는 해방기의 혼란 못지않게 크나큰 정치적 변

---

36 원종찬 편, 앞의 책, 357쪽.

화와 처절한 전쟁의 상처를 경험하는 역사적 격동기로서, 아동문학교육 또한 일대 변혁을 맞이하는 시기였다고 할 수 있다. 당시 문교부 장관이었던 백낙준은 초대 문교부 장관이었던 안호상의 홍익인간과 일민주의 이념을 서구 '자본주의 이념'과 '반공이념'으로 대체하여 국민의식에 내면화 하도록 하였다. 여기에 원조 경제를 기반으로 하는 친미적 기조를 계속 유지하여서 교육 이념 역시 이러한 성향으로 굳어지게 되는 계기를 마련하였다.

이 시기에는 원조 용지로 제작된 운크라 교재 『국어』가 교과서로 제작되었고, 민간분야에서 이 시기를 대표하는 잡지 『소년세계』, 『어린이 다이제스트』가 전쟁 중에 창간되었다. 운크라 『국어』는 용지의 질이나 제재 면에서 임시 교재의 성격이 강했으나 창작동화, 아동극 제재는 양적, 질적으로 높은 수준을 유지하였다. 문학 제재 중에서 특별하게 반공주의가 드러나는 측면은 없었지만 다른 단원에서는 유엔에 대한 찬양, 반공주의 등이 내재되어 있거나 심화되는 양상을 보였다.

전쟁 중에 창간된 『소년세계』, 『어린이 다이제스트』를 보면 민간 분야에 나타난 아동문학교육의 열기를 확인할 수 있으며, 교과서조차 부족했던 당시의 상황에서 문학교재의 역할을 톡톡히 해 내면서 제도권의 문학교육을 보완했던 것을 확인할 수 있다.

이처럼 전쟁기 아동문학교육은 새로운 정부가 수립되면서 힘차게 문학교육을 전개해 나가려던 시도가 좌초된 불안한 현실 속에서 전개 되었는데, 전쟁이라는 혼돈과 파괴의 시간 속에서 아동문학교육이 정체성을 유지하려고 노력했던 생생한 증거가 될 수 있으며, 한편으로는 아동문학교육의 끈질진 생존의 증거가 될 수 있다.

이 시기에서 가장 주목해야 할 부분은 문학교육 내에 뿌리를 내리기 시작하는 친미와 반공주의인데, 앞으로 아동문학교육에서 이러한 흔적과 잔해들을 찾아내어서 문학제재와 교육에 남겨진 미국식 교육의 잔재, 반공주의를 바로 잡을 수 있는 계기로 삼아야 할 것이다.

　전쟁기 아동문학교육을 연구하는 것은 한국 아동문학교육사를 정립하는 것으로, 본고에서는 전쟁기 아동문학교육의 기획과 전개, 교과서와 잡지에 나타난 아동문학교육의 총체적 양상을 점검해 봄으로써 올바른 전망을 하고자 하였다. 이러한 연구는 일제 강점기, 해방기, 정부 수립기, 전쟁기를 거치는 시기를 연계하는 작업으로, 한국 아동문학교육사의 정통성을 확보하고 바람직한 아동문학교육의 미래적 기반을 쌓는 정초가 될 것이라고 기대한다.

(『어린이문학교육』 14권 2호, 2013. 6.)

찾아보기